あやかしアラモード

著者：北國ばらっど
原作・監修：安田現象

角川スニーカー文庫

24519

カバーイラスト　安田現象
口絵・本文イラスト　にゅむ

目次

口絵・本文イラスト にゅむ
デザイン 團 夢見(imagejack)

登場人物紹介

ヨシノ

神社に捨てられていた人間の女の子。
魔力が強く周囲に影響を与えやすい体質で、あやかしに囲まれて育った。

ウカ

神社にいるキツネの神様。
長く生きていて偉い神様だが、
ふざけてよくマミコに怒られている。

マミコ

人外を管理する役目をもった魔女。
巫女をしながらヨシノを育て見守る。

カトリーヌ

呪いの西洋人形。
よく日本人形の楓とケンカをしている。

楓《かえで》

呪いの日本人形。ヨシノに対する
面倒見の良さが隠せていない。

コマリ

交通事故で死んだ元幽霊少女。今は
ヨイマルの元で忍者の修行をしている。

ヨイマル

ウカの旧友のカラス天狗。
真面目だがそれ故に空回りしがち。

レイ

ヨシノの魔力にあてられて寄ってきた地縛霊。
人を脅かすのが好きだが、害はない。

まえがき

初めまして。アニメ作家の安田現象です。
実は昔ラノベ作家を夢見た頃もあったのですが、
才覚足りず巡り巡ってなぜか今では
アニメを作る日々を過ごしています。
文章を書いてもラノベにはならなかったのに、
まさかアニメを作るとラノベになるとは……。
人生とは不思議なものです。
さて、普段作るショートアニメでは
１人の女の子を中心に様々な「あやかし」との
出会いと別れの断片を描いています。
今作ではそうしたショートアニメでは語られてこなかった
彼女達の隙間の時間にフォーカスしました。
アニメの前後で彼女達はどんな時間を過ごし、
そしてどんな心情と向き合ってきたのか。
文章でしか表現できない濃密な時間を
北國さんにバッチリ広げていただきました。
にゅむさんの愛嬌たっぷりな
キャラクターイラストにも注目です。
ショートアニメがもっと見たくなる小説を、
ぜひご堪能ください。

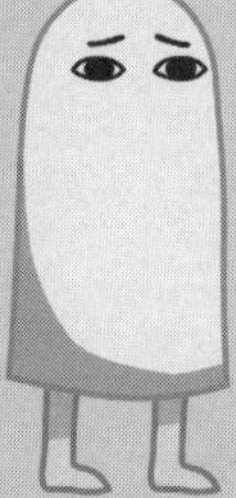

0
おきつねアミューズ

キツネの嫁入りという言葉がある。

近頃は、白無垢よりドレスが着たいキツネもいるかもしれない。


町の神社にはキツネがいる。

ウカという名がついている。

キツネと言ってもキツネ色ではない。少女に化けた銀ギツネだ。

雪のような銀髪に白い肌。薄い化粧に浅葱《あさぎ》色の着物。涼し気な目元の美少女なれど、キツネ耳を消し忘れるのはご愛敬。

これだけ見事に化けるのだから、もちろん、そんじょそこらのキツネではない。

なにせ、ウカはこの町の神様である。

しかもけっこうエライ神様だ。長いこと町を見守ってきたから、とっても歴史のあるおキツネ様だ。だから神社だってすごく立派。

社務所は家屋を兼ねた作りで、境内には石畳がきっちり敷かれているし、本殿には大きな鳥居だってある。マミコという住み込みの巫女《みこ》さんだっている。

土地はけっこう広いし、家事はマミコがやってくれる。しかもご飯がうまい。世の中には草が生え放題で放置された社だってあるのだから、ウカは神様としてはセレブかもしれない。油揚げのつまみ食いに対して、マミコがもうちょっと優しくなってくれれば言うことはない。

しかし優しくなってくれないマミコに、ウカは本日も叱られてしまった。

そういうわけでエラい神様であるウカは、自分に仕える巫女さんに叱られただけで、すっかりしょんぼりしながら歩いていた。

「マミコのやつめ……あんな怒らんでもええじゃろ。そもそも、おやつを探しに冷蔵庫を開けたら真正面にお揚げがしまってあるのが悪い。うん。あれはしまい方が悪い。そりゃあ団子のついでに食べるじゃろ。まったく。ぷんぷん。こんこん」

頰を膨らませ、ぷんすかキツネ。神の威厳はあったもんじゃない。

本殿の裏手には、赤い鳥居がトンネルのように連なる千本鳥居がある。長い下り階段の道で、林と鳥居の間をすり抜ける木漏れ日が柔らかい。

ウカはそこを散歩道としてお気に入りにしていて、良いことがあった日や、落ち込んでいる日、あるいは何もなくて暇な日に、よく歩く。本日は落ち込んでいる日である。

怒られたのもそうだが、なにより夕飯の予定だった五目いなりがなくなったことに落ち込んでいる。とっても楽しみにしていたのだ。

まあ、材料のお揚げを食べた自分のせいなのでどうにもならない。そもそもマミコが機嫌を直して、美味《おい》しい夕飯を作ってくれるかどうか。

とりあえず、ほとぼりが冷めるまで散歩するしかない。なにせ住人の少ない神社なので、鳥居くらいしか愚痴る相手が居ない。しょんぼりギツネのウカである。

「おや」

目で見るより先に、大きなキツネ耳が雨音を捉えた。

雨を掌《てのひら》で受けながら空を見上げる。鳥居の隙間から覗《のぞ》く空は、透き通るほどに青い。

──天気雨。

耳を揺らし「まいったなあ」とウカは思う。鳥居は雨を凌《しの》いではくれないし、神社へ戻るにはやや遠く、濡《ぬ》れていくほかない。

しかし、今日に限って天気雨。神秘的な景色だが、言ってみりゃただの通り雨。こんな降られると不便なものに、「キツネの嫁入り」なんて名づけられても。

ウカがそんな愚痴を吐きたくなった、次の瞬間。

「ありゃ？」

ぽん、と煙がウカを包んで、気づけばドレスを纏《まと》っていた。

純白というよりは、淡くグリーンに色づいたウェディングドレス。ベールを乗せた髪は、いつの間にか編み込みアレンジ。キツネらしさを表す襟巻まで備えて。

これは、嫁入りの衣装だ。

まあ、可愛《かわい》い。すごく可愛い。モダンでウカ好みだが、おかしなことだ。ウカが自分で化けたわけではない。そもそも自分はキツネだが、特に嫁入りの予定はない。

では、一体何が原因か。キツネの嫁入りだからといって結婚式があるものか。

ふと、ウカは視界の隅に白色がちらつくのに気づいた。

差し出されたのは、一輪の白い花。コスモスにも似ているけれど、早咲きのヒナザクラかもしれない。ブーケには少々慎《つつ》ましいが、天気雨の中で咲く小さな純白は、ささやかながら幸せの色に見える。

「……なるほど。今のは、おまえの悪戯《いたずら》か」

ウカはしゃがみ込んで、花の持ち主に目線を合わせる。ドレスのスカートが、大きなスズランのように膨らんでたわむ。

ウカの前に居たのは、三、四歳くらいの幼い少女。

少しクセがついた、栗色《くりいろ》の髪の毛。くりくりとした、緑がかった瞳。このあたりでは見かけたことのない顔だ。お参りに来た親とはぐれた迷子か、あるいは——。

まあ、良い。

事情は知らないけれど、不思議としょんぼり気分が晴れやかになった。だからウカはなんだか、この可愛らしいプロポーズごっこに応えてみたくなった。

けれど差し出された花を受け取ったところで、魔法が解けたように、ぽん、とドレスが消えてしまった。

「おっと……」

ウカは振り袖姿に戻っていた。天気雨が止《や》んだのに気づいたのは、同時だった。

すると、少女はウカにあげた花をひょい、とひったくって自分の手元へ戻してしまう。

プレゼントではなかった。なるほど、少女にとってはその花は、あくまでお嫁さんの飾りらしい。子供なりの拘《こだわ》りがあるのか。単に人を着飾らせるのが好きなのかもしれない。

ウカは困ったように耳を寝かせながら笑う。

それから少しばかり少女を見つめて、尋ねた。

「おまえ、名前は？」

少女はしばし、つぶらな目をぱちぱち瞬かせて。

それから元気いっぱいに、小さな花が咲くように、笑顔で答えた。

「ヨシノ！」

「ほう、ヨシノときたか」

ウカは笑う。春にはぴったりの響きだと思う。だからウカは、彼女の名前をこう捉える。

「であれば、おまえは桜の子じゃな」


これは、少女と〝あやかし〟の過ごした記録。

または、キツネが長い夢の中で見た、束《つか》の間《ま》の記憶。

どちらにしろ、四季は巡ってゆく。

止まることなく、刻々と。

① あやかしアラカルト

この世界には、数多《あまた》のものがある。

ものの数だけ、道理があり、区別がある。同じものがあれば、違うものがある。べつに難しい話ではない。なんとなく生きていれば、なんとなく知っていくことだ。

たとえば動物と植物。たとえば天と地。たとえば未来と過去。

たとえば科学と魔法。たとえば陽と陰。たとえば善と悪。

そして、たとえば――人と〝あやかし〟。

ヨシノという少女を物語るために、まず初めにひとつ知っておかねばならない。

この世界には、〝あやかし〟が居る。

❀

「はぁ」

うららかな陽気に焙《あぶ》られた、木々の香りが心地よい。

のどかを絵に描いたような神社の境内に、箒《ほうき》を持った巫女《みこ》が一人。

「春よねー……」

わざわざ言わなくたって春である。

鳥居で羽休めをするスズメでさえも「見りゃ分かるだろ」と言いたげに「チチチ」と鳴く。マミコはため息をひとつ漏らした。

春の鳥と言えばヒバリやメジロなのだけど、どうもこの神社はスズメが似合う。当の神様がのほほんとしているせいか、あるいは今朝の気分のせいか。

意味のない独り言が漏れるのは、答えのない自問のせいだろう。つまり「近所づきあいで顔も知れ、恋人もいないことが知れている巫女の小娘が、育児雑誌を買うのってどうだろう」と、マミコは朝から考えていた。

いや、昨晩のご飯を支度している時も考えていたし、一昨日の昼のワイドショーを見ている時も考えていた。一週間前、ウカが通販番組で見たロボット掃除機が欲しいと駄々《だだ》をこねすぎて、縁側でブレイクダンスの出来損ないを始めたときも、たぶん。

元をたどればウカが神社の裏手で、幼い少女――ヨシノを見つけて来た時から、マミコは定期的に悩んでいる。

「はぁー……」

ため息を漏らす。べつに深刻ではないが。

マミコは神社の巫女である。言い換えれば、ウカの巫女である。

紅白の巫女装束に身を包み、黒髪を低めのポニーテールにして、おまけに札紙で結っている。愛用の革手袋とブーツは少々浮いているが、これは実用品なので仕方ない。ほぼ常に外さないたすき掛けも合わさって、だいぶ活動的なスタイルの巫女衣装。

巫女とは言うが、マミコの仕事は宮司に近い。

神社の管理業務からお社の手入れ、炊事、洗濯、境内の掃除、たまに参拝客があれば対応し、町内の寄り合いにも出るし、晩ご飯の買い物もする。

ウカのつまみ食いを叱らなければならないし、〝あやかし〟の対応もしなければならない。そして時に悪い〝あやかし〟が現れれば、それを退治しなければならない。

世間の少女たちが学校に通い、将来の夢や、もしくは「私は何者なんだろう」なんて漠然としたテーマについて悩んでいるところ、マミコは「巫女さんです」という確固たる自覚を持っている。アイデンティティというやつだ。

ウカの巫女はなかなかのハードワークだ。けれど町のためになる仕事で、人と〝あやかし〟の秩序を守る役目であるから、マミコは誇りと責任を持って務めている。

ところが、近頃はその巫女業務のどんな仕事よりも大変な仕事がある。

この神社で、ヨシノを育てることである。

「――っ！」

地響きのような音に、マミコは眉をひそめた。

揺れた木々がざわめきを起こして、境内のスズメたちが飛び去って行く。

マミコは箒を片手に握りしめ、慌てて裏手の庭の方へと駆ける。長年の経験があるマミコだから、嫌な予感は概《おおむ》ね的中する。

案の定、庭には惨事が広がっていた。

砂利をブッ飛ばして空いた大きな穴。飛び散った水と何らかの破片。それと、折れたビニール傘を持ったウカとヨシノの姿がそこにあった。

「なにこれ⁉」

思わず絶叫するマミコに、ウカとヨシノがきょとんとした顔を向ける。

なぜか縁側に桶《おけ》とタオルが置かれていたが、マミコは理由を考える前に、まずヨシノに駆け寄った。

「ヨシノ、大丈夫⁉　ケガしてない⁉」

「だいじょうぶ！　げんきいっぱい！」

ぶい。元気にピースするヨシノを見て、どうやら本当に無事なようだと、マミコは胸を撫《な》でおろす。それから眉間にシワを寄せ、ウカの方へと詰め寄っていく。

すこん。駆けつけ一発、キツネ耳の間にチョップを見舞う。

「あ痛ぁっ！　なにすんじゃ！　神じゃぞ⁉　ウカ、神じゃぞ⁉」

「じゃあ状況が理解できない私《わたくし》めに教えてくださいますか神様。今日は何をやらかしたのか、説明してほしいのだけど？」

涙目で抗議するウカだったが、庭の穴を指さされれば、バツが悪そうに目を背ける。

「いや、違うんじゃよ？　これは違うんじゃ」

「何が違うのよこのスットコドッコイ」

「ほ、ほれ！　マミコが言ったんじゃろ？　境内の掃除の間、ヨシノの相手をしておれと」

「それでどうして庭に穴が空くのよ。納得のいく説明じゃなければ、あと五発チョップのついでに、あんたのほっぺで握力の筋トレするわよ」

「あ、朝のワイドショーで温泉地の旅番組をやっておっての……ヨシノと一緒にの？『露天風呂、風流じゃの〜』って話をしておったのじゃよ。しかしウチに露天風呂はないし、風呂場は少々〝くらしっく〟な作りじゃろ？　それで、収集日前で空いたペットボトルが一杯あったじゃろ？　そこに水を詰めて……」

「ほーん。で、水を詰めて？」

「神通力で爆発させれば、お湯と穴が一緒に出来て露天風呂になるじゃろ」

「おめでとう。今年度ノーベルクソボケ賞だわ！」

マミコは親指にたっぷり力を込めて、ウカのもちもちのほっぺを引っ張る。

「きゅうう」とキツネっぽい声で呻《うめ》くウカをしばし懲らしめてから、改めてヨシノに向き直る。その場にしゃがみ、視線の高さを合わせて。

先ほどの爆発は、音からして結構なご近所迷惑だった。間近で見たヨシノのトラウマになってもおかしくない。

「ごめんね、ヨシノ。またバカがウカ……じゃなかった。ウカがバカなことして……怖かったでしょう？」

「はなびみたいでたのしかったー！」

ひまわりのような笑みを浮かべるヨシノに、マミコは肩を落とす。

ヨシノは好奇心旺盛で、素直な子だ。物怖《ものお》じもしないし、物の怪怖じもしない。

危うくもあるけど、マミコには可愛《かわい》さが勝る。

実のところ、ヨシノを育てること自体はマミコは楽しんでやっている。歳《とし》の離れた妹が出来たようでもある。

ヨシノが来てから自覚したことだが、普段からウカの巫女を務めているのだし、マミコはそもそも世話好きなのかもしれない。

ただ、ウカがヨシノの教育によろしくない。

マミコは巫女である。しかし結婚どころか恋人もいないうちに、まるで子供の教育方針に悩む母のようなことになっている。

ウカを親役の一人と考えてはいけない。

神様であるウカの正確な年齢は定かではないが、やたら長生きしている割に精神年齢が小学生くらいで止まっている節がある。物事の判断基準は自分が楽しいか否かであり、ある意味で神様らしい精神性ではある。

ともかく、そんなウカもマミコからすると大きな子供のようなもので、ヨシノに適当なことを吹き込む困ったお姉ちゃんと化している。つまり現状、マミコは二児の母役となっているようなものだ。

「ウカ。あなた、ただでさえ魔法を使うとロクなことしないんだから、もう少しお上品な方向で子守りしてくれない？　破壊を伴わない手段で」

「ほう、たとえばなんじゃ。立てば爆発、座ればドカン、歩く姿は絶世の美人なこのウカにどったんばったん大騒ぎ以外のことが出来ると言うのか？」

「どさくさに紛れて自慢を交ぜんじゃないわよ。たとえば、そう……昔話とかね？　せっかく長生きしてるんだし、スベらない話のひとつやふたつ、あるでしょ？」

「ウカさまのおはなし、ききたい！」

「ほうほう、なるほど」

それならば、とウカは白い指先を顎に当て、ちょいと考え込む。こういう仕草をするだけで絵になるのがウカだ。

マミコの言う通り、人より遥《はる》かに長きを生きてきたウカは、存在自体が昔話で出来ているようなもの。印象に残っている出来事を話してくれれば、それだけで十分退屈しないだろう。……というのは、マミコ自身が幼かったころ、ウカにあやしてもらった経験に基づいている。

かつてはマミコにとって、ウカもお姉ちゃんだった。だが成長するにつれて精神年齢で追い越してしまった。寂しいが、人と神とはそういうもの。

マミコにとっては主で、姉で、妹で、付き合いの長い友達でもある。複雑なのだ。

やがて、ウカはキツネ耳を「ぴんっ」と立てた。アレはマンガで言うところの、頭の上に電球が浮かぶのと同じ、ひらめきの表現であるとマミコは知っている。

「そうさな。では、かつてこの町の水害を鎮めに行った時の話をしよう」

「すごいエピソード持ってるじゃないの。それ私も初耳なんだけど……ウカってそんな神通力もあったのね」

「ふふふ、すごいぞ。ウカはとーってもすごい」

鼻高々のウカが縁側に腰かけ、ブーツに包まれた足を揺らす。喜びがすぐ仕草に出て、そのせいでよくキツネ耳を隠し忘れるのだ。

「あれは、この町がまだ村だったころじゃな。長い長い雨で作物がダメになりそうな年があって、庄屋《しょうや》がウカの神社に神頼みに来たことがあった」

「村の偉い人のことよ」

語りの最中、マミコがヨシノに単語の意味を解説する。ウカは頷《うなず》いて続ける。

「あれは人を纏《まと》める才能はなかったが、信心深くはあったの。熱心にウカの下へお参りに来たゆえ、嬉《うれ》しくなったウカはちょいと水神に口利きしてやることにしたのじゃ」

「へえ、そんな知り合いも居たんだ」

「居らんので探しに行くことにした。というか長雨は神様じゃなくてエルニーニョ現象のせいじゃぞ。テレビで見た」

「子供の夢を壊すことにかけては右に出る者が居ないわね、この神様」

「うっさい。だいいち、神様が何の理由もなく雨なんか降らすかい。作物がダメになったら、ウカたちもお腹《なか》が減るんじゃぞ。なんでも神様のせいにするな」

指をタクトのように振りながら、ウカは言う。それは確かにその通りだとマミコも納得する。もし人の世に悪さをした神がいたなら、ウカではなく当時の巫女《みこ》が対応に当たったはずだ。

「まぁしかし、この町は歴史が長いゆえ、水辺に住み着く〝あやかし〟の顔役のような者は居ると思ったよ。そこでウカは、長雨がいつ止むか天気予報してもらうために、それを訪ねることにした」

「おともは？　いたの？」

「天狗《てんぐ》のヨイマルに供を頼んだのじゃが、やつは『雨季は羽が濡《ぬ》れるから断る』とか抜かしたので一人で行った。あんにゃろめ」

「ウカの友達って、ウカの友達って感じの性格よねえ……」

ため息をつくマミコだが、意外とヨシノが興味津々なので良しとした。

「ウカは歩いたぞ。山あり谷ありではなかったが、坂あり寄り道ありの大スペクタクル。梅雨時でぬかるむ道を、雨用の高下駄《たかげた》で踏みしめ、ぐうぐう鳴るお腹を押さえ、お気に入りの編み笠《あ　がさ》を濡らしながらも、くじけることはなかった！　団子屋の軒下で雨をしのぎ、熱いお茶で暖を取り、農家のおばちゃんに足を揉《も》んでもらったり、大工の六兵衛におんぶしてもらったりしながら、ウカは必死に村一番の大きな池を目指したのじゃ……！」

「わぁ……！」

キラキラおめめのヨシノである。

マミコのほうは「もう少し頑張れよ」と思いつつも言わない。

「そうして、ウカはとうとう池にたどり着いた。そこで『この村の水を取り仕切る者はおるか』と声をかけると……池の中から、ぬぅ、と大きな影が現れた！」

「なに？　かいじゅう⁉」

「カニじゃよ」

「かに？」と首をかしげるヨシノに、ふふん、とウカは鼻を鳴らす。

それから、記憶をたどるように目線を上げて、神社の軒あたりの高さを見つめる。

「カニと言ってもズワイやタラバではない。そうさな、大きさにして十……十五尺はあろうかという大ガニじゃった」

「それは大きいわね。その大きさになると、間違いなく〝あやかし〟でしょうね」

ウカはマミコに頷いてみせる。律儀にキツネ耳も上下する。

「川辺で長生きしたカニが、あやかしになって住処《すみか》を広い水辺に移したのじゃな」

「そのカニに、雨がいつ止《や》むか教えてもらったの？」

「うんにゃ。大ガニは『いやあ、僕カニなんで分かんないですわ』と言うた」

「それはそうでしょうね……」

「しかしちょうど雨が止んで来たので、ウカはカニの背中に乗せてもらって川へ行き、川下りを楽しんだのじゃ。増水しておったがカニのコーナーリングが鋭くてな。人間はあの様を見てのちに遊園地にウォータースライダーを発明した、という説もある……」

「何の話よこれ」

「ともかく無事に雨は止み、ウカはいっぱい水遊びをしたのでお腹が空《す》き、家に帰ってお供えの油揚げを食べるととても美味《おい》しかったのじゃ。めでたしめでたし」

「めでたしって言うか、ウカがおめでたい話じゃないの」

思った以上にヤマも意味もオチもない話だった。いや、昔からウカの昔話はこういう感じだったかもしれない。桃太郎や金太郎のように鬼退治をする場面があったとしても、頑張って戦うのは当時の巫女の仕事だろう。

しかし「今の話、ヨシノは退屈じゃなかったかしら」と不安になって見てみれば、キラキラ輝くヨシノの笑顔に、マミコは杞憂《きゆう》を悟る。

「かに……でっかいかに……！」

小さな両手をグーにして、いまにも駆け出しそうなヨシノである。

一体、大きなカニの何がそれほどヨシノを惹《ひ》きつけたのか。「子供って不思議」と苦笑するマミコだが、マミコもかつては子供だった。思い出として覚えてはいるけれど、その純粋な感性までは思い出せない。

膨らんだワクワクが抑えられないのか、ヨシノはその場でトタトタ足踏みすると、マミコの方を向いて両手を広げる。目一杯に広げた掌《てのひら》が、それでも猫の頭くらい小さい。

「ヨシノ、かに、みたい！」

「うんうん、大きなかにさん見たいわね」

つられてマミコも、ほんにゃり笑う。

「みたいから、いってくる！」

「ん？」

「いけ！　かにの！」

「んん……？」

マミコの笑顔がちょっぴり引きつる。「いけ」とは、まさかウカの話に出てきた池のことを言っているのだろうか。

確かにウカは「この町がまだ村だったころ」と言ったわけだから、つまり件《くだん》の池はこの町にあるのだろう。行こうと思えば行けそうだけど、マミコの記憶には思い当たる土地がない。ウカの記憶を頼りに探しては、随分と時間がかかるはずだ。

　ちら、とマミコは鳥居を見る。

　長年の経験。鳥居から伸びる影を見れば、マミコは今が何時ごろか分かる。

「ええと、ヨシノ？　悪いけど、今日はこれから用事があって……。明日もちょっと役場に行かなきゃならないし、週末まで待ってくれたら」

「だいじょうぶ」

　とん、とヨシノは小さな拳で胸を叩《たた》く。どこで覚えてきた仕草なのだろう。

「ヨシノ、ひとりでいけるもん」

「それはダメ」

　ちょっと食い気味に言葉を遮り、マミコは止めた。

　流石《さすが》にこれはヨシノも面白くない。む、と眉をひそめる様に、マミコは少々困った顔。

「ごめんなさい。でもヨシノ……前も言ったけど、お外は怖い物も色々あるのよ？　車も危ないし、知らない人も居るし、それにあなたは――」

「マミコおねーちゃん」

　ちちち、とヨシノは小さな指を振る。つくづくどこで覚えてくるのだろう、こういうの。

「しょうじょは、ひとりだちしたときにれでぃーにかわるものよ？」

　いや本当どこで覚えてくるんだこれ。

マミコはジト目で隣のキツネを見やる。ウカはキツネ耳が千切れそうなくらいぶんぶん首を振る。教えてないらしい。じゃあ他にこういうのを吹き込んだやつがいるわけだ。頭の痛い問題である。ヨシノがどんどん愉快になっていく。

「……こほん。あのね、ヨシノ。レディは良いけれど、それは長い時間をかけて育っていくものでね？」

「マミコはレディの何たるかを分かっておるのか？　頂き物のダージリンを湯飲みと煎餅で味わっておるのにか？」

「ややこしくなるからウカは黙ってて」

「こーん」

やる気のない鳴き声を聞きつつ、マミコはもう一度咳払《せきばら》いして仕切り直す。

「言ったでしょう？　ヨシノの体は〝あやかし〟を誘いやすい体質なの」

あやかし。

漢字にすれば〝妖〟。

幽霊、魔物、あるいは妖怪変化。ロボットやAIが人の生活に根付くこの時代においても尚《なお》存在する古きものたち。それは自然の化身であったり、意思を持つ古物であったり、死者の成れの果てであったりと様々。

人ならざる町の住民であり、時に人と寄り添い、時に人を害するものども。巫女であるマミコにとっては、人間と同じくらい接していく存在。そして特殊な体質を持つヨシノにとっても、これからそうなっていく存在だ。

「あなたの体に宿る力はとても強くて、だからこそ多かれ少なかれ、彼らに影響を与えるものなの。人もあやかしも優しいだけじゃない、怖いあやかしだって居るのよ」

「……じゃあ、ヨシノずっと、おそとにでられないの？」

「そうじゃない。焦らなくても、ちゃんと一人で出歩けるようになるわ。ヨシノがきちんと力の使い方を学んで、私みたいに魔法を操れるようになればね」

そう言って、マミコは人差し指を振る。

その動きに導かれて、春風が渦を巻いて木の葉を掬《すく》う。くるくると踊るように舞う木の葉は、ヨシノをあやすための動き。

けれど、今日のヨシノはそれを見て笑顔になることはなかった。マミコよりずっと小さな指先をくるくる揺らして、口を尖《とが》らせる。

そんな様子を見て、ぐずられるかとマミコは不安になったが、意外にもヨシノはそれで引き下がってくれた。ほっと胸を撫《な》でおろし、マミコは箒《ほうき》を持ち直す。

「じゃあ、私はそろそろお掃除に戻るわ。ウカは魔法を使わずに穴を埋めておいてね。物置にスコップが入ってるから」

「は？　ウカがやるのか？　神なのに？　えらいのに？」

「晩ご飯、油揚げの煮物のつもりだったけど気分が変わって来たわね」

「お、お揚げを人質にとるなど……！　この、あくま！　マミコ！　小姑《こじゅうと》！」

「悪口をしりとりにしてんじゃないわよ。ほら、キビキビやる！」

結局ウカがスコップを持ってきて、ヨシノがお子様シャベルで穴埋めを手伝っているのを見届けてから、マミコはようやく境内の掃除に戻っていく。進捗は芳《かんば》しくないので、結局あとでマミコが直すことになるだろう。

それから午前中の家事を済ませると、先に話していた用事のため町へ向かう。

宮司を兼ねる巫女のマミコには、あやかし退治以外にも外へ赴く仕事は多い。たとえば家を新築する前に、土地の精霊に礼を通す地鎮祭。他には町境の結界の管理や、船舶の進水式におけるお清めなど、色々とあるわけだ。

その仕事を終えると商店街へ寄り、昼夕の献立のため買い物をする。

ひとつはウカの好物を買って帰るのがお決まりだったが、加えて最近はヨシノの分が増えた。今日はゴキゲン斜めかもしれないから、ちょっぴり高級なプリンをひとつ。クリームやフルーツが一緒に載った、豪華なプリンアラモード。

マミコが神社へ帰ると、ヨシノは部屋で絵本を読んでいた。

さほど機嫌は悪くなさそうで、ホッと胸を撫でおろす。プリンを冷蔵庫に入れたら袴《はかま》のままエプロンをつけて、まな板を叩く音がキッチンに響きだす。

それから、マミコの一日は穏やかに過ぎた。たまに参拝客がやってきて、ウカは縁側でうとうととして。屋根の上をスズメが散歩し、春の太陽はのんびりと、山の向こうへ落ちていく。夜が来て、明かりを消して。おやすみと共に今日が終わって。

翌日、ヨシノが家出した。


「嘘《うそ》でしょ⁉」

マミコが異変に気づいたのは、日課である境内の掃除を終えた後。

朝食の準備に向かう途中、ちゃぶ台の上の書置きを見つけた。折り紙の裏に、ヨシノお気に入りのクレヨンで書いたもの。

曰《いわ》く「あたらしいけしきをみてきます」とのこと。

「何よ、そのフロンティアスピリッツ……！」

ぼやきつつ、マミコは額を押さえる。

「子供って、難しい……」

完全に油断していた。

まさかあの場で駄々《だだ》をこねるのではなく、したたかに人目を盗む行動に出るとは。

いや、思えばウカが見つけた時から、ヨシノは一人だった。

ヨシノの両親が、どういう理由であの子を手放したのかは分からない。しかし少なくとも出会った当時から、ヨシノは一人で冒険することを恐れていなかったように思う。好奇心が強く、行動力に溢《あふ》れた子なのだ。思い立てば、一人で行くのは十分考えられた。

こうしてはいられない。マミコはまず、急いでヨシノの部屋へ向かう。

この神社には、マミコとウカ、ヨシノに加え、その他にも住人がいる。ヨシノと一緒の部屋で寝起きさせている〝彼女〟は、ヨシノの家出に気づかなかったのだろうか。

「楓《かえで》、楓！　起きてるわよね！」

「んむ――――――――――――っ！」

ふすまを開けると、デカいタラコのような物体がびちびち跳ねていた。

「うわっ、なにこれ」

「んむっ！　むーっ！」

いや、跳ねているのは赤い着物を纏《まと》った日本人形。ただ、縄跳びで縛られているのでデカいタラコに見えただけだ。哀れなことに口はおしゃぶりで塞がれて、小さなサイズ感のせいで赤ちゃん風でもある。

「なにやってるのよ……意味分からなすぎて怖いんだけど」

マミコは膝をついて、日本人形を縛った縄跳びを解きにかかる。正直笑いそうになるのは頑張ってこらえた。嘘《うそ》。ちょっと笑った。

「んむむむ！」

「ふふふっ。……あ、ごめんなさい。先におしゃぶり取らなきゃね」

「ぷはっ……もー、なんなの！」

「似合ってたけどね、サイズ感がサイズ感だから」

「うっさい！　呪うよ！」

「はいはい、怒んないの。今解いてあげるから」

おしゃぶりを外されて、その人形はようやく言葉を発した。そう、人形は人形でも彼女は喋《しゃべ》るし、動くこともできる。

彼女の名は楓。いわゆる、髪が伸びる呪いの人形である。

彼女もまた、ヨシノの周囲にいる〝あやかし〟の一人。だが割と無害というか、あるいはヨシノに毒気を抜かれたというべきか。とにかく現在は保護者の一員として、マミコが居ない間にヨシノを見守っている。

「……ちょっと、なにこれ」

楓を縛る縄をほどきにかかって、マミコは表情を強張《こわば》らせる。縄には魔法がかかっていた。

巫女《みこ》としての修練を積んできたマミコには分かる。縄には魔法がかかっていた。

縄にはまじない道具としての適性がある。神社の注連縄《しめなわ》は、神様の世界と外界を分かつためのもの。縛ることで結界を作り、封印を施す。

楓を縛る縄にもメチャクチャな形で魔力が込められているから、あやかしとはいえ自力で脱出できないのも当然。これが解けるのはマミコくらいだ。

「どうしてこんなことに……ああもう、少し乱暴にいくわよ」

手印を組んで祝詞《のりと》を唱えれば、マミコの指先に赤い炎が点《とも》る。邪気を清める魔力の炎。

面食らったのは楓だ。

「えっ⁉ ちょっ、やめ、やめやめっ――」

ヨシノを捜すための時間が惜しい。慌てる楓はとりあえず無視して、マミコは魔法でその縄を……正しく言えば、縄に込められた魔力を焼き切る。

途端、魔力と魔力がぶつかって、激しく爆《は》ぜた。

「っ！」

弾けた縄と火花がマミコの頬や衣服を切り、畳を焦がす。部屋の中に吹き荒れた風が、家具や小物を倒し、マミコも壁に叩きつけられた。

封印を強引に解くのは、魔力の張り詰めた風船をハサミで突くようなもの。反動はマミコにも予想できたが、ここまでとは思わなかった。

そして爆心地に居た楓はと言えば、黒ひげを飛ばすゲームの如く、盛大に吹っ飛んで天井で跳ね返った。

「ぎゃんっ！」

べちゃっ、と畳の上に落ちる楓。

マミコはしたたか打ち付けた肩をさすり、頬の傷を指で拭いながら、なんとか腰を上げる。

「と、とんでもないわね……縛られてたのが楓だったから良かったけど」

「良かぁないわよ暴力巫女！　やめろって言ったでしょ⁉」

「言わせなかったけど」

「言わせなさいよ！　しかも清めの炎向けたよね⁉　あたしがうっかり祓《はら》われたらどうすんの！　ただの人形になっちゃうのよ⁉」

「それは危険なあやかしが祓えて一石二鳥っていうか……」

「あーはいはい喧嘩《けんか》売ってんだ！　よーし纏めて百貫文ほど買ってやるわ！」

「悪いけどお客様、電子決済しか取り扱っておりません」

呪いの人形である楓は、髪を自由に伸ばすことができる。涙目で激昂《げきこう》した楓が髪をめちゃくちゃに伸ばし、鞭《むち》のように使ってマミコを叩いてくる。

マミコはと言えば千切れた縄に再度魔法をかけて結界を作り、楓の抗議攻撃を弾きながら、今の出来事についてぶつぶつ考え込む。

「それにしても、何だったのかしらこの縄跳び……封印自体はお粗末だったけど、込められてた魔力は凄《すさ》まじかったし」

「強っ！　あーもうこの巫女ほんとムカつく！　むーかーつーくー！」

目じりに涙をにじませて、楓は縄の残骸やおしゃぶりに八つ当たりを始めた。鞭のようにバシバシ振るわれる髪が、いとも容易《たやす》く畳や床をへし折って凹《へこ》ませる。

「やめなさい楓、それ以上やると本当に祓って不燃ゴミの日に出すわよコラ」

「可燃よ！」

「そこ気にするんだ……それより、何があったの？　ヨシノはここには居ないの？」

「あ、そう！」

楓はぽん、と手を叩《たた》く。材質のせいで木琴みたいな音だ。

「ヨシノが早起きしてリュックに荷造りしてたの。あの子、一人でカニを見に行くんだとか、よく分かんないこと言ってさ」

「やっぱり！　楓、あなた止められなかったの？」

「止めようとしたってば！　そしたら縄跳びが勝手に絡みついてきて、おしゃぶりまで……あーもうなんなの⁉　口封じのつもり⁉」

「……ヨシノが、これを？」

マミコは神妙に眉をひそめる。

楓だって立派なあやかしだ。畳を簡単に壊してみせたように、決してか弱い存在ではない。普通に考えれば、ヨシノのような幼子に縛り上げられるはずがない。

しかし、それが魔法の仕業となれば、驚きこそするものの納得もあった。

魔法。

この時代、科学の発展が進む一方でそれに頼らぬ神秘の力もまだ存在する。巫術《ふじゅつ》だとか呪術だとか種類は様々だが、グローバル化が進んで陰陽師や魔女やエクソシストが入り乱れる昨今、ひっくるめてマミコは〝魔法〟と呼ぶ。マミコがヨシノをやや過保護に扱う理由がこれだ。

ヨシノには生まれつき、非常に強い魔力がある。

強い力はただでさえ制御が難しい。まして精神や想像力に強く影響されるその力は、幼い子供にはデリケートなもの。栓のない水源のように、それはヨシノの意思と関係なく溢《あふ》れ出《で》て、空想を現実にしてしまう。

そしてその力は、時にあやかしと強く呼応し、惹《ひ》きつける。楓が一例である。

ウカのようなのんびり屋の神や、楓のような話の分かるあやかしであれば良い。しかしこの世は、善良な者ばかりが暮らす世界ではない。

人間を襲うような、理性なき危険なあやかしにとってみれば、ヨシノは良い匂いをまき散らす栄養満点のご馳走《ちそう》。一人で外に出るのは危険すぎる。

しかしそれを理屈として分かってもらうには、ヨシノはまだ幼かった。強い力を持っているだけに、ヨシノの好奇心と純真さは危ういわけだ。

「とにかくヨシノを捜しに行くわ。楓、手伝ってもらえる？」

まだ涙を浮かべたまま、着物のシワを丁寧に手で伸ばしながら、楓は小首をかしげる。

「捜しに、って……アテとかあるの？　あたし、行き先聞いてないけど」

「具体的には分からないけど、どこに行ったのかは見当がつくの。昨日、ウカがした昔話を熱心に聞いていたのよ。あの話に出てきた池を探しに行ったんだわ」

「池？」

「そう。４メートルくらいの大きなカニが居るんですって。ウカの知り合いだから、たぶん悪いあやかしではないんでしょうけど」

「……んー？」

楓はじたばたして乱れた黒髪を、手櫛《てぐし》で直しながら首をかしげる。

そんな様子がひっかかって、マミコは尋ねる。

「どうしたの？　ヨシノ、池とかカニのこと、何か話してた？」

「や、そうじゃなくて。あたしも人形だから、あんまり外を出歩かないし、詳しくはないんだけどー……４メートルのカニが住む池って、かなり大きいじゃない？」

楓は、面相筆で綺麗《きれい》に描かれた眉を寄せる。

「この町……そんな目立つ池なんて、あった？」

「……」

いや、ない。

あるとすれば、巫女の仕事で町中を行き来するマミコが知らないわけがない。

マミコは慌てて神社の中を駆けまわり、ウカを捜す。冷蔵庫からりんごヨーグルトを取り出している姿を見つけると、マミコはすぐに尋ねた。

「ウカ。昨日の、池とカニの話……あれ、いつのこと？　この町が村だったころって」

「ん？　ああ、そんな昔でないぞ。確か……」

ヨーグルトを棚に置き、口にスプーンを咥《くわ》えながら、ウカは白い指をひとつ、ふたつ、みっつ、よっつ……畳んでいく。数える指が両手になったあたりで、マミコが青ざめる。

そんなマミコの気も知らず、ウカはあっけらかんと答えた。

「ほんの八百年ほど前じゃな！」

❀

「もー、ウカのバカ！　アホ！　エキノコックス！」

「それ悪口なの？」

箒《ほうき》を片手に、ぎゃんぎゃん騒ぎながら神社を出ていくマミコの肩で、楓が律儀なツッコミを入れる。

結局、ヨシノ捜しにウカは連れて来なかった。まず役に立たないからだ。

ウカには深刻さがないし、下手に事態をかき回される恐れがある。

「長い歴史の中では治水工事だってあったのよ？　八百年前の池なんてとっくに埋まって

るに決まってるじゃない！　ヨシノ、もう存在しない場所を探して出て行っちゃったんだわ。これじゃ見当をつけようもない！」

「だからヨシノの魔力を感じられるあたしを連れて来たんでしょ？　子供一人じゃ、そう遠くへは行けないって」

その通り。今は楓のあやかしとしての感覚に頼るしかない。

これが単なる家出ならば、ヨシノのお気に入りの場所を捜すだとか、多少の見当はつけられる。しかしヨシノ自身が見つかるはずのない物を探しているこの状況は、彼女がどんな道を通ってどこを目指しているのか、さっぱり分からない。

マミコもヨシノの力を感知できるが、あやかしの方がより敏感だ。もしヨシノが悪いあやかしに捕まってしまっていたら、警察に頼っても捜せない。楓の協力は絶対だった。

「でも、マミコがあたしみたいな邪悪なあやかしに頼るなんて、人生分かんない物ね。人間じゃないあたしの場合、〝人生〟で合ってるのか分からないけど」

「自分で邪悪っていうの、すごく間抜けっぽいわよ」

「うぐっ……」

「それに邪悪だろうと善良だろうと、あなたはヨシノのことを裏切らない。そうでしょ？」

「……フン」

事実、楓は過去にヨシノを守ったことがある。

元々、楓は神社に預けられた呪いの人形だった。じっくりと呪いを解いて祓うはずだったのだが、目を離した隙にヨシノの部屋に行き、気づくとヨシノが懐いていた。

最初はその関係を危ぶんだマミコだったが、彼女がヨシノを他のあやかしから守る場面を見て以来、神社の一員としてなんとなく受け入れている。

楓としては、あまり人のため動いたことを掘り返されるのは気恥ずかしい。けれどマミコとしては、あやかしだろうと善行は誇れば良いと思う。

「まさか当のヨシノに縛り上げられて、赤ちゃんにされてるとは思わなかったけどね」

「うっさい」

バツの悪そうな楓である。おしゃぶりはよっぽど堪えたらしい。

「ねえ楓。ヨシノが近くに居るとして、どれくらいの距離なら感じられる？」

「100メートルくらい？　少なくとも神社の近くには居ないんじゃない」

「せめて4キロくらいにならない？」

「盛りすぎでしょ。4キロメートルって一里じゃない」

喋《しゃべ》っていても仕方ないので、兎《と》に角《かく》急いで歩き出す。

神社前の通りを速足で5分ほど進んで行くと、曲がり角にミヅキ商店という駄菓子屋がある。ちょうど店先に出てきた店主のお婆《ばあ》ちゃんが、マミコに声をかける。

「あらァ、マミコちゃん。おはようさん」

「あ、ミヅキのお婆ちゃん……！」

「まァまァ、そんなに慌てて。肩にお人形まで乗せてどうしたんだい？　デートかい？」

「巫女《みこ》服で日本人形乗せてデート行く人います？」

「そういうのがトレンドなのかと思ってねェ……ウチも若いころはビスクドール抱いて出かけたりとか、黒に染めないファッションは服じゃあないと思っていたからねェ……」

「いつのトレンドですか？　じゃなくてっ！　あの、ヨシノ見ませんでしたか？」

「あァ、ヨシノちゃんなら……30分くらい前かねエ。ウチでチョコ大福と酢イカとメロンソーダ買っていったよ」

「食べ合わせが悪すぎる……」

「なんだかねェ、カニのいる池に行くとかどうとか……あいにく私も知らなくて、ヨシノちゃんを案内できなかったのよ。一人で危なくないかしらと思ったんだけど、決意に満ちたあの目は、どこか昔の私に似ていたから……」

「そんなエモいノリで行かせちゃったんですか⁉」

なるほど、この世間で子供に良くないのはあやかしだけではないようだ。

マミコはちょっぴり、子育てに関する意識を改めた。

「それで、ヨシノはどっちに行ったか分かります？」

「この角を曲がっていったけど、この先はまた分かれ道だからねェ。竹藪《たけやぶ》側の道に行ったか、墓場の方に行ったかは分からないねェ」

「そうですか……ありがとうございました」

マミコは楓が落ちないように支えながら、ぺこりとお辞儀して歩き出す。本当なら少し売り上げに貢献していきたいところだが、一刻も早くヨシノに追いつきたい。

「――」

先を急いでいる。

急いではいるが、マミコはふと立ち止まって、ミヅキ商店の方を振り返った。

店の前。ミヅキのお婆ちゃんが遠く、春の空を見上げている。その視線の先には何もない。青空に浮かぶ立派な雲も、見惚《みと》れるような桜の木も、何も。

ほんの少しだけ、マミコにはその寂しげな横顔が気になった。

それはあくまで、夕立の前に風が湿るような微《かす》かな兆し。だから一瞬だけマミコの直感をくすぐって、春の香りの中へ消えてしまう。

「どうしたの、マミコ。急ぐんでしょう？」

怪訝《けげん》な顔で尋ねる楓。マミコはゆるく頭を振って、芽生えた違和感を振り払う。

「そうね、早くヨシノに追いつかないと」

今は、ヨシノのことが何より優先。マミコは再び歩き出す。


一方、そのころ。

ヨシノはと言えば、酢イカをはむはむしながら竹藪の近くを歩いていた。

マミコに黙って出てきたのはちょっぴり後ろめたいが、罪悪感よりも抜け駆けしたワクワク感が勝る。

神社に来て以来、ヨシノは大事に大事に育てられていた。けれど親心というものは、遊びたい盛りの子供にとっては得てして窮屈なもの。たった一人でのお出かけは、どんな絵本や昔話より刺激的だった。

買い食いどころか歩き食いだって叱られない。甘酸っぱい酢イカをかじっては、メロンソーダで追いかける。口の中が甘いのと酸っぱいので大渋滞になる。

「うーん」

なんとも食べ合わせが悪い。

そもそもヨシノがこの組み合わせを選んだのは、テレビで焼き鳥とビールを美味《おい》しそうに味わう大人を見たからである。駄菓子屋の中で比較的近い、串にささった酢イカと炭酸飲料を選んだわけだ。

当然焼き鳥とビールの生み出す大人の味わいには程遠いわけだが、ヨシノは「おとなってこんなのがおいしいんだ」と首をひねる。

しかしヨシノはかしこい。

こんなこともあろうかと、チョコ大福を一緒に買っておいたのである。酢イカをさっさと食べてしまって、櫛《くし》はきちんと小さく折ってバッグにしまいこみ、大福とメロンソーダの甘味《あまみ》コンビネーションを楽しむことにする。

「やっぱり、しゅわしゅわジュースにはあまいのがいい……おとなはわかってない」

ふふん。違いの分かるヨシノである。

小さな口を目一杯に開けて、さっそくチョコ大福を頬張《ほおば》ろうとする。

その時、空からけたたましい声が降ってきた。

「わ――っ！　退いて退いて退いて――っ！」

見上げれば、箒に乗った少女が墜落してきていた。

魔女である。マミコも広義で言えば魔女と言える。

しかしその少女はマミコと比べればステレオタイプな、西洋風の魔女だ。黒い帽子に黒いローブ。三つ編みにしたアイボリーの髪も魔女らしい装いだが、今は髪も服装も乱れている。絶賛墜落中だからである。

あんぐりと口を開けたまま、ヨシノはそれを見て固まってしまう。

「嘘《うそ》だろ⁉　この子全然避けない！　あーもー！」

相手が避けるのを期待できないことを悟った魔女は、とっさに魔法の力を使う。

ぽんっ。

白い煙を上げて、ヨシノの持っていたチョコ大福が、大きな大福型クッションになった。

ヨシノも魔女もそれにふんわり受け止められて、ケガはせずに済む。元々がチョコ大福なので、甘い香りがふんわり漂った。

「……間一髪、といったところか……」

ぐったりしたままの魔女が見上げた視線の先には、他の魔女が何人か箒で飛んでいた。

どうやらツーリング中だったらしい。

「おーい、大丈夫？　どうしたの？」

「浮かんでた何かにぶつかって手元が狂ったみたいよ。空なのに交通事故とか」

「自慢話に夢中になってよそ見運転するからよ」

「このへん、巫女の取り締まりが厳しいんだからさー。次に捕まったら箒《ほうき》免停じゃない」

口々に言いながらも、特に助けようという態度ではない他の魔女たちに、大福にめり込んだ魔女は無事を示すようにヒラヒラと手を振る。

「あー、大丈夫……先に行っていてくれ。この箒ならすぐに追いつくから。なにせ自慢の飛行魔法を、最近さらに改良したからね。時速300キロくらいは余裕さ」

「だから飛ばすなっつってんの！　安全運転でおいでよ！」

ツッコみつつも、言われたらさっさと先に行ってしまう他の魔女たちを見送って、墜落魔女はどうにか大福クッションから起き上がる。

それから大きな大福の陰を覗《のぞ》き込むと、ヨシノがぺたんと座り込んでいるのを見つけた。無事であることを確認すると、魔女はほっと胸を撫《な》でおろす。

「良かった、ケガはないようだね」

「うん、ヨシノはへーき……」

「いやいや申し訳ない。私としたことが……あんな高度を障害物が飛んでいるとは思わなかったのでね。まあケガがないのなら、なにより……」

言った通り、ヨシノ〝は〟平気である。

一方、ヨシノが視線を向けた先には、クッションに変えられてしまった大福の姿があった。ぽん、と煙を上げて魔法が解ければ、元のチョコ大福の姿に戻る。道路の汚れや砂がついて、じゃりじゃりになってしまった。

「……あー」

流石《さすが》にバツの悪そうな顔をする魔女である。

大事には至らなかったとはいえ、ぶつかりかけたのも確かだし、小さな子のおやつを台無しにしてしまった。

ヨシノには、特に魔女を責めようという態度はない。

「……」

しかし、砂まみれになった大福を見ると悲しくなってくる。メロンソーダだって全部こぼれてしまった。初めての一人での買い食いメニュー、全てが台無し。

じわり。ヨシノが目じりに涙を浮かべる気配を感じるや、魔女は目線を合わせるようにしゃがみこんで、ヨシノに語り掛ける。

「すまないね。咄嗟《とっさ》のこととはいえ、お嬢ちゃんのおやつを台無しにしてしまった。いや時間的には朝食かな？」

「だいじょうぶ、れでぃーはなかないから」

「おお。悲しいことがあっても毅然《きぜん》と涙をこらえるとは、確かに立派なレディだ。しかしそんなレディに失礼を働いたままとあっては、少女に夢を与える魔女の名がすたってしまうね」

魔女は笑顔があまり得意ではないらしい。愛想は決して良くないが、ほのかに優しく口端を上げていた。

「お詫《わ》びに、私の魔法でなにかひとつ願いを叶《かな》えてあげよう」

「おねがい？」

「ああ、そうとも。これでも私はけっこう経験豊富な魔女なのさ。お城の舞踏会に遅れそうになったシンデレラに、ライダースーツと南瓜《かぼちゃ》のハーレーを用意してあげたこともあるんだよ」

「ばしゃじゃないの？」

「エンジンついてた方がいいだろう？　私の箒もV型6気筒さ」

「なんかすごい！　……それじゃーねー、それじゃーねー」

シンデレラというワクワクワードと、自信満々な魔女の態度にヨシノはすっかり泣き止《や》んで、涙の名残できらきらした瞳を輝かせる。

願い事を何でもひとつ、と言われるとあれこれ考えてしまうが、今のヨシノには確固たる目的があった。

「じゃあね、かに！　かにがいい！」

「おお、カニか。ようし、任せたまえ」

お出かけ用の折り畳み式ポータブル魔法の杖《つえ》を取り出し、「そうれ」と魔女は杖の先を一振り。ぽん、と音を立てて、紫がかった煙がヨシノを包みこむ。

あら不思議。ヨシノはあっという間にカニの着ぐるみに包まれた。タラバだ。

「どうだい、気に入ったかい」

「ぜんぜんちがう」

「あれぇ？」

「かにになりたいんじゃなくて、かにのいるところにいきたいの」

両手をちょきちょきしながら、不満げにぴょんぴょん飛び跳ねるヨシノ。それを聞いて魔女は納得したように手を叩《たた》く。

「ああ、なるほどそういうことかい。それならなおさら任せなさい」

煙を上げてヨシノの服を元に戻すと、魔女は携えた箒を自慢げに掲げてみせた。なるほど、箒の先にはごついエンジンが備わっている。掃除には絶対使えないだろう。

「なにせ魔女の箒は、山でも川でもひとっ飛びだからね。鳥より風より速いのさ」

ぱちん、とウインクしようとして、魔女は間違って両目を瞑《つぶ》る。かくして家出早々に、ヨシノはマミコが思いもよらない交通手段で飛んでいってしまうのだ。

とにかく、あやかしや魔法の世界と縁がある。

これがマミコの危惧していた、ヨシノの体質である。


ヨシノが空を飛ぶなど思わぬまま、マミコたちは墓場近くの道を歩いていた。

街路樹のソメイヨシノが、まだちらほらと花をつけている。ヨシノは自分と同じ名前の花をたどって歩いただろうか。少なくともマミコたちには花見の余裕はない。

早足気味に歩いて、いくつかの信号と標識を越えると、大き目の集合墓地が見えて来る。道脇の木は華やかな桜から、おあつらえ向きな柳に変わる。

墓場側の道に来たのに、具体的な理由はない。ただ、子供ならこういった道は怖がりそうなものだが、ヨシノは嬉々《きき》として遊びに来そうな気がした。

陽《ひ》を遮る大きなしだれ柳の下を歩いているとき、楓がくいくいとマミコのポニーテールを軽く引いて、尋ねる。

「ねえマミコ。空から捜したほうが早いんじゃない？　箒で飛べるんでしょ？」

「ヨシノくらい小柄だと、空から捜したら逆に見落としてしまいそうだもの」

「ああ……あんた焦ってるとかなりトばすもんね。ヨシノが悪いあやかしに襲われてる時なんか、びゅーんって遠矢みたいに飛んで来てさ、飛び蹴りするでしょ。巫女《みこ》なのに武闘派すぎない？　お札とか使わないの？」

「け、蹴りは由緒正しい祓いの技法なの。良い？　陰陽道《おんようどう》では相手を自分の下に置く意味で足蹴にするというのがあって……」

「ああ、良い、良い。マミコってそういう話始めると寺子屋の先生みたい」

「こんにゃろ……。とにかく、あまり手がかりがないうちは大きく移動できる手段を使わない方が良いでしょう。町中を歩いて、ミヅキのお婆《ばあ》ちゃんみたいにヨシノを見かけた人を探したほうが――」

不意に、あたりが暗くなった。

先ほどまで晴れていたはずだが、空は不気味な暗雲に閉ざされて、生ぬるい風が吹き始める。次いで、ゆらゆら揺らめく青白い人魂《ひとだま》が周囲を漂い始める。

「マミコ、これって……！」

「ええ、私にも見えてるわ」

どう見たってあやかしの仕業。楓は黒髪を鞭《むち》のように持ち上げて臨戦態勢を取る。マミコも携えた箒を握りしめ、表情を引き締めた。

異変はそれだけにとどまらない。

右から左から、人魂が大量に漂い始め、道にはいつの間にかろうそくが揺らめいている。風はいっそう吹き荒れて、柳の葉がザワザワと音を立てる。

さらにどこからともなく不気味なお札が飛んできて、墓石がガタガタと揺れ始め、法螺《ほら》貝《がい》の不気味な音色が響き出し、霧が立ち込め、人魂でライトアップされて七色のスモークとなって周囲を飾り、「このうらみ　はらさでおくものか」と書かれた字幕が３Ｄ的なフォントで投影される。

「……」

「……」

──いや、くどいな。

驚きをとっくに通り越し、マミコも楓も内心そんな感想を抱き始めたころ。

「ひゅ〜〜〜〜どろどろ〜〜〜〜〜！」

ようやく、枝の上からお化けが落ちて来た。

落ちて来たのは、和服を着た女の幽霊だった。そりゃあ、神様も呪いの人形も居るのだから、墓場には幽霊だって居る。公園のハトくらい居る。

「……」

マミコたちはこの幽霊に見覚えがある。この墓地の辺りでよく見かける浮遊霊。霊なので、マミコは適当にレイと呼んでいる。

「……どろどろ～……」

いまいちリアクションが薄いことを悟ると、レイはふよふよ浮かんで、もう一回柳の枝に上っていく。テイク2。もう一回枝から落ちて来る。

「ひゅ～～～～～べろべろ～～～～～～」

「やり直すなっ！」

落ちて来たところをマミコに箒の柄で引っぱたかれた。

「んばぁっ！」

レイは重みがないので、面白いようにぽいんぽいん跳ねてゴミ捨て場に突っ込む。その拍子に、周囲を覆っていた怪現象も収まって元の晴れ空に戻った。

本日が燃えるゴミの日であることを確認すると、マミコは気を取り直して歩き出す。

が、起き上がったレイが両手をバタバタしながら寄ってきた。幽霊なのでうっすら透けているのだが、その割に妙に存在感のある女である。

「なにするの～……？　ひど～い～……」

「酷《ひど》くないわよ悪霊。いつも早く成仏しろって言ってるでしょ。ていうか、さっきの出来損ないのアトラクションみたいな演出は何？」

「新ネタなの～。最近～、あんまり驚いてくれる人いなくって～。私も～、演出に力を入れなきゃと思って～。４ＤＸ映画を参考にしてみたのだけど～」

「あんだけやられたら冷めるわ！　せめて相手選ぶ努力しなさいよ。よりによって巫女相手にやる？　それも朝から。祓われたいわけ？　ハイキックで良ければ極楽まで蹴っ飛ばしてあげるけど」

「やだ～。巫女ちゃん、今日はかりかりしてる～」

「悪いけど、今は野良あやかしに構ってる暇ないの。後で塩撒《ま》いてあげるから適当に成仏しておいて」

「塩対応すぎ～……塩だけに～……ふふふ」

「せいっ！」

　マミコは近くの小石を放り投げると、それを魔法で墓石に変身させ、レイの上に勢いよく落とした。

「ぎゃぶっ！」

すごい声を上げて潰れたレイに近寄って、マミコは魔法で生成した食塩をはらはらと振りかける。

「やめて〜っ！　成仏しそう〜！　成仏しそうでしなそう〜！　絶妙な塩加減〜！」

「洒落《しゃれ》のセンスが熟成するまで漬物になってて。次に耳が腐るようなギャグ言ったら今度はピラミッド落とすからね」

塩漬けになったレイに満足げに頷《うなず》くと、マミコは元来た道を戻り出した。そんなマミコに楓が尋ねる。

「あれ、戻るの？」

「あの幽霊はヨシノがお気に入りだもの。見かけたら追っかけまわして脅かしてる。あいつがヒマそうにしてるってことは、ヨシノはこの道を通ってないわ」

「へえ、名推理だこと」

「あの幽霊もたまには役に立つのかもね」

「ほんとにそう思ってんの？」

「全然思ってない」

「ていうかアレ、ほっといて良いの？　巫女として」

「あんまり良くないけど、レイは人をびっくりさせるだけで呪ったりしないもの」

悪霊と揶揄《やゆ》してはいるものの、彼女はべつに大きな実害のある霊ではない。

もちろん、幽霊によっては悪い方向に変質してしまう危険性があるのだが、レイは幽霊っぽく人を脅かすことばかりに執着していて、直ちに悪質化する線は薄い。

それに幽霊がこの世に居座ってしまうのは、たいてい何か理由がある。マミコとしても無理やり祓うよりは、なるべくなら自主的に成仏してほしい。なるべくなら。

ついでに、マミコは付け加える。

「それに、もうこの辺の人はレイに慣れちゃってるのよ。脅かし過ぎで」

「ああ、だから新ネタ考えてたの……」

しかし人を脅かせない幽霊って、もうただの透けてるだけの人なのでは？

楓は訝《いぶか》しんだが、今は関係ないので放っておいた。

マミコは携えた箒《ほうき》を揺らしながら、付け加える。

「だいいち、綺麗な墓地に出るあやかしって、あまり危なくないのよ。墓地は訪れる人が皆、死者を悼む気持ちを持っているでしょう？　悪いものが溜《た》まりにくいの」

「へえ。じゃあ危ないあやかしが出やすい場所ってあんの？」

「まず空き家とか廃墟《はいきょ》。立ち退き後の空き地もあんまり良くないわね。同じ墓地でも無縁仏は危ないし……使われなくなった水路、草ぼうぼうの荒れた道、手入れのされてない公園。……つまり……」

「つまり？」

「私たちが、寂しいと感じる場所」

――ヨシノがそういう所に行っていなければ良いのだけど。

仄《ほの》かに早くなるマミコの足取りに、楓は無言で頷いた。

❀

さて、ヨシノの状況はマミコの想像を飛び越していた。

文字通り、遥か上空まで。

「きゃー！　はやいはやーい！」

「こらこら、はしゃぐのは良いけど、落ちないようしっかり摑《つか》まっていたまえ」

マミコたちがレイとどつき漫才を繰り広げているころ、ヨシノは墜落魔女の箒に二人乗りさせてもらい、町の上空を飛んでいた。

墓場側とか竹藪《たけやぶ》側とか、そういう問題ではない。

マミコがすぐに警察に頼らなかった理由のひとつがこれで、あやかしが絡んで来ると、人間目線での捜索は見当違いになる恐れがある。小さな子供の家出なんかで、空路を想定しろというのは無理がある。もちろんマミコも思い至らない。

ところで、魔女は魔法が使えるからか、ほんのり大雑把《おおざっぱ》な性格になりやすい。

今回のヨシノのオーダーは「かにのいるところ」である。それを聞いた魔女の頭に浮かんだのは海だった。サワガニより毛ガニやタラバの方が美味《おい》しいからだ。

そういうわけで、ヨシノは海沿いの防波堤あたりで降ろされた。よくイワシやアジ狙いの釣り人がやってくるスポットだ。一応、小さなカニも釣れる。

「うみだー！」

なにせ、海を見るのも生まれて初めてのヨシノ。広くてキラキラした海原の青に、嬉《うれ》しそうにぴょんぴょんと跳ねてご満悦。

「落ちないように気を付けるんだよ。それじゃあ私はこれで」

さて、魔女はツーリング仲間に追いつかねばならない。ヨシノが満足したのを見届けると、ぴゅん、と素早く飛んでいってしまった。

しかし、である。

「……あれ？」

ヨシノが目指していたのは池である。

海とはちょっと違う。ヨシノはおりこうな子供なので、それくらいは分かる。用があったのは、海よりもうちょっと小さい水辺なのだ。空の旅と海の広さが楽しすぎて、すっかり忘れていた。

「むむむ」

小さな腕を組んで唸《うな》ってみる。

ここから神社に帰ろうにも、歩いて行くと結構かかる。というか、空から来たのだからもう帰り道が分からない。

「どーしよー」

困ったヨシノである。

しかし、繰り返すが、あやかしの類と縁があるのがヨシノである。そしてこの町はあちこちにあやかしが居て、それは海辺も例外ではない。

ヨシノがうんうん唸っていると、ちゃぷん、と海の方から音がした。

見れば、イルカが跳ねている。

いや、厳密にはイルカではない。波がイルカのような形になって、群れながらちゃぷちゃぷと泳いでいる。水で出来た魚群のようでもある。

海を見るのが初めてのヨシノでも、それが不思議なことであるのは分かる。思わず目を奪われて、防波堤の縁まで近づいて行く。

「あっ」

そして、案の定足を滑らせた。小さな体がふわりと浮かび、きらきらと陽光を映す水面へ落ちていく。

その瞬間、水イルカの群れがすごいスピードでヨシノの方へと泳いできた。

それらは形をほどき、大きなひとつの波になると、ヨシノをぽよんと優しく弾いて防波堤の上へと戻してくれた。

着地成功。ちょっぴり濡れたけど、ケガもなく無事に陸に戻れたヨシノ。

そして。

「うわー、危なかったね。大丈夫だった？」

波の収まった水面から、おだんご頭の少女が顔を出した。

釣り人にもダイバーにも見えない。というか、明らかに人間ではない。

ヨシノはちょっとだけ驚いたが、人でない存在には慣れっこだ。それに、水の中に住んでいる人のような存在は聞いたことがある。ヨシノは指さし、言う。

「かっぱだ！」

「いや、人魚ね」

かっぱじゃなかった。

少女は魚のような尾を振ってみせながら、ヨシノへ向けて苦笑する。ヨシノは読んだことのある童話の中から、その種族を思い返す。

「にんぎょ？　ひめ？」

「そそ。メイドインジャパンのマーメイドだから、人魚姫じゃないけど。中には姫っぽいのも居るけどね。お節介焼きで、陸《おか》の人と話そうとするとすーぐ注意するの」

「む、マミコおねえちゃんといっしょ」

「どこでもいるタイプだよねー。あたし、ワタ。あなたは？」

「ヨシノ！」

「んー、いーね。元気元気」

手を上げて名乗り返すヨシノに、ワタは満足げに頷く。

人間で言えばマミコと同年代くらいの見た目。でも魚のような紺色の尻尾やヒレ、紫陽花《あじさい》色の肌を見れば、分かる人には人魚と分かる。

彼女たちは海の中に町を作り、なんとなく人とは分かれて暮らしているが、どちらかと言えば友好的なあやかしである。たまに魚と間違えて釣れたりする。

ワタは人魚の中でも特に人間に興味を持っていて、危機感が薄い若者だ。だから時折水面に近づいて、水を操って遊んでみて、興味を抱いた人間と話したりしている。

今日もこっそり釣り人と喋《しゃべ》ってみようかと思って出て来たのだが、ちょうどヨシノと出会ったわけだ。釣り場で幼い人間と会うのは、ワタには珍しい。

ワタはゆらゆら漂いながら、ヨシノに尋ねる。

「ヨシノちゃんはどしたの？　なんか悩んでたみたいだけど、迷子的な？」

「あー、んー」

ヨシノは少し考える。先ほどは「かにのいるところ」と言って、海に来てしまった。情報は正しく伝えなければならない。

「いけをさがしてるの」

「池？」

「でっかいかにがいるの。いけ」

「かにー？」

出てきた答えが漠然としていたので、ワタはちょっぴり面食らう。しかし幸いと言うべきか、よりによってと言うべきか、ワタは手がかりを持っていた。

「あー、もしかしてカニ爺《じい》さんのことか」

「かにじー？」

「うん。なんか千年くらい生きてるカニのお爺さんが居るの。そーいえば池に住んでたことあるって言ってたなぁ」

「それ、どこ？　いけ」

「えーっとね、確か……」

ワタはちょっと考えてから、ヨシノの背後を指す。

そちらの方角には河口があり、川は山の方へと長く長く続いている。

「あの川あるっしょ？　アレを山に向かって上ってったとこにあったんだって」

「やま！　かわ！」

「あはは、合言葉みたいだねー」

ついに手がかりを見つけた。ぱあぁ、とヨシノの笑顔が花開く。嬉しさのあまり、ワタの言葉が過去形であったことには気づかない。

「ありがとうございました。いってみる」

深々とヨシノがお辞儀し、さっそく歩き出す。

ワタは「いーってことよ～」と手を振って、ヨシノの背中が小さくなるまで見送る。

さて、これから何をしようかな、と思ったところで。

「あれ？」

ふと、自分のアドバイスが正しかったか不安になった。

よくよく考えて、ヨシノの言葉を振り返るワタ。

「……ん〜？」

──もしかしてヨシノが探していたのは、池そのものではなくて、でっかいカニのほうなのでは？

あとを追いかけようと思っても、人魚は陸《おか》には上がれない。川をたどって追おうにも、流れを遡るのは難しい。人魚の後悔は人魚姫の時代より、後の祭りがお約束。

「……あたし、やらかした？」

周りに誰もいなかったのでヒトデに尋ねてみたが、ヒトデは返事をしてくれなかった。

✿

場面変わって、そのころ。

マミコたちは、普段はあまり使わない竹林側の道を通っていた。その最中、何やら妙な音が聞こえてきて、思わずマミコは足を止めた。

「え、何の音？」

ぽぴょぴょぴょぴょぴょぴょ。

そんな感じの、なんだか観光地の安いオカリナを、子供が吹き損ねたような音が連続で聞こえてくる。

「なんだか気が抜ける……」

楓も音の方へ小さな顔を向ける。

見れば、竹藪の中に古めかしい日本家屋が一軒。

いわゆる武家屋敷といった作りだが、近くの電柱には丁寧に「忍者屋敷　ココ↓」という俗っぽい看板がある。何も忍んじゃいない。

「ヨイマルさんの家だわ」

マミコの口にした名前に、楓が小首をかしげる。

「ヨイマルって、確かカラス天狗《てんぐ》よね。ウカの知り合いの」

「うん。ここらじゃかなり古株のあやかしよ。……そうだ。もしヨシノがこの道を通ってたら、ヨイマルさんが見かけてないかしら。けっこう面倒見の良い天狗なのよ」

「面倒見の良い天狗って、旅好きの地縛霊くらい変じゃない？」

楓の疑問は流しつつ、マミコは忍者屋敷の正門側へ回る。

なんで天狗が忍者屋敷に住んでいるんだ？　とマミコも疑問に思ったことがある。どうやら人間社会では処理しづらい天狗という身分を、忍者の末裔《まつえい》と言い張ることで土地や持ち家を確保しているらしい。

実際のところ、忍者道場として弟子も募集中なのだという。

だが、マミコはヨイマルの下に弟子が通っているのは見た事がない。

「ヨイマルさん、ごめんくださーい」

声をかけつつ、マミコは屋敷の門をくぐる。ぽぴょぴょぴょぴょぴょぴょ。妙な音はさっきから鳴りっぱなしだ。もしかしたら、何やら怪しげな忍術の練習中かもしれない。

「あ」

マミコが声を出す。

「あっ」

庭に居たヨイマルも声を出す。

ぽぴょぴょ、ぽぴょぴょ。ぽぴょぴょぴょぴょ。

奇妙な音は、ヨイマルが背中の小さな羽を使って、必死に飛んでいる羽音だった。

「…………」

「…………」

一瞬、気まずい沈黙が流れる。

ヨイマルはウカと同じく、外見だけ見れば少女だが、太めの眉に山伏衣装がキリリと似合う、古株らしい威厳を感じる風貌。神であるウカの顔なじみだけあって、この竹林一帯のあやかしには顔役のように扱われてもいる。

ただ、カラス天狗の割に羽が随分小ぶりなことはマミコも気になっていたが……まさか小さな羽を必死にバタつかせて、変な音を出して飛んでいるとは。

というか、天狗が一人でこっそり飛ぶ練習をしているとは。

「……」

すとん。ヨイマルは何事もなかったかのように、自慢の一本下駄《げた》で器用に地面に降りると、両腕を組んで胸を張ってマミコたちと向かい合う。

「誰かと思えば、ウカのところの巫女《みこ》ではないか。何用か」

「……ああ、えっと。ヨシノがこの屋敷の近く通らなかった？　ほら、ウチに住んでる小さな女の子で、栗色《くりいろ》の髪の……」

「見てない」

「あ、そうですか。お邪魔しました……」

――ストン。

さっさと帰ろうとしたマミコの髪を風が撫《な》でたかと思えば、すぐ近くの竹に黒い物体が刺《さ》さっていた。手裏剣。忍者の代名詞とも言える武器である。

背後から投擲《とうてき》されたことを悟ったマミコは、思いっきり表情を強張《こわば》らせてヨイマルの方へ向き直る。

「……ヨイマルさん。洒落《しゃれ》になってないわよ、これ」

「見たか？」

一方。ヨイマルはと言えばカランコロンと下駄を鳴らしながら、マミコの方へと向かって来る。「見たか？」が何を指しているのかはマミコにも分かる。にらみつけようとした目線を思わず逸《そ》らし、咄嗟《とっさ》に否定する。

「……見て、ませんけど」

尋ねるヨイマルと、否定するマミコ。さっきとは問答が逆である。

「嘘《うそ》をつけ。さっきの、見ただろ？　我の飛行訓練を」

「見てない。私は何も見ていません」

「見ていたではないか！　ばっちりと！」

「だから見てないっつーの！　見たくもないもの！」

「我の飛ぶ姿が見るに堪えないと言いたいのか⁉」

「めんどくさっ！　じゃあどうしろっていうのよ！　この絡み天狗！」

「カラス天狗みたいに言うな！」
続けて次々と投擲される手裏剣を、マミコは箒《ほうき》で叩《たた》き落《お》とす。なにせ相手は年季の入った天狗であり、忍者道場の師範をしている。攻撃の鋭さが洒落で済まない。
それでもマミコはそれを器用に弾きつつ——弾いた手裏剣の横っ腹が楓に当たってすご
い音を立てていたが気にせず——面倒《めんどう》そうに言い訳を並べる。
「見てない！　見てないってことにして！　あんなの見た記憶を頭から消したい！」
「開き直ったな貴様！　いいか、あれは違うからな。昔はもっとこう、シュッと飛べた気
がするぞ！　久々だったからちょっと羽の筋肉が鈍《なま》っていただけだ！」
投げる手裏剣がなくなったヨイマルは、しまいに自分自身が接近して来てマミコを羽交
い締めにする。関節技の技巧もしっかりしているのでタチが悪い。
「いだだだだっ、ちょっ、離れて！　離して！　離せトリ女！」
「カラス天狗だバカ者！　良いか！　決して誰かに言いふらしたり、ウカのやつに言った
りなどは考えない方が良い！　良いな！　絶対に忍者屋敷のカラス天狗は羽がちょっとダ
サいなどという風評被害を広めることは——」
「寝言は永眠してから聞くから離せっつってんのよ！　今本気で急いでるから！」

どうしてこの町のあやかしは、こう、微妙に残念な感じなんだろう。

楓は自分もまたその一人であることを噛み締めながら、うんざり顔を浮かべる。

マミコは引っ付いてくるヨイマルのスネを箒《かし》で叩きながら声を上げる。

「ヨシノが迷子なの！　天狗の面白訓練に付き合ってる場合じゃないの！」

「あー！　痛い痛いスネ痛いって！　天狗もそこ殴られると泣くぞ！　……って、なんだ。あの幼子、家出でもしたのか。まったくウカ殿はつくづく童の面倒を見るのに向かんな」

事情を知ると、ようやくヨイマルは落ち着いた。マミコを離し、少々考える。

「……えっと、栗色の髪の子だったか？」

「そうだけど」

「実は今日、空が何やら賑《にぎ》やかでな」

「空？」

「ああ。さっきから飛んでいく魔女の箒を見かけている。ほら」

ヨイマルは頭上を指さす。

空の上、海の方から町に飛んでいく魔女の姿がある。ヨシノを海に届けたあと、仲間の下へ合流しようとする、三つ編みの墜落魔女である。

「アレは西欧の方から来た魔女の連中だろう。魔女はヴぁるぷるぎすの祭りとかなんとか、定期的に集まるのが好きだから茶会をしているのかもしれんな」

「はあ、それが何か……」

「それがな。ちょうどあの魔女、先ほど海の方へ飛んでいくのが見えたのだが……そう言えば箒の後ろに栗色の髪の子供を乗せていたような……」

「ばっちり見てたじゃない！」

「この道では見ていないと言ったのだ！　空で見たから！」

ああ言えばこう言う天狗である。

ともかく、手がかりができた。大きな池がないのなら、海を目指したのも頷《うなず》ける。

「ぐずぐずしてる場合じゃない、さっそく行ってみるわ！」

「その代わり、我の羽のことは誰にも」

「言わないってば！」

少々めんどくさいヨイマルが、まだ何か必死に背中に呼び掛けていた気がしたが、海へ行くと決まれば急がねばならない。

箒に腰かけたマミコは、楓をしっかり摑《つか》まらせ——びゅんっ！　と空へ舞い上がる。

マミコの箒は魔女のそれよりも速い。いや、矢より流星よりずっと速い。摑まっている楓としても、振り落とされぬように必死になる。

颯爽《さっそう》と飛んでいくその姿を、ヨイマルはじっと見つめていた。

「……いいなあ、アレ」

少し経《た》ってマミコの耳へ、ぽぴょぴょぴょぴょぴょ、という音が風に乗って届いた気がしたが、聞かなかったことにした。めんどくさいし。

✿

人魚のワタに教えてもらった通り、ヨシノは川沿いを山側へ向かって進んでいた。

丸っこくて足の短い、珍妙な動物に乗って。

「よー♪　は、よーしのーのーよー♪　しー♪　も、よしののしー♪」

ちょっぴり独特な替え歌を口ずさみ、ゴキゲンな散歩道。意外とまだ花をつけている桜が残っているもので、ちょっぴり花見気分でもある。

川沿いを登る道中はなかなか長旅だったが、たまたま乗るのに丁度良い動物が居たからヨシノは快適だった。

ヨシノは自分の乗るそれを犬だと思っているが、〝バク〟という立派なあやかしである。

動物園のマレーバクとは違う。眠る人の夢を食べてしまう不思議な獣。

春眠暁を覚えずというように、春は居眠りが多く、バクがあちこちに姿を見せる。そのうちの一頭をヨシノが捕まえたわけだ。

「ばっくん、みちばたのおはな、ふまないようにね」

「ぐー」

ヨシノの声に、ばっくんと呼ばれたバクはひと鳴きして応える。

普通なら、大人しく人を乗せたりはしない。しかしそのバクはすっかりヨシノに懐いていて、訓練されたポニーよりも素直に動く。サイズ的にも丁度良く、ヨシノの旅のお供には最適だった。

しかし、随分太陽が高くなってきた。

川の水面はキラキラと光り、輝く波間を時折小さな魚が跳ねる。道端には春の草花が咲き、テントウムシが葉の上で散歩している。

たった一人で行く知らない道は、ヨシノには全てがきらめいて見える。

もっとも、ここまでずっと一人だけで来たら、ヨシノも不安だったかもしれない。けれどどこの道中には、魔女に人魚にバク、色々なあやかしとの出会いがあった。どのあやかしも不思議で楽しくて、温かかった。

今までマミコがなるべくヨシノを神社の中で育てていたのもあり、皮肉にもヨシノにとって外の景色は、不安より新鮮さが勝る状態だった。ここまで出会ってきたあやかしたちが、皆、気の良い連中ばかりだったのもある。

次はどんな景色が見られるだろう。

次はどんな友達《あやかし》に会えるのだろう。

元気に大きく手を振って、川の流れを逆にたどり、てくてくワクワク行くヨシノ。

しかし、外にあるのは楽しいものばかりではない。ヨシノはそれをまだ知らなかった。

唐突に、バクがその足を止めた。

「あれ？」

首をかしげるヨシノ。てしてしとバクのお尻を叩いても、それ以上進む様子はない。

――つかれちゃったのかな。

ヨシノはバクの背から降りて、その頭を優しく撫でる。

「ありがとー、ここまででいいよ」

ヨシノはバクに手を振って、一人でその先を歩き出す。

バクはしばしヨシノを見つめていたが、ひと鳴きすると来た道を帰って行った。

「どうしたんだろー」

不思議に思いながらも、ヨシノは一人で歩いて行く。

ふと前を向くと、川の向こう岸へ続く大きな橋が見えて来た。舗装された立派な作りだが、遠目に見てもアスファルトは割れ、手摺《てす》りはさび色にくすんでいる。

なんとなく、その橋の様子を気にしながら足を進めていくヨシノ。


『おぉーい』


不意に、声が聞こえた。

「んむ?」

ヨシノは声の方へと視線を向ける。橋の下で、誰かが手を振っている。

まだ幼いヨシノ、そして人魚であるワタにも知る由はないが、この川より向こうはもう人が住んでいない。昔はこの川沿いも賑やかな土地だったが、時代の流れによってどんどんと寂れて行った。

かつては河原で遊ぶ子供も多かったが、上流の開発による水勢の増加や、川向こうで起きた災害のせいで、今では川に近づく人もいない。だから住人を失ったこの川沿いには、苔生《こけむ》したキツネの石像が祀《まつ》ってあるだけ。けれどその石像より向こう側は、加護の結界が及ばぬ土地。もう人は住めない。だから、そこには神も居ない。

『おぉーい』

まったく同じ抑揚で、同じ声が繰り返し聞こえる。

先ほど、人魚のワタと出会った時のことをヨシノは思い出していた。

補強のためか、川べりにはコンクリートで固められた斜面があって、橋の下へは容易に降りて行ける。

『おぉーい』

まだ、声が呼んでいる。

ヨシノは「はーい！」と元気に返事をして、声の方へと歩み出す。


マミコたちはヨイマルの言葉を頼りに、海に来ていた。

二人は知る由もないが、タイミングとしては最も悪かった。ヨシノとは入れ違いになってしまったことになる。飛んでくる最中、空から小さな影を見つけられれば良かったのだが、生憎《あいにく》それは叶《かな》わなかった。

楓が声を張り上げてみるが、あの愛くるしい姿はどこにもない。

「ヨシノ！　ヨシノ！　居たら返事してー！」

「見当たらないわね……どうしよう……」

　寄せては返す波の音が、マミコをにわかに不安にさせる。

　マミコはヨシノの体質を鑑み、悪いあやかしに襲われることを何より気にしていた。

　たぶん、焦ってもいた。普段からあやかしと共に生きているマミコだけに、それだけを考えすぎていた。

　しかしヨシノはそもそも幼いのだ。

　人間の子供にとっては、外の危険はあやかしだけではない。自動車の事故や、悪い人間に攫《さら》われる可能性だってある。こんな釣り場で足を滑らせて、海に落ちたりすることも考えられる。それにもし川の方へ行って、橋を渡っていたりしたら――。

　――ああ、やはりまずは警察に頼るべきだっただろうか。何でも自分で解決しようとしすぎるのは、悪いクセだと先代の巫女《みこ》に言われたことがある。

　マミコの胸中を焦りが満たしていく。せめて、誰かこの海辺で、ヨシノを見かけた人が居てくれれば――。

　ところが、間の悪いことは重なるもので。

「あら、あら、あら」

海風に乗って、頭上から鈴の鳴るような声が聞こえて来た。

見上げれば、ふわり、ふわり。

落下傘のようにゆっくり降りて来る、日傘を掲げたシルエット。

ヨシノよりももう少し小柄なその少女は、優雅にマミコの前へ降り立つと、手慣れた様子でカーテシーを披露する。

「ごきげんよう。奇遇ですわね、こんな海辺で」

「……カトリーヌ」

マミコにとっては、この状況ではあまり会いたくない相手だった。

カトリーヌと呼ばれたその少女は、小さく可愛《かわい》らしい西洋人形である。

オリーブイエローのクラシカルなドレスに、赤色が映えるボンネット。満月色の金髪をミディアムボブに揃《そろ》え、長い睫毛《まつげ》を伏せた目元。

背中に真鍮《しんちゅう》のネジがついているが、巻かなくてもひとりでに歩いている。楓と同じ、意志を持ち動く呪いの人形。しかしこちらは、おフランス風のアンティークドール。

マミコは思いっきり眉をひそめた。普段は神社の近くに居るのに、なぜ今日に限ってこんなところを散歩しているのか。

べつにカトリーヌ個人が厄介というわけではない。

むしろ彼女はかなり善良なあやかしで、人間にも友好的な子だ。

問題は——。

「ああ、ウミネコがニャーニャー鳴いてるのかと思ったらカトリーじゃない」

「あら、ウミガメがきゅーきゅー鳴いてるのかと思ったら楓じゃありませんの」

マミコの陰から出てきた楓を見て、カトリーヌは日傘をくるりと回す。

「ごきげんよう。珍しいですわね、こんな海辺まで。床の間を温める仕事はお休みですの？」

「あんたこそ。あまり潮風に当たらないほうが良いんじゃない？　関節がサビそう」

「おほほほ、ご心配なく。安物の日本人形と違って塗料が良いもので」

「あはっ、安物って言うならその小さい日傘でしょ。UV素通りで湯葉より薄いじゃない」

「あーらぁ、申し訳程度の日焼け対策もしてない楓よりはマシですわねえ。日本人形の白塗りは紫外線で黄ばみそうで怖いですわぁー」

「樹脂製の西洋人形のほうが取り返しつかなそうじゃなぁーい？　シリコンだかレジンだか知らないけど海にだけは落ちないでね。テレビでやってたけど、自然に返らない素材の海洋汚染が深刻なんだってさっ！」

「それはご心配どーも！　羨ましいですわね、安物人形は自然に返るエコ素材で。その黒髪も海水でふやけたら海苔《のり》に交じって収穫されてカリフォルニアロールになるんでしょう？」

「あたしの髪が海苔ならあんたの髪はキンピラごぼうかしらね」

「そんなくすんだ色してませんわ！　おめめの塗料が経年劣化で腐ってるんじゃございませんこと⁉」

「なにをぉぉぉ……！」

「なんですのぉぉぉ……！」

がしっ、とお互いの両手を組んで、力自慢のプロレスラーの対戦のように押し合い始める人形二人。小さな人形同士が組み合う様子はどこか微笑《ほほえ》ましくも見えるし、まるで幼稚園のお遊戯会のようでもある。

マミコは思わず「うげぇ」と言った。本当に口で言った。

御覧の通り、この人形たちときたら犬猿の仲である。人形という近しい存在ゆえなのか、日本と西洋というジャンル違いの確執なのか、顔を合わせればこの通り。どうも大抵は楓のほうから吹っ掛けているようなのだが、本当に仲が悪いわけではなくて、これはこれである種のコミュニケーションなのだとは思う。

思うが、頼むから今やらないでほしい。マミコは心底そう願う。

「落ち着きなさい二人とも。今は人形漫才やってる場合じゃないのよ」

「ああ、そうだった。ヨシノを捜さなくっちゃ。そういうわけだからアンタに用はないのよカトリー。あんたネジ巻き式でしょ。背中のネジが切れる前に帰ったら？」

「わたくしのネジはファッションですわ！　……それより、ヨシノがどうかしましたの？」

はてな、と首をかしげるカトリーヌ。

カトリーヌも、そもそもは神社に供養で預けられた人形のひとつで、楓同様にヨシノの力に惹《ひ》きつけられたことがある。しかしヨシノの傍には先に楓が居たので、あの神社がカトリーヌの居場所、という意識は希薄に思える。

それでもカトリーヌなら、ヨシノの捜索に協力してくれるだろうとは思えた。かくかくしかじか、マミコはヨシノが家出した経緯を説明する。

「なるほど。家出ですのね……けれど仕方ないのかもしれません。女の子は一人で歩き出した時、少女という蛹《さなぎ》からレディへと羽化するものですから」

「悪影響のもとが見つかったようね、こんにゃろう……」

マミコは一瞬、ちょっぴり本気でこの西洋人形を祓おうかと思った。

「そもそもカトリーはどうやってこんなとこまで来たの？　あたしたち人形は、あまり遠出の利く体じゃないと思うけど」

楓が尋ねれば、カトリーヌは日傘を上げて自慢げに答える。

「もちろん風に乗って飛んできましたのよっ。どこぞの出不精な日本人形と違って、わたくしのフットワークは白鳥の羽のように軽いんですの、おほほほほ」

「はーん。確かにスカートで空飛ぶなんてはしたない真似《まね》、あたしには出来ないわ」

「スカートは押さえてましたわよ！　大股広げて飛ぶわけないでしょう！」

「でもアンタって空飛んでたら夜間運転用の蛍光シールくらい目立ちそうだけど、カラスとかにつつかれなかった？」

「ええ、当然無事……と言うには、途中で魔女の箒《ほうき》と交通事故を起こしましたが、そこはわたくし。ぶつかった勢いを逆に利用して、高度と飛行距離を稼いだんですの。少々上空まで飛び過ぎて、降りて来るのに時間がかかりましたが……」

「フットワークも頭も軽いから重力の影響が小さいのよね、アンタ」

「あなたの頭も軽くしてあげましょうか？　その髪ばっさり切り落として」

「あら、じゃああたしは二度と飛んでいかないよう海底に縛り付けたげる」

日傘を回して風を起こし、楓を威嚇するカトリーヌ。一方、楓も髪を蛇のように伸ばして広げ、威嚇を返す。ハブとマングースのにらみ合いのようでもある。

「こらこらこら、やめなさい二人とも」

魔法まで使われてはかなわない。マミコは慌てて割って入る。

「それよりカトリーヌ、どうして海なんか来てるの？　釣りなんてしないでしょう？」

「船便に乗りたかったんですのよ。海外への」

「あは、なにそれ。国内でお尋ね者にでもなったの？　高い声できゃーきゃーうるさい罪とか、お嬢様言葉がインチキくさすぎる罪とかで」

隙あらば嫌味《いやみ》を差し込む楓に、カトリーヌは地団太を踏んで否定する。

「違いますわよ！　ほら、わたくしは西洋人形でしょう？　であればわたくしのいるべき場所はこの小さな町ではなく、海の向こう……出来れば西洋人形の故郷、おフランス！そう考えるのが道理というものでしょう」

「思ったよりアホな動機で言葉も出ないわ……船代はどうする気だったのさ」

「もちろん貯金を崩しましたわ。計画的な資産運用というものです」

「はぁ？　いつの間に貯金なんて……銀行口座だって作れないでしょあんた」

「あら、神社の境内に大きな貯金箱があるでしょう？」

「賽銭《さいせん》泥棒じゃないの！　とんだ罰当たりの石川五右衛門だわ！」

素でドン引きする楓に、カトリーヌは口に手を当てて高笑い。

「おほほほほ、何を言ってますの？　きちんとわたくしの稼いだお金ですわ。ウカさんがいつも遊び回ってますから、代わりにわたくしが境内に祀《まつ》られておきましたの」

「参拝客騙《だま》してんのよそれは。神話でもめちゃくちゃワルの悪魔がやるやつなのよ」

「代行業務というやつですわ〜、ご利益だってきちんと与えておきましたし」

「へえ、アンタを拝んでどんなご利益があるっての」

「おほほほほ！　だってわたくし、美しいでしょう？　優雅な日傘、上等なドレス、満月色の髪！　この美貌を拝めることそのものがご利益ですわー！」

「ンフフフッ、米寿のお祝いみたいなカッコで良く言うわ」

「今のは極めてカチンと来ましたわよ、この安物！」

カトリーヌが杖《つえ》のように日傘を振るえば、海風が荒れ狂って楓を襲う。楓もマミコも強風で立派なオールバックになる。

「はぁ!?　やるっての!?　この田舎者！」

楓も魔法で自分の髪を伸ばし、風を裂きながらカトリーヌを襲う。カトリーヌは日傘を広げてそれを防ぎ、弾かれた髪があちこちに広がっていく。

「誰が田舎者ですか！」

「その古臭いドレスが田舎っぽいっていうの！」

「アンティークですわよ！　あなたの着物こそ骨董品《こっとうひん》ではございませんの！」

「布地が上等なのよこっちは！　高級人形舐《な》めんじゃないわ！」

風が吹き荒れ、黒髪が暴れ、あっという間に海辺は大騒ぎ。釣り人にも漁師にもいい迷惑だろう。

「ちょっと、いい加減にしなさ……こらっ！　おバカ人形シスターズ！　ちょっ……」

マミコの声も、二人の喧騒《けんそう》にかき消される。

その上、喧嘩《けんか》の間近に居たマミコは髪がぐしゃぐしゃに乱れるわ、楓の髪が頬だの目だのにべちべち当たるわで、たまったものではない。迷惑なあやかし二人の大立ち回りに、凄《すさ》まじい勢いで堪忍袋の緒が摩耗していく。

こうしている間にもヨシノが危ない目に逢《あ》っているかもしれない。バカな真似に付き合っている場合ではないのに――。

べちん。

そんなマミコの頬を、カトリーヌが風で飛ばしたヒトデと、楓が髪で投げつけたワカメが両側から叩いた。

「「あっ」」

人形二人が同時に声を上げる。「ヤバい」という感情の動きを辞書で引いたら、参考写真に載っていそうな表情を浮かべている。

「あのね、マミコ。ごめんなさいね、ちょっと熱くなっちゃって、あのね、話を――」

「あっ、そうですわよ。楓が悪いんですのよ、楓が！　ですから――」

二人がそれ以上何かを言う前に、マミコは箒の柄を振り上げた。

カコン。ボコン。材質の違う打楽器のような音色がそれぞれ響き、人形たちは大の字でぶっ倒れる。祓《はら》ってしまわなかっただけ、理性的な対応だったと言える。

「ったく……これだからあやかしは……」

ぶつぶつ言いながら、乱れた髪を手櫛《てぐし》で整えるマミコ。

ようやく辺りが静かになったその時、じゃぼん、と海の方で音が聞こえた。

「ん？」

マミコが視線を向ければ、海面から申し訳なさそうに人魚が顔を出している。ヨシノが出会った人魚の少女、人間好きのワタである。

「……あの～……」

まだ少し不機嫌そうなマミコに気おされつつ、ワタは控えめに挙手をする。

「ちらっと聞こえたんだけど、迷子を捜してる感じ？」

「……ええ、そうだけど」

すっかり不機嫌モードになったマミコの声にビビりつつも、ワタは首をすくめながら話を続ける。だって、ワタだって気がかりだったのだから。

「そのヨシノって子の行き先、たぶん知ってるかも……」


春だというのに、ヨシノの頬にあたる風はどこかひんやりとしていた。

暖かな陽光も花の香りも、ここには届かなかった。

自分を誘う声を頼りに、ヨシノは橋の下へと降りた。

そして、具体的な理屈は言葉にならないが――「なにかちがう」とは思った。

楓のように温かくない。ワタのように明るくない。

そこに居たのは、毛むくじゃらの猿のような何かだった。

「……」

その毛むくじゃらに名をつけるなら、それは〝ひょうすべ〟と呼ばれるあやかしに分類できる。河童《かっぱ》の類だが、少し違う。

猿のような体に、ヒトの顔がニタニタと笑っている。

どこを見ているかも分からない、瞳のない白い目が、それでもヨシノに向いている。

ヨシノの体は、無意識に強張《こわば》っていた。

生物の本能か、魔法の才能か、あるいは両方が警鐘を鳴らしている。けれどそれが危機感であることを、ヨシノはまだ理解できなかった。

でも、相手はあやかし。ヨシノにとっては友達になれる存在のはず。

だったらまずは話をしてみようとヨシノは思った。楓やワタにそうしているように。

「え、っと……こんにちは」

『……』

「わたし、ヨシノ。……あなたは、だぁれ？」

『……』

返事がない。意味のあるコミュニケーションが取れない。

なのに、ひょうすべの白い目はヨシノを見つめている。

「ヨ、ヨシノね？　ぷりんすきなの。それと……」

『……』

「……おはなし、できる？」

しばし、ひょうすべは無言だった。

ひょうすべは、ヨシノの言葉に一切の興味を示さない。けれども決してヨシノから目を逸《そ》らさない。ヨシノがもう少し、何か話してみようとしたところで、ひょうすべはようやく耳まで裂けた口を開いた。

『……お、しぃ……のぉ……？』

「う、うん。ヨシノ！　ヨシノは、ヨシノだよ！」

『……ぉおしの。ぉおお、しの、お、しの』

「そう、ヨシノ！　あなたのおなまえは――」


『おいしい、のぉ？』


「えっ」

肌が粟立《あわだ》ち、ヨシノの背筋が冷たく痛んだ。

初めて交わされた会話らしい会話は、ヨシノを言葉を交わす相手とは認めていなかった。

「あ、あのっ、おいしくないよ？　ヨシノ、おいしくない！」

裏返った声で必死にかけた言葉も、ひょうすべには何の意味も成さない。

『おいしい。おいしい。おいしいの。おいしいの、きた。きた。きたきたきた。ぎひひひひひひひひひひひひひひひひひひひひひひひひひ』

頭が理解する前に、ヨシノの体は分かり合うことを諦めた。

幼いなりの危機感で、その場から後ずさろうとする。しかし足が上手に動かない。すくんでいる、というだけではなかった。

「えっ……」

いつの間にか、ヨシノの足元に水溜《みずた》まりがあった。いや、水溜まりと表現するには汚く濁り、どろどろとした粘性がある。沼と呼んだ方が良いかもしれない。

明らかに、自然にできたものではない。ヨシノの足はその沼に取られ、動かなくなっていた。ワタの操る水の魔法とも近いが、確かな害意があった。

ひょうすべは濡れた足音を響かせて、ヨシノの方へ歩み寄る。

『ひひひひ、ひひひひひ』

窓を引っ掻《か》いたような、不快な震えのある声。

生温かく湿った感触が、ヨシノの足を上ってくる。絡みついて、縛り付ける。

ヨシノは上ずった声で、それでも話しかけ続けた。

「あのね……ヨシノ、ね……おともだちに……」

『きひひひひひひひひ』

楓にそうしたように、魔法の力で対抗できれば良かったのだろうが、今のヨシノには不可能だった。焦りもある。それに加えて、ヨシノ自身は理解していないが、足元の沼はヨシノの魔力を吸い取り始めている。既に状況は捕食の一環と言って良い。

コントロールの効かない溢《あふ》れる力は、今はひょうすべのご馳走《ちそう》でしかない。

ヨシノは初めて〝本当に怖いあやかし〟に出会った。

これまでヨシノが優しいあやかしにしか出会って来なかったのは、運が良かったからに過ぎない。またはウカの神社の近くには、そもそも怖いあやかしが少なかったとも言える。人を脅かすだけのレイのような存在とは、話が違うのだ。

声を上げようにも、喉が引きつっている。小さな足は泥沼に固められ、力いっぱい動こうとしてもビクともしない。その力も段々と抜けていく。

様々な思考がヨシノの頭に巡る。そのどれもが具体的な言葉にならない。

限界に達した恐怖の中で、ヨシノが心の中ですがったもの。

――人もあやかしも優しいだけじゃない、怖いあやかしだって居るのよ。

「……マミコおねーちゃ……」

掠《かす》れそうな声で、名前を呼ぶ。

その小さな悲鳴は、橋の下に響く川音に呑《の》まれていく。

ひょうすべの手が伸びる。間近で見れば、爪の鋭さがよく分かる。

逃げられない。ヨシノはただ、おやつの入ったお気に入りのリュックを、ぎゅう、と抱きしめる。そして――。


「――ヨシノっ！」


びゅう、と風が吹き抜けた。

紅白の残像が宙を駆け、ひょうすべの体が撥ね飛ばされる。

矢よりも速く、流星よりも速く、箒《ほうき》に乗った巫女《みこ》がやってきた。

「……おねーちゃん？」

目をぱちくりとさせるヨシノ。

ワタに話を聞いてすぐ、川沿いをたどって飛んできたマミコは、楓の導きに従ってヨシノの位置を見つけたとき、同時にひょうすべの気配を捉えていた。

ゆえに、既に臨戦態勢に入っている。

『おぉぉ！』

ひょうすべはグニャリと体を折りながらも、突然の襲撃者へとその白い瞳を向ける。あやかしの本能が、ヨシノよりも優先すべき相手だとマミコを認めていた。

ひょうすべが腕を振るうと、川の水がいくつもの玉となって宙へ浮かぶ。それらは瞬時に濁り、粘性のある泥水と化す。

無数の泥水玉がマミコを狙い、放たれた。手足に当たれば動きを封じ、顔に当たれば呼吸を封じ、獲物の魔力を食らう。邪悪な魔法が横殴りの雨の如く、低空を舞うマミコへと襲い掛かる。並の巫女や魔女であれば、たちまち動けなくなってしまうだろう。

つまり、い、い、い、マミコには何の問題もない、い、い。

バイクを扱うように体を倒し、マミコは箒をターンさせる。

箒の後ろで浄化の炎を炸裂《さくれつ》させ、急加速と急制動を繰り返しながら、小刻みなターンを何度も切って、泥水玉が描く弾幕を縫って飛んでくる。

面食らったひょうすべが、膜のような瞼《まぶた》を閉じて開いた次の瞬間には、マミコの靴底が眼前にあった。

『ぎゃぁぁう！』

ひょうすべを蹴って、宙返りを打つ。

軽やかに地面に舞い降りると、マミコは箒を蹴り上げて、薙刀《なぎなた》のように構える。

言葉には言霊が宿る。〝掃い〟は〝祓い〟に転ずる。毎日神社の境内を掃除し、落ち葉を掃い除き続けた巫女の箒には、浄化の力が蓄積されている。

起き上がったひょうすべが向き直る前に、マミコは顔面に箒を叩《たた》きこむ。

『があぁぁぉぁぁ』

鈍い悲鳴が上がる。

ぼやけた視界に呻《うめ》きながら、ひょうすべは必死に爪を振るう。そのたびに粘性の泥水がまき散らされ、マミコを襲う。

マミコは上体を反らすだけでそれを捌《さば》きながら、ずんずんと距離を詰めていく。ちらりとヨシノに向けた視線を、鋭く細めてひょうすべに向け直す。

「お前、ヨシノを泣かせたわね」

『うぎゃ――』

まるで「黙れ」と言わんばかりに、竹製の箒がしなりながら風を裂いて、三日月の軌跡でひょうすべの横っ面を叩く。

「靴も濡《ぬ》らした。お気に入りのオーバーオールも。お出かけ用に買ったばかりの可愛《かわい》いバッグも。……あんなに喜んでたのに」

面、胴、突き。掌底、蹴り、肘。

蹴り、蹴り、蹴り。面、面、面。怒りも苛立《いらだ》ちも、これでもかと込めて。

「うちのヨシノに——」

もう反撃の暇《いとま》など与えない。くるりと身を翻し、遠心力を乗せた箒を横っ面に叩きこみ、蹴り上げた箒の柄で顎をかち上げ、敵がふらついた隙に振りかぶる。

「——何してくれてんのよッ！」

そして、トドメ。片手で印を組み、突きつける。

瞬間、赤い炎が閃光《せんこう》の如く爆《は》ぜて、ひょうすべを吹き飛ばした。

楓を縄から解いたそれとは、込めた魔力がまるで違う。清めの炎を直接ぶつける、マミコの必殺技と言っていい。この相手には正直言ってオーバーキルである。

力尽きたひょうすべが青い火の粉となって霧散する。

あやかしの変質した呪い火は、マミコの体に吸い込まれていく。

自分の体を媒介に、マミコは呪いを浄化する。一瞬、強い疲労感を覚えるマミコだが、慣れた感覚。大きく息を整える。

「ふぅ」

ヨシノはというと、ぽかん、とマミコの戦いを見ていた。それから少しもじもじしたあと、バツが悪そうに口を尖らせて俯《うつむ》いてしまう。

マミコが歩み寄る。

ヨシノは叱られるかと思ってちょっぴり肩をすくめたが、すぐに温かな腕がヨシノを抱きしめた。いつもヨシノが抱っこしてもらう時より、きつい力で。

白い巫女服の袖から、お日様の香りがする。

「……無事で良かった」

マミコの声が震えていた。

ヨシノは幼いなりに、自分が悪いことをしたことを悟った。小さな手で、ぎゅう、とマミコの服を掴《つか》んで抱き返す。

マミコは穏やかな声で、静かに語り掛ける。

「ねえヨシノ……この世界にはね、あんなあやかしも居るの。あなたはあやかしに愛される才能があるけれど、それはああいう者も引き寄せてしまう」

「うん」

「いつか、ちゃんとお外を歩けるようになるから。お外も一人で歩けるように。学校だって通えるように。本当に訪れちゃいけない場所も分かるように。私がきちんと教えるから」

「……うん」

「だから、おねがい。もう……危ないこと、しないで」

「………うん」

マミコの声があんまり心細そうで、ヨシノは胸が苦しくなった。色々なことがヨシノの頭を巡ったけど、言葉にならずに、ただ頷《うなず》いた。

少しの間、マミコはヨシノを抱きしめていた。その小さくか弱い、愛らしい温かさが逃げてしまわないように。

足音にヨシノが視線を向けると、傍《かたわ》らに楓がいた。

スッとんできたマミコに振り落とされたせいか、自慢の黒髪がくしゃくしゃで着物に砂がついていたが「まったくもう」という調子でヨシノたちを見ていた。

「ねえヨシノ。もう家出はこれっきりにしてね。縛るのもナシ。おしゃぶりもダメ」

「ごめんね。ぜんしょします」

「だから、どこで覚えてくんのよ。そういうの」

ため息をつく楓を、うるんだ目で見上げるヨシノ。

けれどその瞳がたちまち見開かれて、ぱぁ、と笑顔が花咲いていく。水面に反射した陽《ひ》の光を、緑がかった瞳がキラキラと映す。

「……わぁ！」

ヨシノが明るい声を上げて、マミコも楓も小首をかしげた。

二人とも揃って、ヨシノの視線を追う。そしてその目を見開いて、驚きに声を失った。

ヨシノだけが、春風のように軽やかな声で、その名を呼んだ。

「かに！」

川下のほうから、赤らみ始めた陽光に照らされて、大きなカニがやってきた。

5メートル？　6メートル？　もっと大きいかもしれない。

その小高い丘のようなカニの頭に、ワタが乗って、手と尾ヒレを振っていた。

「やーっほー、ヨシノちゃん居たー？」

「かに！　でっかいかに！」

「ヨシノちゃんが言ってたの、このカニ爺《じい》さんの事だよね。ごめんね、あたし案内の仕方間違っちゃって」

ね、とワタがカニを見る。

カニ爺さんと呼ばれた大きなカニは、ちょきちょきとハサミを動かしてみせる。

ヨシノも、指をチョキにしながら、ぴょんぴょんとジャンプして応える。

その姿に、マミコは笑顔でため息をつく。ヨシノのプチ家出には焦ったけれど、その一方でヨシノを縛り付けていたことも、マミコはしっかり気にしていた。

怖い目にも遭《あ》わせてしまった。

でも、初めてのヨシノの一人旅が、怖い思い出だけでなくて良かった。

この世界が優しい物だけだとは思ってほしくない。でもこの世界が怖い物だけだとは、もっと思ってほしくない。結局、それがマミコの本音なのだ。

「ねえ、ヨシノ」

優しく響くマミコの声に、ヨシノは栗色《くりいろ》の髪を揺らして振り返る。

「今度は、一緒に会いに来ましょうか」

「うん！」

夕映えに咲くヨシノの笑顔につられて、マミコは思わず、幼げに笑った。

✿

「え、それでおまえたち、カニを見つけたのに普通に帰ってきたのか？」

神社に帰ると、ウカがお鍋を火にかけながら待っていた。多少は責任を感じたのか、夕飯の支度を努力したらしい。台所がべちゃべちゃだが。

そんなウカの様子に、ヨシノと楓は目をぱちくりさせ、マミコは怪訝《けげん》な顔をする。

「何よ、その反応とその煮立った鍋は」

「いや、だってデカいカニの所へ行ったなら、てっきり夕餉《ゆうげ》になるのかと——」

「ていっ！」

無粋な台詞《せりふ》を言い切る前に、マミコのチョップがウカの額に直撃する。

「きゃいん！」というキツネの鳴き声が、春の夕空に響きわたった。

②

にたものキャラメリゼ

暑い日差しを目一杯に受けて、木々の葉は緑を濃くしていた。

春に芽吹いた数多《あまた》の命が、夏の林に溢れている。合唱するセミの声をＢＧＭに、アゲハチョウが花の蜜をすすり、カマキリが葉の上で空を仰ぐ。

緑が彩る自然の王国。その一角に錆色《さびいろ》の山があった。

アルミとプラスチックの象《かたど》る歪《いびつ》な造形は、自然の景色にそぐわない。家具に衣服、生活家電。持ち主を失った人工物の群れが、寄る辺なく途方に暮れている。

そのゴミ山の中に、奇妙な羽虫がいた。

夏の虫たちのそれとは違う、命の輝かない歪な羽音。

ゴミという概念は、人の営みの中にだけある。ならばゴミから生まれるあやかしも、人の傍へと帰ろうとするのかもしれない。

木々の隙間を吹き抜ける風が、不法投棄の山を撫《な》でていく。

まだ綺麗な麦わら帽子がひらりと舞って、神社の方へと滑っていった。

それはそれとして、楓《かえで》とカトリーヌがケンカした。

「なんなのよーっ！」

「なんですのーっ！」

朝から騒がしいことだが、小さい人形の取っ組み合いは正直迫力がない。

いつものことなので、ヨシノは放っといて小学校へ向かった。夏休みだったけれど、置きっぱなしの裁縫道具や荷物を取りに行く用事があった。葉桜が並ぶ通学路の木漏れ日は、夏の香りがする。

かにかに家出事件から五年くらい。ヨシノもとっくに小学生。

ヨシノが神社での生活に慣れるまでの間、あの二人はいっつもケンカしていた。確か昨年末には門松を飾るかツリーを飾るかで揉《も》めていたし、今年の二月ごろはバレンタインと節分のどちらを優先するかでシバき合っていた。

飽きないんだなー、と思う。

そのころにはヨシノも流石に「アレはアレで仲良しなんだろうな」と思うくらいの情緒は育っていたから、あまり気にしていなかった。

でも昼前に学校から帰って来ると、廊下で人形二人が絡まって転がっていた。

楓の髪がカトリーヌに絡んで、カトリーヌのネジが楓の口に突っ込まれている。その状況でも二人と来たら、どうやらまだケンカしているようだ。

「いい加減にしなさいよ、このカラシ色ドレス！」

「こっちのセリフですわよ、このおちょぼ口紅！」

どったんばったん、ごろごろごろ。取っ組み合いながら転がる人形たちだが、なんせ人形なので省スペースで助かる。ちょっと大きめのロボット掃除機みたいなものだ。

「ウカさま。あの二人、朝からずっとやってるの？」

ランドセルを下ろして、とりあえずお茶の間の隅に置くヨシノ。ウカはと言えば座布団を枕にして、ふぁあ、と大あくびをしていた。

「ああ、昨日からやっておったぞ。ヨシノ、お前よく昨日眠れたの……部屋同じじゃろ？」

「ヤクルト飲んでるから！」

冷蔵庫からちっちゃいボトルを出してドヤるヨシノである。

なんだか知らんがすごい自信だ。

「すごいのー。ウカも飲もうかなー」

「おすすめです」

ぺりぺりと容器の蓋を剝《は》がして、甘い飲料をちびちびすするヨシノ。ちなみによく眠れていたのは、二人ともヨシノを起こさぬように別の部屋でケンカしていたからで、べつにヨシノの寝つきは関係ない。

「でも、なんか今回のケンカ長いね？　……今回はなに？　おやつをおはぎとケーキのどっちにするかとか？　それともかぐや姫と白雪姫のどっちが面白いかとか？」

「知らん。ウカ興味ないし。寝不足じゃからお昼寝したいし」

「おねーちゃんは？　居たらそろそろ叱ってそうなのに」

「マミコなら離れの倉庫と神社を行ったり来たり、なんかドタバタしてるぞ。も～、うるさいんじゃよ……つん、つん、つんざくんじゃよ……耳を」

「なるほどなー」

「ていうか、暑いし……ウカは縁側の風通しの良いとこで寝たいのに、やつらがあの辺でどったんばったんぎっこんばったんポッピンぺっぴんパックンマックンするから……」

「ふーむ」

顎に手を当てて考え込むヨシノ。確かに普段からケンカの多い二人だけど、あそこまでこじれるのは珍しい。はたして、どんな深刻な理由があるのだろうか。

楓とカトリーヌは相変わらず、くだらないことで言い合っている。

「だいいちね、前からアンタのことは気に入らなかったの！」

「こっちのセリフですわよ！　わたくしのやること為すことケチつけて！　バレンタイン

チョコの代わりに豆投げて来たの覚えてますわよ！」

「そのあと金棒持って追っかけまわしてきたのは洒落《しゃれ》じゃすまないでしょ！　それにアンタのクリスマスツリーの電飾があたしの門松を直撃したのも忘れてないから！」

「あんな落とし穴の中に設置する狩猟罠《わな》みたいな物体を邪魔なとこに設置してるのも悪いんですのよ！」

「だいいちなんでアンタ家の中で傘さしてんの⁉　バッカじゃないの⁉」

「トォ――――タルコォーゥディネーイトというものですわよっ！　年がら年中着物姿の人には分からないと思いますけどっ！」

「なぁ〜〜にその頭悪そうな発音！　ていうか年がら年中カラシ色ドレスのやつに言われたくないんですけど！」

「オリーブイエローという色ですのよ！　ひとつお利口になりましたわねっ！　トマト色のお着物の田舎者さんっ！」

「これは朱色っていうの！　ひとつお利口になったわねカラシ色ドレスさんっ！」

「1秒前に教えたことも忘れてますのね！　あんころ餅ばっかりもぐもぐしてないで煮干しでもかじったほうが良いのではなくて⁉」

「あれはおはぎって言うの！　食べ物の名前も分かんないのね！　アンタこそ芋団子入れ

た汁ばっか飲んでないで本でも読んだら⁉」

「いっもっだっんっご（笑）！　この方、タピオカのこと芋団子って仰《おつしや》いましたわよ！　あー信じられません信じられません！　この事件わたくしが千年先まで語り継がせていただきますわ！　呪いの芋団子人形の伝説を！」

「あらあら、アンタの材質で千年持つかしらねー！　発見されるころには経年劣化で新種の土偶として学会で議論されるでしょうね！　この薄ら笑いの土偶は一体何に使われたのでしょう？　って！」

「だーれが土偶ですか、この白塗りおばけ！」

「だれが白塗りお化けさ、この年中水玉パラソル！」

「ぐぬぬぬぬぬぬ！」

「んぬぬぬぬぬぬぬ！」

　どうでもいいけど、あんなに額を寄せ合ってにらみ合ってたら、何かの拍子でちゅーしちゃいそうだな、とヨシノは冷蔵庫から出したプリンを食べながら思った。

　というか、二人ともお互いのことを随分よく覚えている。しかし見ていて飽きないけれど、流石《さすが》にそろそろ騒がしい。できればヨシノが楽しみにしている夕方のアニメが始まるころには終わっていてほしい。

「んーむ」

ヨシノは考える。何が発端か知らないが、今回はこじれにこじれているらしい。マミコは忙しそうだし、ここは楓とカトリーヌの保護者を自負するヨシノが一肌脱ぐべきかもしれない。

ぽん、と手を叩いて、ヨシノは二人の間に割って入った。

「すと―――っぷ」

びしっ。両手で楓とカトリーヌを引きはがす。

「ふたりとも、ケンカはおやめなさい」

「だってカトリーが！」

「だって楓が！」

「うんうん。何が原因か知らないけど、なみなみならぬジジョーがあること、このヨシノも感じております」

深く頷《うなず》くヨシノ。もちろん、ただケンカをやめろと言ってやめる二人でないのはヨシノも重々承知している。

だが、このままでは埒《らち》が明かないのも事実。そこで。

「でもそうやってピーチクパーチクしててもしかたないでしょ。ふたりとも、どうせならきちんと決着をつけなさいっ」

「「決着？」」

ぴったりハモる二人の声に、ヨシノは「仲良いな」と思いつつ、自分の閃《ひらめ》いたたったひとつの冴《さ》えたやり方を提案する。

「同じルールで試合するの。種目は楓にもカトリーにも不利がないようにヨシノたちが決めるの。種目を変えながら三回勝負。どう？」

この提案、実はヨシノが先日小学校で行ったレクリエーションが元になっている。とっても楽しかったのである。

ヨシノの案を聞き、楓が笑う。

「良いわ。きっちりルールのある勝負で、今日こそどちらが格上か教えてあげる」

カトリーヌもまた、たおやかに頷く。

「ええ、構いませんわ。どんなルールであろうと、わたくしが負けるはずありません」

うんうん、良い感じにことが運んだ。ヨシノも満足である。

そうと決まれば勝負の場を整えなければ。

ヨシノは張り切り始める。二人それぞれの得意そうな分野をミックスし、不利がなく、それでいてヨシノが見ていて楽しい感じのルールを作るのだ。

「なるほど……この勝負、さしずめ〝神前式激闘三番勝負〟と言ったところか」

なんかウカが首を突っ込んできた。

それにしてもなぜウカは、わざわざ壁に寄り掛かってドヤ顔をしているのだろう、とヨシノは首をかしげる。

「よいぞ、神の前で存分に決着をつけるがよい。このウカが見届けてやろう……ただし」

「ただし？」

「お昼ご飯の後でな！」

それはとっても大事である。とりあえず、お昼はみんなで一緒にそうめんを頂いた。

昼食の後。

「確かに長引いてたわね。二人のケンカ。喧《やかま》しくて十五回くらい頭叩いたのだけど」

からん、とグラスの氷を揺らしながら麦茶に口をつけ、マミコは言う。

「だよねー、いつもならご飯の前には終わるのに」

隣で麦茶を飲みながら、うんうん首を縦に振るヨシノ。

ウカは寝転がってテレビを見ているし、二人の人形は既に居間を出て行った。ウォーミングアップをするらしい。人形が体を温めて効果があるのかは疑問である。

ヨシノはコップの水滴を指で撫《な》でながら、天井を見上げてぼやく。

「それなのに、今回はどーしたんだろ。もし思っているより本気でケンカしてて、仲直り出来なくなっちゃったらヤだな」

「うーん、流石にそれは大丈夫じゃないかしら。もし本気なら、とっくに決着がついているはずだもの」

「え、そーなの？」

「ええ」

驚くヨシノに頷いてから、マミコは席を立ってグラスを片付ける。

「ともかく、意外と良いんじゃない？　一度本気でぶつかり合わせてみるのも。あくまで競技ということなら、エスカレートしすぎることもないでしょうし」

昼食の食器と共にグラスを水に浸してから、マミコは居間の出口へ向かう。出ていく前に振り向いて、ウカとヨシノへ声をかける。

「そうそう、今日はあまり裏の林へは近づかないようにね。縁側のほうは大丈夫だと思うけれど」

「ん、どうしたんじゃ？」

　ピクリと耳を揺らして振り向くウカ。マミコは顔の前に人差し指を立てる。注意して言い聞かせるときのクセなので、それが真剣な話であることが分かる。

「妙なあやかしが紛れ込んでいるみたい。蜂のように小さなやつらだけど、何匹か祓《はら》ってもまだ見かけるのよ。これからもう少し見回って来るわ」

「妖虫の類か……ああいうのは嚙《か》まれると呪毒をもらってしまうからの」

「前に似たようなのを相手したことがあるけれど、一匹の女王蜂が働き蜂を操っているようなあやかしでしょうね。働き蜂の一匹一匹は弱いんだけど、ターゲットを見つけると群れを呼ぶのが厄介で……ヨシノも変な虫を見かけたら、決して触らないようにね」

「はーい！」

　元気に返事をするヨシノ。箒《ほうき》を手に居間を後にするマミコを眺めつつ、ウカは食後だというのに煎餅をかじりながら呟《つぶや》く。

「しかし、この敷地の結界にほころびは感じないがな。林のほうは神社よりも手薄とはいえ……悪《あ》しきあやかしなど、どこから紛れ込んだというのじゃ？」

ヨシノの部屋。

定位置になっている床の間に座って、楓は頬杖《ほおづえ》をついていた。

カトリーヌは縁側の方におり、一人で何やら準備運動している。

楓は「ドレスでやるのははしたないんじゃあないの」と口出ししようと思ったが、勝負の前にケンカになりそうなのでやめておいた。

西洋人形の関節はほぐすと滑らかになるのかもしれないが、楓にとってはあんまり効果的には思えない。ヨシノも居ないし、勝負開始までは少々手持ち無沙汰だった。

「……はーぁ」

やることがないときは、どうしても自分の内面に目が向くものだから、つい過去の記憶を見つめてしまう。

思えばカトリーヌとの付き合いは、そう長くもない。

かつて、楓は孤高だった。

老いた孤独な人形師が、己を看取《みと》ってくれる者が誰も居ないことを嘆き、技術の粋を込めて作り上げたのが楓だ。

　人形師が寿命を迎えて以来、楓は生みの親の最高傑作として多くの人の手を渡っては、持ち主たちの最期を見送ってきた。

　自分が朽ちるよりも先に人々が天寿を全うするうち、いつのころから話がこじれたのか、楓自身が持ち主を呪う人形として扱われていた。

「実際あやかしになったんだし、間違っちゃいないけどね」

　楓は一人、自分を笑う。ただ、ウカやマミコに言わせれば楓は人を呪う人形というより、人に呪われた人形なのだという。さして違わないと楓は思う。

　供養のため神社に預けられたのは、まだ神社に先代の巫女《みこ》が居たころだ。

　その巫女はもう居なくなってしまったが、去り際に引き受けていた供養の依頼を引き継いで、マミコが連れて来たのがカトリーヌだった。

　和洋の好みは違うけど、ワンピースのオリーブイエローは楓の帯の木蘭《もくれん》色と同じ。ボンネットのバーミリオンは楓の着物の朱色と同じ。色の趣味はよく合った。

　長い睫《まつ》毛《げ》も満月色の髪も、楓から見ても綺麗な人形だと思った。もちろん自分が一番美人だけど。

　けれどそれ以上に、不思議な気分だった。

楓にとって、神や人間はあくまで〝別のもの〟だった。あやかしは自分の同類ではあるが、それだってやはり〝別のもの〟だった。

呪いの人形カトリーヌに出会った時、生まれて初めて楓は〝同じもの〟を見た。

「びっくりしたわよね、キャラ被ってんだもん」

そう。初めは確か、そういう話をした。

楓の方から「あんたもなの？　呪いの人形が二体もあるなんて、おどろおどろしい神社ね」と声をかけた。カトリーヌは「ええ、まったく奇遇ですわね。人形館でも作るのかしら」なんて、呑気《のんき》な返事をしたのを覚えている。

話してみて、意外と気が合って、思ったより気が合わなくて。

けっこう盛大にケンカして、魔法で神社をしっちゃかめっちゃかにして、二人してマミコに引っぱたかれた。それも箒の柄で。

ケンカは通じ合える相手としか起こらない。人が人としかケンカしないように、猫が猫としかケンカしないように。

だから楓はその時、生まれて初めて誰かとケンカをした。

それからヨシノがやってきて、マミコやウカともよく話すようになり、楓の周りはだんだんと騒がしくなっていった。人形としてこの世に生み落とされてから、今が一番賑《にぎ》やかな時と言っていい。照れくさくてあまり認めたくはないが、楓は神社の面々を家族であるとすら思っている。

けれど楓が本当の意味で〝ひとり〟じゃなくなったのは、きっとカトリーヌと出会った時だった。

「……」

楓は頬杖《ほおづえ》をついたまま、少しだけ伸ばした髪を人差し指でくるくる弄ぶ。

この時間、めぼしいテレビ番組もない。

部屋に置いてある本は何度も読んだものばかりだし、ヨシノもマミコも今は居ない。

そもそも近頃ヨシノは学校に行くようになったし、マミコにはいつも仕事がある。ウカはふらふら出かけたりして、いつ神社に居るのか分からない。

「あーあ、つまんない」

近くに誰も居ないから、楓は壁に呪いの言葉を吐いた。

誰かとケンカでもしてないと、まったくヒマでしょうがない。

「さあ、始まりました。本日のしんぜん……ざんぱん……なんだっけ？」

「神前式激闘三番勝負じゃ」

「しんぜんしきなんとか勝負です。実況と審判は、わたくしヨシノ」

「解説のウカじゃ」

「以上でお送りします。ぱちぱちぱちぱち」

縁側にちゃぶ台を持ち込んで実況席を設け、庭を勝負の舞台とし、ヨシノとウカ、そして今ここには居ないが、マミコの考えた種目を計三回行う。

種目はどれも楓、カトリーヌの双方に公平であるよう、和・洋の要素を絶妙に組み合わせたもの……というのが一応のテーマだ。

庭では腕を組んだ楓と、腰に手を当てたカトリーヌがバチバチににらみ合っている。一触即発といった様子だが、ルールを設けただけあって勝手にケンカは始めない。

ヨシノが種目内容の書かれたメモ帳を読み上げる。

「一試合目の種目は、羽子板テニスです。……羽子板テニス？」

「マミコの考えた種目じゃの、これ」

「はぁ、それでどういう種目なんでしょう」

「普通はラケットとテニスボールで戦うところ、羽子板とピンポン玉を使ってテニスをするのだそうじゃ」

「それってほとんど卓球なんじゃ……」

「面白みがないのう、あいつの考えることは」

「おねえちゃん、根が真面目だからね。もっとネットとか見たほうがいいよね」

居ないところで好き放題言われるマミコである。

さっそく化粧羽子板が用意され、二人が構える。楓もカトリーヌもお人形サイズなので、割と羽子板がテニスラケットらしく見える。

卓球用のネットが張られ、木の棒でコートが描かれる。省スペースで済むのが人形たちの良いところだ。

「楓！」

びしっ。カトリーヌが予告ホームランのように羽子板を掲げる。テニスでホームランは普通に負けだが、ここは気にしない。

「羽子板とはいえ、この競技は実質的にテニス！　はっきり申し上げてわたくしの有利と言って良いでしょう。ハンディキャップを差し上げてもよろしくてよ？」

「ハンディキャップだかバンジージャンプだか知らないけど、要はこれ運動神経の問題でしょ。おっとり動くあんたには負ける気しないね」

「おほほほほ！　普段のわたくしの動きだけを見て言っているのなら、それは愚かを通り越してメガ愚か……いえ、スーパー愚かですわ！」

「普通に語彙が貧困だわね！」

サーブ権はカトリーヌから。ポン、ポン、とピンポン玉を地面に跳ねさせつつ、いかにもテニス巧者のような仕草を見せる。

「いいですこと？　スポーツの極意とはすなわち緩急。そして白鳥はバタ足が速くて……なんかけっこう必死なのですわよ、確か」

「うろ覚えでたとえ話しないでよ！　優雅に見えても水面下で激しく泳いでるとかでしょそれ！　白鳥が必死なことしか伝わらなかったんだけど⁉」

「だまらっしゃい！　論より証拠、メロンよりショコラ！　わたくしの華麗なサーブを見てお目目ピンポン玉みたいになりやがりませ！」

「最早《もはや》お嬢様口調すら崩れてんのよ！　来なんし！」

「あなたこそ急に時代がかった口調でキャラ作らないでくださる⁉　そーれ！」

優雅なフォームでピンポン玉を放り上げ、羽子板を振るカトリーヌ。

「カトリー・フレンチエレガントサーブ！」

なんか必殺技みたいなのを叫んだ。

ぽこん。ゆるやかな山なりの軌道でピンポン玉が飛ぶ。まあ小柄で力がないので、こんなもんである。

「何さ、そんなへなちょこ玉！　大和魂・爆裂昇竜楓打ち！」

ワンバウンドを上手《うま》く捉えて打ち返す楓。ぽこん。やっぱりいまいち迫力のない弾道でピンポン玉が飛ぶ。あの技名、今考えてるのだろうか。

ヨシノたちはマミコに切ってもらったスイカをしゃくしゃく齧《かじ》りながら、二人の激闘を眺めている。

「いっしんいったいのこーぼー、というやつですねウカさま。この勝負、ポイントはどこになるでしょう？」

「そうじゃな。強いて言えば……ピンポン玉を落としたほうが負ける、ということ」

「ゆうえきなじょーほーがゼロでした。ヨシノもそれくらい知ってます」

実況席の二人もテニスに詳しくないので、このくらいしか言うことがない。

中身のない会話を繰り広げたのち、しばらくぽこんぽこんとラリー音が響く。なにせ人形たちは小さく、腕の振りが描く弧も小ぶりになる。なんというか、子供が羽根つきをしている光景と大差ない。

ピンポン玉を打ち返しながら、楓が笑う。

「あはっ、大口の割に大したことないじゃない！　一体何のための準備運動だったのかしらっ」

「くうっ！」

「ほらほら、どうしたの！　下手な盆踊りみたいな動きになっちゃって、このままだとすぐに試合終了よ！」

どんぐりの背比べみたいな試合内容だが、ちょっとだけ楓が押しているようだ。ドレスよりも足を動かしにくい着物であるのに、なかなか大したものかもしれない。

しかしながら、二人はあやかし。

勝負は運動神経と技術だけでは決まらない。

「言いましたわね……本気で行きますわよ！　カトリー……バナナカーブショット！」

ふわり。打たれたピンポン玉が大きくカーブを描いた。今までは割と余裕を持って動いていた楓が、その不可思議な軌道にたたらを踏む。

実況席のヨシノも身を乗り出して興奮気味になる。

「あーっと！　今のは魔球では⁉　ウカさま、なにがおこったんでしょう！」

「ううむ、カトリーヌのやつ魔法を使いおったな。やつは日傘で風を操ることができるが、羽子板でもやれるとは」

「なるほど！　どーりでさっきから風で砂ボコリが部屋に吹き込んだり、ふすまが倒れたりしているわけですね！」

「うむ、まあ後でマミコがなんとかするじゃろ！」

「おほほほほほ！　どんな道具でも魔法を使うのが一流というもの！　テニスにも羽根つきにも、魔法を使っちゃいけないなんてルールはございませんわよねっ！」

カーブ、スピンはもちろんのこと。風を使って加減速もなんのその。あやかしとしてのテニスを始めたカトリーヌは一気にペースを握り始める。

しかし、もちろん楓だって負けてはいない。

「小癪《こしやく》な！　そっちがその気ならあたしだってやるわよ！　おらーっ！」

しゅぱっ、と髪を伸ばして辺りにひっかけた楓は、髪を引き戻す力を利用して自分の体を引っ張り、高速で移動を始める。

カトリーヌが魔法で繰り出す高速スマッシュやカーブショットも、これなら一瞬で追いつけるというわけだ。

「んなっ！　汚いですわよ！」

「あんたが先に力使ったんでしょ！　そして……この髪は攻撃にも使えるんだから！」

とうとう楓はラケットまで髪で持ち、打ち返し始めた。

筋肉のように編み上げた楓の髪は、手足よりも遥《はる》かに強い力を発揮できる。

ここに来てあやかしたちの羽子板テニスは、すっかり魔法の戦いになったのである。

「そーれっ！」

カトリーヌが風を起こし、木の葉が千切れて縁側に吹き込む。

「よいしょーっ！」

楓の髪が庭の灯篭《とうろう》を摑《つか》み、勢い余って引っ張り倒す。

「ボンジュールスマッシュ！」

カトリーヌの風が渦を巻き、飛び石を掘り返して穴を空ける。

「天下無双打球！」

楓が髪を木に巻き付け、引っこ抜いて足場を作りピンポン玉を追う。

庭をしっちゃかめっちゃかにしながら繰り広げられる、超次元羽子板テニス。激しさを増していく二人の戦いは、意外な形で決着がついた。

「えいっ！　……しまった！」

楓の返球が、不意にゆるくなった。

「あっ」

そして、急にゆるくなった打球に追い付けず、カトリーヌが拾い損ねた。

「えっ、あっ。勝った？」

「……あ、まあ、はい。そうなりますわね……」

一瞬気まずい空気が流れたが、勝利は勝利。楓が胸を張って勝ち誇る。

「……あははっ、まずは一勝ね！　まぁ本気になればこんなもんよ！」

「んきぃ――――っ！　ちょ、今のいくらなんでも無様じゃありません⁉　そんな勝ち方して恥ずかしくありませんの⁉」

「ハンッ、どんな形でも勝ちは勝ち！　ボールをコートに落とした方が負けでしょ？　二戦目はもう少し楽しませてちょうだいねっ！」

「くぁーっ！　くやしいですわーくやしいですわーっ！　ヨシノ！　早く二試合目を開始してくださいまし！　夏だというのにこんなに頭が温まったままでは、わたくし夜も眠れませんわっ！」

地団太を踏むカトリーヌと、一戦リードして高笑いする楓。明暗分かれれど試合結果に必要以上の物言いがつくことはない。

それを確認し、満足げに頷《うなず》くヨシノ。

「うんうん、やる気まんまんでなによりです」

やはりルールを定めたのは有効だったと見える。明確に勝敗のつく試合結果、同じ競技を通してたぎる勝負への情熱。爽やかなスポーツの楽しみがそこにある。

なんだか決着のつき方が消化不良だったが、そこはそれ。

とにかく一試合目、楓の勝ち。


「では、これより二試合目をはじめますっ！」

びしっ。

ヨシノがきびきびした動きで宣言する。

「えー、二試合目の種目は……しょーがいぶつゴルフ競走？」

「おっ、ウカの考えた競技じゃな。正式には神前超激闘・和洋折衷爆裂最強障害物ゴルフぐらんぷりと名付けたが、長すぎてそこに書けなかったのじゃ」

「なるほど。どの辺がわよーせっちゅーなのかはヨシノにも分からないですけど、なんだかすごそうですね」

「これは実にあかでみっくな競技じゃよ。ゴルフとしての精度、障害物を乗り越えていくふぃじかる、冷静さ、タフさ、やるせなさ……あらゆる要素が求められるのじゃ」

ぱちん。

ウカが指を弾くと、庭にドスドスと障害物が落ちてくる。平均台に、漬物石に、石造りの坂道。砂の詰まった桶《おけ》、積み重なった石の山。大量の水が降って来て庭池まで作られた。

確かに障害物競走っぽい光景にはなった。

しかもゴルフコースは神社の中まで続いており、居間のゴミ箱に旗が立っている。室内まで利用した立体的なコースである。

「ねえウカさま。これ、また神社がメチャクチャになる気がするけど」

「ふふ、そこがこの競技最大のキモよ。力任せに攻略すれば、どうしたって神社を散らかしてしまう。そうなれば後でマミコに叱られるのは必定……すなわちこの競技、マミコが最大最強の障害物というわけじゃ」

「なるほど……でもこれ、ヨシノたちも後で叱られない？」

「観客席にもスリルがないと面白くない……そういうものじゃろ」

「流石ウカさま、えんためを分かっています」

息の合ったテンポで拳をぶつけ、ハイタッチを決め、握手を交わすヨシノとウカ。

そんな様子を見守る人形たちは「この二人も一緒にしておくと、大概ロクなこと考えないな……」と目を細める。

「どうでも良いですけど、始めてもよろしくて？　日差しが強いですし、早く済まさないとお肌によろしくないですわ」

「カトリー、先に打っていいわよ」

「あら、楓にしてはお上品な対応。淑女ファーストの概念を身につけましたの？」

「いえ、いわゆる負け先ってやつ。縁側将棋とかでも弱い方が先手取るでしょ」

「きぃーっ！　息をするようにマウント取るんじゃありませんわよ！　目に物見せて差し上げますからね！」

早速ボールを打つための構え、いわゆるアドレスに入るカトリーヌ。ちなみにゴルフクラブとして使われているのは傘である。

「くろ、わっ、さん！」

カトリーヌが独特のリズムでスイングし、ピンポン玉を打つ。

しかし不慣れなカトリーヌが傘でまともに打球できるわけもなく、おまけに庭は障害物だらけ。打球は積み重なった石灯篭《いしどうろう》に当たり、ジグザグに跳ね返って元の場所に落ちる。

「……3センチくらいは進みましたわよ」

「ふふん、ぶきっちょね。退きなさい、ここはアイアンを使うべきなの」

カトリーヌの代わりに楓が自分の打席に入る。クラブの代わりにされているのは、台所から持ってきたおたまである。

「同じステンレスっていうだけでアイアンに括《くく》るの、乱暴すぎません？」

「打てればいいのよ、打てれば。そーれっ！　あん、ころ、もち！」

また独特のリズムで楓のスイングが行われると、ピンポン玉は綺麗《きれい》に庭池の中へと吸い込まれていく。

「きぃーっ！　ＯＢじゃない！」

「今の野球のスイングでしたわよね！　それも死にかけのニホンザルより無様な姿勢でしたわよ⁉　よくそれで人のことぶきっちょって言えましたわね！」

「うっさいうっさい！　だいたいね、ＯＢって言ったって打てれば良いんでしょう⁉　打てれば！」

楓はざぶざぶと池の中へと潜っていく。普段、材質のせいで水濡《みずぬ》れを嫌がる楓が自ら潜水するのだから、本気である。

しばしそのまま静かになり、あわや溺れたかと思ったころ。

ぽかん、と池の水が爆発してピンポン玉が池から出て来た。続けてずぶ濡れになった楓が戻って来る。伸びた髪がアイアン……もとい、おたまに絡みついており、魔法の力を使ったのは明白だった。

「ほーら、これで問題なし」

「あなた恥とか知りませんの⁉　どう見ても今、髪でスイングしましたわよね！」

「あら、ゴルフで魔法使っちゃいけないルールってあったっけ？」

「きぃぃいっ……でしたらわたくしだって！」

カトリーヌは傘を開き、回転させることで風を巻き起こす。

ふわふわと浮かんだピンポン玉を傘の上に載せ、まるで大道芸のように回しながら運び始める。

「おほほほほ！　これならホールインワン確実ですわ！」

「ちょっ……あんた、それはいくら何でも反則じゃないの⁉」

「あーら、これはショットですわよ。ショット動作の最中ですの。わたくしのクラブからボールが離れた時に初めて一打のカウントになるわけでしょう？　悔しかったら楓もやってみてごらんなさ――ふぎゃっ！」

よそ見しながらボールを運んでいたカトリーヌは、障害物として用意されていた漬物石に躓《つまず》いてボールを落とした。そもそもこの障害物だらけのコース、普通にボールを持って移動するだけでもそこそこ大変である。

「あっははは、良い様ねカトリー！　よーしあたしの番ね。あんたがそういう事するならあたしも考えがあるわ」

今度は楓がおたまでピンポン玉を掬《すく》い、そのまま普通に走り出す。

かと思えばカトリーヌも再び傘にピンポン玉を載せ、回しながら後を追う。

「ちょっと！　今あたしの打順でしょうが！」

「あら、障害物ゴルフ競走でしょう⁉　だったらとにかく先にゴールしたほうが勝ちですわよ！」

「ああ⁉　そういう解釈ならこっちにも考えがあるからねっ！　そりゃっ！」

「きゃあっ⁉」

楓の髪が瞬時に伸びて、脚を取られたカトリーヌがスッ転ぶ。

「よーし、今のうちにぶっちぎり……わあっ⁉」

かと思えば今度はカトリーヌが風を起こし、バンカーの砂を巻き上げて楓にぶっかける。

「そこで砂まみれになってなさいませ！　泥パックみたいでお肌に良いかもですわよ！」

「じゃああんたが砂に埋まってなさいよ！　どりゃあっ！」

カトリーヌが先行したかと思えば、楓の髪が彼女を摑《つか》んで放り投げる。

「ぐわっ！　あなたとうとう普通に攻撃して来ましたわね⁉　おかえしです、わっ！」

楓が先行したかと思えば、カトリーヌが突風を起こして楓をぶっ飛ばす。

「おわあっ！　ちょっと、このあと平均台ゾーンなんだから邪魔しないでよっ！」

「あなたが退きなさいませっ！」

「はあ⁉　あんたが退くのよっ！」

平均台を越え、坂道を登り、石の山を踏み越えて神社の中へ。

ゴールが見えて来てより過熱した二人の戦いは、もはや恥も外聞もない。

走る速さこそ互角だが、互いにビンタ、足払い、服摑み、魔法の応酬。紳士淑女のスポーツたるゴルフの面影は、もうどこにもない。

吹き荒れる暴風が家具を倒し、荒れ狂う黒髪が畳をひっぺがし、走る二人の人形がふすまをなぎ倒して滅茶苦茶《めちゃくちゃ》にしていく。そして――。

「先手必勝……ああ、しまった！」

旗の立てられたゴミ箱へとピンポン玉を打った楓だったが、手元が狂ったのかピンポン玉はあられもない方向へ。

「……またミスりましたわね楓っ！　では、ここはいただきですわっ！」

その隙に、カトリーヌがピンポン玉をダンクシュートして先にゴールした。

「やりましたわー！　勝利のぶいさいんですわーっ！」

「きぃーっ！　くやしい〰〰っ！」

「おーっほっほっほ！　まあわたくしが本気を出せばこの程度ですわー！　次は三カ月ほど打ちっぱなしにでも行って修行して来なさいませーっ！」

互角の魔法勝負が白熱したが、ゴルフの部分で明暗が分かれたこの勝負。

これにて一勝一敗、決着は第三試合にもつれ込むこととなった。

「くっ、次は負けないんだからねっ！　決着をつけるわよカトリー！」

最後のミスショットをくやしがり、髪でひっぺがした畳の上で地団太を踏む楓。

「言ってなさいませ！　この勢いに乗って次もわたくしの勝ちですわ〜！」

勝利の喜びを体いっぱいに表現し、倒れたふすまの上で舞い踊るカトリーヌ。

ふと、晴れているはずの縁側に影がかかった気がした。

見れば、先ほどまで居なかったはずのマミコが立っていた。障害物で滅茶苦茶になった庭を背に、魔法でぐちゃぐちゃにされた神社を前に。

張り付いたように浮かぶ巫女《みこ》の笑顔は、夏だというのに凍り付くようだった。

「「あっ――ぎゃあ！」」

仲良く焦り声が重なった次の瞬間、マミコは二人の人形をがっちり摑《つか》み、お互いの頭をゴツンとぶつけてやった。

試合終了のゴングにしては、少々鈍い音である。

ともかく二試合目、カトリーヌの勝ち。


人形たちを二、三度ほど巴投《ともえな》げして懲らしめたのち、三試合目の前に神社内の掃除と修理を言いつけたマミコは、力が抜けたように縁側に座り込んだ。

グレープ味の棒アイスを咥《くわ》えながら、ウカはマミコの顔を覗《のぞ》き込む。ウカも庭を滅茶苦茶にした罰としてゲンコツで頭にたんこぶを作っているが、神社の修理を手伝っても余計に被害を広げかねないので、大人しくしている。

「なんじゃマミコ、随分くたびれて帰ってきたのう」

マミコを見て、ウカは眉をひそめた。日陰であることを差し引いても、マミコの顔色は良くは見えない。

「ええ。例の〝蜂〟みたいな妖虫がね……思っていたより数が多くて」

「あまり無理をするでないぞ。小さなあやかしでも立て続けに祓《はら》っては、おまえの体が浄化に追い付かん」

「はぁ……」

「だからこうして一度休みに来たのよ……まさか余計疲れる羽目になるとは思っていなかったけど」

せっせとふすまや床を直す人形たちを、マミコはジト目で見つめた。勝負を煽《あお》ったヨシノも一緒に手伝っているが、あまりペースは芳《かんば》しくない。

マミコの様子は、単なる体の疲労とは違う。

魔力を気配でしか感じられない人間の目には、血の気が薄いことしか分からない。しかし神であるウカには、マミコを蝕《むしば》む青い残り火が見えている。それは心臓に絡みつくように、燻《くすぶ》ってマミコの魂を焼き続けている。

悪性のあやかしをただ退治しても、彼らの〝瘴気《しょうき》〟がまき散らされて新しい悪性のあやかしを生む。時には近くの人や動物にとりついて、あやかしに変えてしまう。

だから、あやかし退治には浄化が必要なのだ。

マミコはあえて瘴気を身に受けることで、体の中でそれを浄化する。巫女は体内に清めの魔力を蓄積しているので、こういった芸当ができるわけだ。

例えるならアルコールや毒素を肝臓で処理するようなもので、限度というものがある。処理能力を超えた瘴気は巫女にとっても危険と言える。

ウカは珍しく、耳を寝かせて心配の顔色を浮かべる。

「……体の調子が戻ったと感じても、瘴気が完全に抜けるには時間が必要じゃ。長いこと巫女をやっておると、そのうち一気にガタが来るぞ」

「知ってるわよ。でも私がやらなくちゃならないことでしょ、今は」

「おまえは魔力自体はそう多くないからの。本当ならもう少し修行を積んでから巫女を継げば良かったのじゃが……。あるいはヨシノほどの魔力量なら……のう」

「ヨシノの人生はヨシノのものよ。ウカだって、あの子を巫女にしたくて連れて来たんじゃないでしょう？　あの子、将来は美容師さんになりたいんだから」

「自分の才能を知り、向いた道を選び、おまえの助けになるならヨシノも喜ぶ気はするのじゃがの。割とＷＩＮ－ＷＩＮじゃないかの？」

「才能を持っているからといって、未来が決まるわけじゃないわ。巫女になるのも美容師さんになるのも、決めるのはあの子。私は選択肢をたくさん知ってほしいの」

「すっかりお母さんじゃの、おまえ」

「やめて。お姉ちゃんにしといて」

「ママ巫女マミコ」

「タイトルみたいに言うな」

「痛快妖怪子育てアドベンチャー〝ママ巫女マミコ〟。日曜朝二時半からスタート。『育て！　自家栽培のカイワレ大根よりも早く！』」

「丑三《うしみ》つ時《どき》じゃないの！　誰が見んのよ！」

「いたっ」

ぺし、とウカの頭にチョップを落とすマミコ。

しかし話しておかねばならないこともある。こういった真面目で面白くない話をするのに、ヨシノが離れているのはちょうど良かった。

「話戻るんだけど……こないだ、裏手の林に家具やら服やらがどっさり捨てられてたじゃない？　たぶんツキガサさんとこだと思うんだけど。急に引っ越していった、あの」

「ああ……あの連中な。昔からロクなことせん」

ウカは口を尖らせ、屋根越しに夏の空を見上げる。

「あの家も、昔は川向こうの地主として幅を利かせておったのじゃがな。土地を敬わぬ行いで、呪いを呼び寄せたのが運の尽きよ。……あのころはマミコもまだ幼かったし、怖い目に遭ったじゃろ」

「私は無事だったけどね。橋の手前で見ていただけだもの」

どこか投げやりなため息に、ウカは目を細めた。

「それでも連中、この町に来てからは行儀よくやっていた気がするが……当代で色々としくじったらしい。だからと言って、せっかく住み慣れた地を離れることはなかろうに」

群青色の夏空は、百年前も千年前も青かったように思う。

でも空を流れる白雲は、少しの間に形を変えて、吹き散らされて消えていく。

「どうして、皆そのままでは居られんのじゃろ……ウカの町は、なかなか住みよく楽しい場所と思うのじゃが」

ウカにとって、人々は雲のようなもの。愛《め》でても眺めても、いずれは消える。それを実感するたび、ウカの心は快晴の砂漠のように渇きを覚える。

「私もアイスもらうわね」

しかし今のマミコは渇きを覚えるどころか本当に喉が渇いているし、青空よりも青りんご味のアイスがありがたい。本日は巫女服の袖も大きくまくっている。

保冷剤入りのクーラーボックスからアイスを取り出すマミコへ、「今せんちめんたるな話をしておるのにな」とジト目を向けるウカである。

「マミコは人の話の腰を折るのが上手《うま》いのう……」

「今あんまり別のことに頭使いたくないのよ。暑いし」

「昔はもっと素直で可愛《かわい》かったのに……こんこん」

「何年前の話よ。……で、本題なんだけどね。あのゴミ、わざわざ神社まで捨てに来るくらいだから疑ってたんだけど、案の定呪われてたみたい」

「なぬ」

ウカのキツネ耳がピンッと立つ。

「では、妖虫が湧いている原因はあれか？」

「ええ。けれどいかんせん数が多いし、あのゴミの山をしらみつぶしに浄化するのも体が持たないわ。たぶん妖虫の本体……〝女王蜂〟が潜んでいるのはどれかひとつだと思うのだけど」

「え、焼けば？　全部」

「神にあるまじき雑さよね、ウカって……」

「正月飾りとか焼いて供養するじゃろ。どんど焼き」

「そりゃ火には浄化の作用があるけど、片っ端から焼いたら火事のほうが怖いでしょ。不燃物焼くと煙出るし、消防来ちゃうし。だいいち、真夏に大きい焚火《たきび》がしたいの？」

「ヤじゃ！　あつい！」

これ以上暑くなると、毛に覆われたキツネ耳の不快感がすごいことになってしまう。ウカは耳をしゅんと寝かせる。

そんな調子で、ちょうど真面目な空気も霧散してきたころ。

「おねえちゃん、おねえちゃん」

何やらこそこそと、ヨシノが戻ってきた。

「あらヨシノ、どうしたの？」

「ふすまを直してるところ見てて思ったの。やっぱりあの二人、本当は仲良し。だってやらなきゃいけないことしてるときは、息ぴったりだもん」

「……そうねぇ」

そんなヨシノの様子が微笑《ほほえ》ましくて、マミコはくすりと笑う。

「なのに、どうしていつもケンカしちゃうのかしらね」

促すようなマミコの言葉に、ヨシノは人差し指を立てながら答える。誰からうつったクセなのやらと、マミコは笑う。

「ヨシノが思うにね。カトリーは楓のこと、嫌いじゃないんだよ。いっつも悪戯《いたずら》するのって楓のほうからなの。……でも楓もカトリーのこと、大好きなんだよ。ふつうにお話ししてればいいのに、悪戯しちゃうんだと思う。好きだからかまってほしいの」

「ふふ。よく分かったわね、ヨシノ」

「あのね、クラスにそういう女の子がいるの。だから分かるの」

「あら、そういうのって男の子がやることかと思ってた」

「気になる子にフライングボディアタックしたりするの」

「体当たりの恋っていう表現あるけど、そういう文字通りの意味じゃないからね？」

急にイノシシみたいなクラスメイトの話が出てきて困惑するマミコである。ヨシノのクラスは大丈夫なのだろうか。

マミコの心配をよそに、ヨシノは少し遠い目をする。

「だからね、あの二人がケンカしても、いつもはすぐ収まるの。こんなに長くケンカしちゃってるの、珍しくて」

「……うん。確かにね」

マミコは思う。ヨシノはもしかしたら、じゃれあいに過ぎない二人のケンカが、本当のケンカになってしまうのを恐れているのかもしれない。

ヨシノが今回のような勝負を催したのも、二人のケンカをエスカレートさせないためなのかも……。そう考えるとマミコは、ヨシノの健気《けなげ》さに胸が苦しくなる。

一方、ヨシノはきらきらした目で振り向いて、

「せっかくだから色んな面白いことやってもらおうかなって思ったの！」

「……あ、そう」

心配して損したマミコである。

小学生になり、ヨシノはちょっぴり良い根性の子に育ってしまったかもしれない。


「というわけで――一勝一敗です」

ヨシノが戦績を読み上げると、ウカがげんなりした顔をする。

「びっくりするほど泥仕合じゃの。信長の石山本願寺攻めか？」

長生きしているウカの歴史ネタを交えた例えは、いまいち皆に伝わらなかった。

とにかく、観戦側の面々もそろそろ疲れてきている。

あまり長引くとヨシノの好きなアニメが始まってしまうし、マミコもお夕飯の支度をしなければならないし、ウカはお昼寝がしたい。

そういうわけで、この三試合目ではいよいよ決着をつけなければならない。

「さあ、長らく続いた神前なんとか勝負もいよいよ大詰めです。一試合目はマミコおねーちゃんの考えた羽子板テニスでした」

「安直な競技じゃったのう」

「うっさいわ」

ウカがからかい、マミコが頬を引っ張る。

「二試合目はウカさまの障害物ゴルフきょーそーでしたね」

「正しくは神前超激闘・和洋折衷爆裂最強障害物ゴルフぐらんぷりじゃな。この競技名も長いようで深遠なるねーみんぐの意図が」

「ウカさまうるさい。とにかくどちらもはくねつの戦いでしたね」

「うっさいって言われたんじゃが⁉」

「泣いても笑っても、残すところはあと一試合となります」

「ウカ、ヨシノにうっさいって言われたんじゃが⁉　神様なのに！」

無視されたウカは若干しょんぼりしていたが、とにかく進行しなければ始まらない。

ここでカトリーヌが思い至る。

「あれ？　ということは……もしかして最後はヨシノの考えた競技ですの？」

「そのとーり！」

元気いっぱいに宣言するヨシノ。にこにこである。

「ちょっと待ってて、準備してくる」

そう言って、ヨシノは自分の部屋へ引っ込んでしまう。

しかし、妙に勿体《もったい》ぶるのはなぜなのか。

去り際に見せた「一体何がそんなに嬉《うれ》しいのかしら」というくらいの満面の笑みに、人形たちはなぜか不安を覚えた。特に楓はよく知っていた。こういう笑顔が向けられたとき、ヨシノは絶対にロクなことをしない。

――ばしん。不意に、神社中のふすまが音を立てて閉まった。風を通すため、ほとんどの部屋は開け放ってあったはずだ。

ふすまから赤い光が眩《まばゆ》く漏れて、ゴトゴトと物音がする。間違いなく魔法が発動している。慌ててマミコが様子を見に行こうとした瞬間、ふすまが開いた。

全ての部屋が、さながらドールショップのように成り果てていた。

所狭しと並ぶのは、人形用の服、服、服。

魔法で出したと思《おぼ》しき、カバンに箪笥《たんす》にクローゼット。和服も洋服も制服も、楓とカトリーヌにぴったりのサイズがぱんぱんに詰められている。

「えへへ、すごいでしょ！　用意しておいた服だけじゃ足りないなーって思ったら、なんか出て来ちゃった。ともかく――」

マミコは驚愕《きょうがく》。ウカは困惑。

いち早く何をされるか理解した人形たちだけが、二人そろって青ざめる。

「――最後の勝負、和洋ごちゃまぜファッションショーをはじめましょー！」

ヨシノだけが満面の笑みで、試合開始を宣言した。

「もういやぁ〜〜！　堪忍してぇえ〜〜！」

「ううーっ、く、屈辱ですわーっ！」

三試合目が始まって、七着目の服を着せられたあたりで、楓はとうとう泣き始め、カトリーヌはストレスでプルプル震え出した。

「やっぱり楓はお洋服も似合うね！　次はこの青いフリフリのやつ！　あ、カトリーはこっちのオレンジのお着物が似合いそう！」

あれよあれよ、次から次へと、ヨシノがお人形サイズの服を取り出しては二人に着用させていく。それも、楓にはドレスやロリータファッション、カトリーヌには着物や袴《はかま》といった和風の服と、わざわざ普段とは正反対の装い。

和洋ごちゃまぜファッションショーとは、つまり楓とカトリーヌが延々とヨシノに着せ替え人形にされる催しである。

ヨシノは小さいころからオシャレに興味を持つ子供だった。

テレビで放映されているファッションショーの様子は喜んで見ていたし、マミコがウカに言っていた通り、小学校で提出した「将来の夢」のアンケートには「美容師さん」と答えている。

そんなヨシノの身の回りには、動いて喋《しゃべ》る大きな人形が二人も居て、しかも楓に至っては呪いの人形らしく、いくら切っても髪が伸びるおまけつき。

つまり小さな子供にとっては最高の着せ替え人形であり、ヨシノはたびたび二人の服を交換したりする悪癖……もとい、趣味があった。

そしてヨシノの手元には今、何十着もの人形用の服がある。

しかも、ヨシノ自身がもっと小さいころに着ていた服や、マミコの幼少期のおさがりまで組み合わせて、無限大のコーデを試みてくる。

「カトリーに浴衣っていうのも良いなぁ～……あ、すごい！　セーラー服もある！　楓、次はこれ着てみて！　はいポーズ取って！　ファッションショーなんだもん、ちゃんとランウェイの端まで歩くんだよ」

「ぐぅううっ……こ、この勝負もしかして我慢くらべじゃないかしら……」

「だとしたら多分わたくしたちじゃなくて、ヨシノとの我慢くらべですわね……ヨシノが飽きるか、わたくしたちの心が壊れるか……」

楓もカトリーヌも、一流の人形として普段着には拘《こだわ》りがある。それを着せ替えられたりするのは、とっても不本意なことなのである。

いつもは拒否するとヨシノが泣き真似《まね》をするので渋々付き合うが、正直に言えば毎回ストレスでげっそりしている。そこへ来て、このいつ終わるとも知れない着せ替えショー。止まらない。終わらない。ヨシノがまったく飽きてくれない。

そんな様子を、マミコたちも最早《もはや》憐れみの目で見ていた。

「……ゴルフの時は、叱り足りないかと思ってたんだけど……あのやつれっぷりを見てると、これ以上追い詰める気にはなれないわね。何よりのお仕置きじゃないかしら」

「うむ。ウカも流石《さすが》にちょっと二人が不憫《ふびん》になってきたぞ」

だが着せ替える服はまだまだあるし、ヨシノもまだまだ元気である。

「よーし。それじゃあ次は、楓に白いワンピース！　夏だし良いと思うの。ほら、楓は髪が黒いからお嬢様っぽくて良いでしょ？」

「まだ続くのぉ!?　ちょ、休憩！　休憩して、させてください！」

楓が泣くが、ダメである。ヨシノときたら全然堪忍しないのである。

お部屋に引っ張りこまれ、白ワンピースを着せられる楓。

ヨシノの見立て通りまあまあ似合っているものの、日本人形という自負がある楓には、洋服というだけで耐えがたい。

縁側に出てくると、舞妓《まいこ》さん衣装を着せられたカトリーヌと目が合った。せめてアイデンティティは守ろうというのか、いつもの日傘だけは手放さない。しかしその顔からは感情が失《う》せている。

そもそもこの勝負、一体何がどうなったら勝利なのか。たとえここで楓がギブアップを宣言しても、もしかしたらヨシノが満足するまで終わらないのではないか。

そんな怖い想像を巡らせていると、ヨシノが小さな麦わら帽子を持ってやってきた。

「そーそー、これも白いワンピースにはつきものだよね」

「……あれ？　ヨシノ、それ本当に人形用？」

楓はちょっぴり違和感を覚えた。

人形用にしては大きいし、かといってヨシノの帽子にしては見覚えがない。汚れてもほつれてもいないが、チリチリと焙《あぶ》られるように嫌な感じがする。

カトリーヌも怪訝《けげん》そうな顔で寄ってきて、尋ねる。

「ねえヨシノ。その麦わら帽子、どこにありましたの？」

「ああ、これ？」

ヨシノがご機嫌に笑いながら、麦わら帽子を翻す。

その時確かに、声と重なるように「――ブゥン」と濁った羽音が響いた。

「神社の裏に落ちてたの。綺麗だし、楓とカトリーにぴったりかと思って――」

途端、ヨシノの視界は〝黒い雲〟に覆われた。

『――ぎぎぎぎぎぎぎぃ』

いや、それは雲のようではあるが、気体ではない。

何重にも響く羽音。顎を擦り合わせて響かせる鳴き声。無数の〝蜂〟のような何かが群れを成し、毒針を向けてヨシノの眼前に広がった。

「えっ――」

突然のことに、ヨシノの体は固まってしまう。

しかし人形たちの行動は、迅速だった。

「カトリー!」

「承知ですわ!」

声と同時に人形たちは動いていた。

固まってしまったヨシノを背中合わせに挟むように、楓とカトリーヌが陣取ってそれぞれの魔法を行使する。

カトリーヌは日傘を回して風の防壁を起こし、四方八方から回り込もうとする〝蜂〟の群れを防ぎ、今度は楓の髪が伸びて瞬く間に蜂たちを撃ち抜いて行く。

カトリーヌが守り、楓が迎撃する。巻き起こる魔法の風の中を、黒髪が自在に動いて小さなあやかしの群れを狙い撃つ。たった一言の号令で、打ち合わせもなく二人はそれをやってのけた。

ヨシノは最初は怯《おび》え、次は呆気《あっけ》に取られていた。あやかしの出現よりも、普段ちまちまケンカしている人形たちの、あやかしとしての本領に目を丸くした。

そしてまん丸に見開いたその目で、見つけた。

「二人とも、そこ！　そこに大きいやつがいる！」

ヨシノが指した先に、確かに一際大きな〝蜂〟が居た。下腹部を膨らませたその姿はまさしく〝女王蜂〟の風格を持つ。他の〝働き蜂〟が作る群れの動きも、その個体を中心にしているように見えた。

言葉なく、人形たちは視線を交わして頷《うなず》きあった。

アレを倒さなければ〝蜂〟の群れが絶えることはないだろう。消耗戦ではジリ貧になる。しかし悪性のあやかしをただ倒すだけでは、事態は収束しない。

となれば、やることはひとつである。人形たちの視線の先に――とっさにヨシノを助けに入ろうとしたが、不調がたたり膝をついていた――マミコの姿があった。

「えっ」

急に視線を向けられて面食らうマミコをよそに、人形たちは動いた。

楓の髪が、周囲の邪魔な〝働き蜂〟をいっぺんに叩《たた》き潰《つぶ》す。

同時にカトリーヌが鋭い突風を巻き起こし、孤立した〝女王蜂〟をマミコの方へと押し付ける。

「ちょっ……とぉ！」

突然のパスだが、そこはマミコもベテランである。

己の魔力を赤い炎に変えて、食べ終わったアイスの棒に纏《まと》わせれば、たちまちそれが鋭利な木刀へと変化する。身近な物をあやかし祓いの道具へと変える、巫女《みこ》の術のひとつ。

「――はっ！」

木刀を振り下ろせば、〝女王蜂〟は一刀に両断された。『ぎぎぃ』と掠《かす》れた断末魔の叫びを上げたが最後、青い火の粉――悪《あ》しき瘴気《しょうき》となって散っていく。そして〝女王蜂〟の消滅と共に、他の群れも形を保てなくなり消えて行った。

「「ヨシノ！」」

楓もカトリーヌも、まったく同時にヨシノに駆け寄っていく。伸びた楓の髪は、ぽん、と煙を立てたかと思えば、元の長さに戻っている。

「ヨシノ、大丈夫？　怪我《けが》してない？」

「痛いところはございませんか？　刺されたりしたのではなくて？」

二人に立て続けに心配されて、ヨシノはしばし目をぱちくりさせていたが、やがて少し照れ臭そうに困り笑いを浮かべる。

「……大丈夫だよ。みんなのおかげで、全然へいき」

「「良かったぁ……」」

揃《そろ》って胸を撫《な》でおろし、ぺたん、とその場に座り込む人形二人。

一方で、マミコは急に力を振り絞ったのと〝蜂〟の浄化の疲労によってもう腰も上げられなかった。満身創痍である。

「……パ、パスするならするって言いなさいよ……急に来て心臓止まるかと思ったわ……」

「ご、ごめんあそばせ？　本体を処理できるのはマミコさんだけでしたもので」

ぜぇぜぇ言っているマミコに、流石にカトリーヌも若干申し訳なさそうにする。

一方、楓は落ちた麦わら帽子を拾い上げてまじまじと眺めていた。

「まさか、こんなものに巣くっていたなんてねえ……」

ヨシノは麦わら帽子が神社の裏に落ちてたと言っていた。

大方、不法投棄されたゴミの中から風で飛ばされたりしたのだろう。あるいは、あやかしを引き寄せるヨシノの体質が、無意識に麦わら帽子へと導いたのかもしれない。

「それにしても」

一方、〝蜂〟騒動が終息した今、ウカは気になることがあって仕方がない。キツネ耳をぴくぴく揺らしながら、二人の人形を見て、言った。

「おまえら、ケンカしていた割に息ぴったりじゃったの」

「「あっ」」

楓もカトリーヌも、仲良く声をハモらせつつ言い訳する。

「だ、だって、今のはヨシノが危なかったじゃない。あたしだってケンカしてる場合じゃないことくらい分かるし」

「そうですわよ。あんな時までいがみ合ってヨシノが襲われでもしたら、わたくしだって寝覚めが悪くなってしまいます」

「二人とも、ありがとーねぇ」

笑顔でお礼を言うヨシノに、二人は余計に居た堪《たま》れなくなる。言い返せなくなっているのを分かって、ヨシノは二人を纏めて、ぎゅっと抱きしめる。

「楓も、カトリーも、本当は仲良しだってヨシノ知ってるよ。二人ともヨシノの大事なお友達だもん」

「……うー……」

「……つけます？　決着」

唸る楓に、カトリーヌが控えめに尋ねる。ちらりと見れば、なんだか生ぬるい目を向けるマミコたちの姿。楓は視線から逃げるように、プイッとそっぽを向いて。

「出来るわけないじゃない、この空気で！」

「ですわよねぇ」

そういうわけで、長々と続いた三番勝負。

ファッションショー改め「ヨシノを守る」という最後の種目も、引き分けということで落ち着いた。もとい、オチがついたのだった。


「そう言えば」

後片付けをして、皆で居間へ戻っていく縁側の途中。ヨシノが思い出したように、人形たちに尋ねた。

「二人とも、どうしてあんなに大ゲンカしてたの？」

「ああ、それは――」

「わたくしが悪かったんですの」

その場の全員がギョッとした。

よもやカトリーヌの口から、楓を相手にしてこんなセリフが飛び出ようとは。ウカなどびっくりしすぎて尻尾まで出そうになり、お尻を押さえている。

「そもそも、始まりはプリンと茶碗蒸し《ちゃわんむ》のどちらが美味《おい》しいか、というお話でしたの」

――それは本当にくだらないわね……。

マミコは心底思ったが、こじれそうなので言わなかった。

「わたくしはプリンの方が美味しいと思いますし、楓もいつも喜んでプリンを食べるでしょう？　ですから『あなた本当はそんなに茶碗蒸し好きじゃないでしょう』なんて言ってしまったのです。けれど、人の好きな物まで否定するのは品がなかったかもしれません」

「ど、どうしたの急に」

戸惑う楓に、カトリーヌは日傘をくるりと回し、振り向いて微笑《ほほえ》む。

「べつに何も。ただ、先ほどあやかしを撃ち抜いた時のあなたは頼もしかったですわ。やっぱり本気の時は強いですわね、楓」

「……」

目を逸《そ》らす楓。ヨシノは不思議そうに首をかしげる。

「ほんきって？」

「あら……ヨシノは知りませんでしたの？　普通にテニスやゴルフをするならいざ知らず、あやかしとしては、わたくしより楓の方が数段強くってよ？」

「え、そうなの⁉」

「わたくしの起こす風の中でも、楓の髪が蜂を狙い撃ちできたのが良い証拠です。最初から何でもありで勝負していたら、それこそケンカの時点でもっと早く決着がついたはずですわ。テニスの時もゴルフの時も、最後はわざとミスをしていたようですし……」

思わず楓の方を凝視するヨシノ。

「カ、カトリーだって最後のほうは微妙に手を抜いたじゃないの」

そう言う楓はバツが悪そうに、視線を明後日の方へ投げたまま。

一方、マミコやウカに驚いた様子はない。最初から知っていたというわけだ。もちろん、今まさにそれを暴露しているカトリーヌも。

つまり――。

「あー……」

これに関しては、子供であるヨシノも流石《さすが》に察した。

全員の生ぬるい視線が突き刺さり、楓がたじろぐ。

「な、なによ」

「ヨシノわかっちゃった。つまり、いつも楓は本当にケンカがしたかったわけじゃないけど……今回はちょっぴり本当のケンカになっちゃったから長引いてたんだ」

「はぁ⁉　違う違う！　あたしは普段から本気で、そのカラシ色ドレスのいけ好かない西洋人形をコテンパンにしてやろうと……」

必死で否定する楓の言葉に、カトリーヌがさらに割り込んでくる。

「そう言えば、今年の二月のことですけれど、わたくしがバレンタインのチョコレートを渡したら……あなた、節分の豆を投げつけて来ましたわね」

「あ……あの時はあんたも金棒で反撃してきたでしょ、おあいこ……ってその話、今朝もしたじゃない」

「ええ。ところであのチョコレートですけど……結局あなた、捨てずにちゃんと食べましたわよね」

「うっ、なんで知ってんのよ」

「見ていましたもの。あなたが夜中にこっそり、縁側でちまちま味わいながら、ハート型のチョコレートを大事そうに食べてたところ」

「そ……それは食べ物を粗末にしたら、もったいないおばけが出るから！」

「それに、包み紙も綺麗《きれい》に折ってとってあるんですわよね。その帯に挟んであったりして」

「なっ！　ちょっ、なんでそんなことまで――」

「ねえ、楓」

腰に手を当てて、ずい、と楓に迫るカトリーヌ。

普段ケンカするときとは違う、どこか強気な笑みを浮かべたまま。

「わたくしと一緒に居たいのでしたら、べつにケンカでなくても良くってよ？」

「……う、うっ、ぐうぅ～～～～っ！」

三番勝負の結果は、引き分けという形に終わった。

しかしいつもの口喧嘩《くちげんか》やスポーツとも違う、この番外戦については――。

「カトリーの勝ちかも」

ヨシノが小声でささやく。

「最後の最後で、勝負あったわねー……」

「犬どころかキツネも食わんぞ、こんなケンカ」

マミコとウカも頷《うなず》いた。

どうやら今回の騒動は、心配していたより微笑ましい形で終わりそうだ。

一件落着、と思いきや。

「さあ、楓。言ってごらんなさい？　本当はわたくしのことどう思ってますの？　ほら、聞いてあげますから仰《おつしや》って？　ほら、ほらほら」

「ぐ、ぬ、ぬぬぬぬ」

「あら、言えませんの？　どうしようかしら、楓が素直になれないならわたくしも困ってしまいますわねえ。あ〜、聞きたいですわ〜！　仲直りの証に楓の本音が聞きた〜い！」

——雲行きがあやしくなってきたな……。

当事者の人形二人以外、その場の誰もがそう思った瞬間。

「あ、あんたのことは……」

楓はぷるぷると震えながら、ファッションショーに使われた人形用の靴を持ち上げて。

「いつも生意気だと思ってるわよ！　このカラシ色ドレス！」

「ぶべっ！」

カトリーヌの顔面に投げつけた。

さて、スイッチが入ってしまった。カトリーヌもすぐさま和服の帯を拾ってムチのように投げ返す。

「なんでこの期に及んで素直になれないんですのよっ！　寂しがりのツンデレ人形！」

「誰がツンデレ人形よ！　あんたがムカつく態度で煽《あお》って来るからでしょ！」

「あなたが面倒くさいからですわよ、ちんちくりん！」

「あんたがすぐ調子にのるからよ、すっとこどっこい！」

わーわー、ぎゃーぎゃー。また始まってしまった。

ヨシノはちらりと振り返る。マミコは見るからに「アホくさ」という顔。ウカはとっくに興味をなくして自分の爪を見ている。

「……さ。まだ疲れが抜けないし、私は少し横になろうかしら」

「ウカはアニメが始まる時間までワイドショー見るから、騒ぐなら外でな」

「ヨシノはそれまで夏休みの宿題しよーっと」

ぴしゃり。騒音をシャットアウトするようにふすまが締まる。

夏の夕暮れに照らされて、ぎゃーぎゃー喧嘩する人形二人のシルエットが、まるで影絵劇のように映っていた。

——ちなみに、ヨシノが作り出した人形用の服は「流石に多すぎ」ということで物置用の蔵に収納された。しかしその後、楓とカトリーヌのケンカがエスカレートした時には、「ファッションショーの刑」として出番を見たという。

③

おしのびクヴリール

猫が鳴いている。猫が泣いている。

賑やかだった日々の面影を想《おも》い、錆《さ》びたアーケードを見下ろしてないている。

今は閑散としたセピア色の町並み、それでもこの場所を愛して過ごす人々。そんな彼らの営みを、枯れた街路樹の樹上から見つめている。

煌々《こうこう》と輝く金の瞳が、緩やかに終わっていく世界を映している。

大きな変化はなく、激しい悲しみもない。日常のささやかな喜びだけがある。

ただ静かな時間の中に、褪《あ》せた思い出が揺蕩《たゆた》っている。

そんな町の一角に、ある日から異物が紛れ込んだ。

じゃまなもの。いやなもの。金の瞳はそれを見逃しはしない。

猫が鳴いている。


「じゃ、ヨシノはまたね」

「今度はカラオケ行こうねー」

「うん。それじゃあ、また明日」

駅前へ続くT字路で、ヨシノは手を振ってクラスメイトと別れた。

雲の少ない青空は高く、近頃は日差しも随分と柔らかくなった。

道脇を彩る銀杏《いちょう》並木は、もうすっかり黄色く染まっている。家々の塀からはみ出して伸びた赤い葉は、紅葉の代名詞ともいえる楓の木。それぞれカトリーヌと楓の色。秋は人形たちの季節かもしれないとヨシノは思う。

ヨシノが着ているセーラー服には、鮮やかな黄のラインが入っている。桑の実のような濃い紫とのコントラスト。この冬服が可愛《かわい》くて今の高校を選んだようなものだ。それにお気に入りの朱色の髪留めを合わせれば、ちょうどこれもカトリーヌと楓の色。この制服を着て、くっきりとプリーツの入ったスカートを揺らして歩く時間が、ヨシノは好きだ。

「……行けば良かったかなぁ、カラオケ」

低い位置で一本結びにした髪を弄《いじ》りながら、少しばかり考える。マミコの真似《まね》をして伸ばし始めた髪は、今では腰に届くほどになった。

クラスメイトと遊ぶのは嫌いじゃない。付き合いの良さが高校生の世渡りだとも理解してはいる。

「でも今日は、早く帰るって決めたもん。自分で決めたことは守らないと」

中学から高校にかけて、ヨシノの日常は忙しくなった。

人より多くの存在と過ごしてきたヨシノには、多くの大事な時間がある。

マミコを手伝って神社の仕事をする時間。ウカの起こした騒動をフォローする時間。楓《かえで》やカトリーヌを構う時間。あと、お部屋でごろごろする時間。

誘いを断る時は「たまには家族サービスしないとね」なんて嘯《うそぶ》くヨシノのことを、友達は「ママかよ」なんて揶揄《からか》うけれど、ちゃんと尊重してくれている。そうやって断ることが多くても、毎度遊びに誘ってくれるのはありがたい話だ。

「それに、たまには勉強もしたいし……」

勉強と言っても、XがYで関数がどうとか、徳川三代目将軍が何とかの眠たくなるやつではない。買っておいたファッション誌を読んだりヘアカタログを見たり、楓の髪にアイロンでロールをかけたり、そういうキラキラしたものだ。

将来の夢は、美容師さんになること。

小学生のころから変わっていない、ヨシノの中で一番きらきらした未来。「なりたい自分があるのなら、迷わずその道を目指しなさい」とマミコも言ってくれている。

けれど、今は——。

「……なりたい自分になるのって、シンデレラの魔法みたいにはいかないんだよねぇ」

やりたいことがある。やるべきこともある。

全てをやるのは難しいことを、ヨシノもとっくに知っている。

十五歳の秋。多くの少女が意識し始めるように、ヨシノは未来について考えていた。

希望と必要。理想と現実。いつも頭が痛くなる。

そうやってあれこれ考えごとをしながら、気づけば神社にたどり着いた。

鳥居をくぐって境内へ。本殿へ続く石畳が数枚だけ新しいのは、ウカがマミコの掃き掃除を手伝って破壊したのだという。「掃き掃除でどうやって石畳を砕くんですか？」と石材屋のおじさんが首を捻《ひね》っていた。

ぐるりと回って社務所のほうへ。がらがら、がらりと音を立てて、滑りのよくない玄関の引き戸を開ける。

暦はすっかり秋のはずだが、欄間には「迎春」のお札が張ったまま。神社が季節催事にズボラで良いのかと思うけど、まあヨシノも気にはしない。確かクリスマスツリーが帽子掛けになっていたし、雛段《ひなだん》にはだるまが置いてあった。

鞄《かばん》を置いて、スニーカーを脱ぐ。ローファーよりも動きやすいのがお気に入り。

「あれ」

ふと見ると、玄関の隅に下駄《げた》が脱いである。

それも、歩きづらそうな一本歯の高下駄《たかげた》。こんなのを履くのは天狗《てんぐ》しかいない。

部屋に行って鞄を置くと、ヨシノは居間へと顔を出す。ひょこっと入り口から覗き込めば、一本結びが尻尾のように揺れる。

ちゃぶ台にはお茶の入った湯飲みと、お客様用のチョコレートパイ。ウカを向かいにして、しょぼくれた顔のヨイマルがそこに居た。

「あ、やっぱり！　ヨイマルさん、こんにちは」

「ああ、ヨシノか。お邪魔している」

ヨシノを見ると、ヨイマルは背筋を伸ばして挨拶する。所作のひとつひとつがピシッとしていて、何をするにも柔らかいウカとは対照的だ。

ちゃぶ台の傍へと座りつつ、ふと居間を見回して、ヨシノは何げなく言う。

「神社来るのは久々ですよね。あ、でも今日はヨイマルさん一人？　コマリちゃんは――」

「それなのだ！」

どん。

ちゃぶ台を叩いて声を上げるヨイマルに、ヨシノはびくりとする。それなのだ、とはどれなのだ。ウカはと言えば「あー言っちゃった」みたいな顔をしながら、さりげなく居間の隅へ寄る。

「今日ここに来たのはほかでもない……あいつのことなのだ！」

「え……コマリちゃんがどうかしたの？」

ヨシノは頬に人差し指を当てて、首をかしげた。

コマリと言うのは、ヨイマルのところで修行している忍者の少女である。もともとは道端に憑《つ》いていた子供の地縛霊だったが、ひょんなことからウカが拾って、ヨイマルに預けた。現在は立派な忍者幽霊として日々修行中だ。

あやかしではあるが、元が人間の地縛霊で年齢も近く、ヨシノにとっては同年代の友人感覚で話せる相手でもある。

もっとも、拾われた経緯もあってかウカの事が〝推し〟らしく、やたら甘やかすものでマミコには微妙に有害判定されている。そのため、見つかるとすぐド突かれたり蹴られたりしている。

とにかく、この町の平均的なあやかし同様、ちょっと抜けたところのある忍者である。

そんなコマリが、今日はヨイマルと一緒に来ていない。果たして彼女がどうしたというのか。ヨイマルは神妙な面持ちで語る。

「実は最近、コマリがな……」

「はい。コマリちゃんが？」

「我に何も言わず、こそこそと一人で出かけているのだ！」

「へー」

「……」

「で？」という顔を浮かべるヨシノだが、どうやらヨイマルの話はそこまでらしい。

「……え、終わり？」

「我にどこへ行くと断りもせず、一人で出かけているのだぞ⁉ ウカのところへ来ているのかと思えば最近は見ていないと言うし、どこで何をしているのかも分からん！」

「ええと、それって、深夜にこっそり一人で抜け出してるとか……？」

「いや、朝ご飯を食べて玄関から出ていくが、夕方まで帰って来んのだ」

「夕方って何時ごろまで？」

「五時半くらいまで」

「それが、何日くらい？」

「三日くらい続けている」

「はあ」

「なんだその興味のなさそうな感じ！」

気のないヨシノの返事に、ヨイマルはちょっぴり涙目でちゃぶ台を叩《たた》く。ヨシノはというと正直、もうこの話を切り上げたくなっている。

「え……いや、だってコマリちゃんって地縛霊になったころの年齢から数えて、人間だと私と同じくらいで、べつに普通なんじゃ……むしろ五時半帰りって、相当お行儀良いほうですよね。クラスの子とか、もうちょっと遊んでたりするし」

「ヨシノは不良の仲間入りをしているのか？」

「人聞き悪っ！　普通ですよこのくらい……そりゃ私は、ちっちゃいころに迷子でご迷惑かけてるから、出かける時に行き先は言いますけど。でも他の同年代の子はいちいち言わないと思うし、そもそも忍者ならこっそり出かけたっておかしくは……」

「コマリは言うのだ！　いつもは！　それにあいつは忍者屋敷に居るときは、幼子のように我にひっついてくるし、我が一人で寛《くつろ》ぎたいときも屋敷の至る所に忍び込んでくるし、お風呂で鼻歌を歌っている時もいきなり口寄せで呼び出してくるくらい、我にべったりなのだぞ！　それがここ最近は、明らかにこそこそと目を盗んで……我を避けるように出かけるなど絶対おかしい！」

「あー、友達のそういうとこ、あんま聞きたくなかったかも……」

まあ、確かにヨシノから見てもコマリはヨイマルに懐いていた。

懐くというか、気に入っておちょくっているというか、忍法で悪戯《いたずら》していることが多かった気がする。出かけようとするヨイマルにおぶさったり、わざと見つかるように天井に潜んでみたり。あんまり敬意は感じない。

あれはあれで甘えているのだと思うけど、たいていヨイマルがそれを鬱陶しそうにあしらうのがお約束。それが、蓋を開けてみればヨイマルもしっかりコマリに懐いていたわけだ。微笑ましいと言えば微笑ましい。

「そういうわけで」

どういうわけだか知らないが、ヨイマルはお茶をすすって一息つき、湯飲みを置いた。

「考えた結果……何かよくないことが起こる前にだな。コマリが一体どこへ出かけて、何をしているのか。こっそり後をつけてみようと思うのだが」

「うわぁ」

「なんの『うわぁ』だそれは！」

「だって、プライバシーも何もないようなこと言うから……一応、コマリちゃんもお年頃ですよ？　幽霊にお年頃とかあるのか自信ないですけど」

「つけられた程度でプライバシーが割れるような忍者は、その時点で別の問題があるだろ」

それは確かにそうかもしれない。

「だいいち、我のプライバシーは毎度コマリに侵害されているからな？　やつがどれだけの頻度で我の私室に忍び込んでいることか……」

「あまり聞きたくなかった友達の情報がガンガン入って来る……」

「それに……我は心配なのだ。もし、コマリがよくない輩《やから》と付き合って、妙な影響を受けていたらと思うと……」

ヨイマルの心配も親心というものなのだろう。

ヨシノはつい、妙な影響を受けたコマリのことを想像する。スカートを短く折った制服を纏《まと》って、目元に横ピースを当てるコマリの姿が浮かんだが、なかなか似合うかもしれないと思った。でも言うのはやめておいた。

「うーん、まあヨイマルさんたちの問題だし、私はとやかく言わないけど……やるなら見つからないように頑張ってくださいね。尾行されたって分かったら、流石《さすが》に本気で怒られるかもしれないし」

「無論だ。ヨシノも重々注意せよ」

「はーい。それじゃあ後は顔なじみのウカ様に任せて、私はこれ、で……」

腰を上げて、さっさと部屋に帰ろうとしたヨシノの背中に、聞き捨てならない台詞《せりふ》が投げかけられる。

「なんか今、ナチュラルに私が巻き込まれてたような気がする！」

「我がただ愚痴るためだけに神社に来たわけがないだろう。元々は、ヨシノ。お前の帰りを待っていたのだ。共にコマリの行先を調べに行ってもらうためにな！」

「なんで私が!?」

「巫女《みこ》見習いになったのだろう？　あやかしの問題を解決するのは巫女の役目だ」

「うえぇぇ……」

心底嫌そうな顔を隠そうともしないヨシノ。

ちらっとウカに視線を向けてみたが、ウカはもうテレビに集中している。

——あー、本当にカラオケ行けば良かったかも……。

そう。今のヨシノは巫女見習いの立場。

かつてのマミコほど何でもできるわけではないが、あやかし同士の口喧嘩《くちげんか》の仲裁とか、弱めの地縛霊を懲らしめるとか、そういう仕事があれば出向いて経験を積んでいる。けど、こんなしょうもない経験で貴重な放課後時間を消費したくはない。ヨシノは既に、お部屋でプリンクッキーを食べながら、今月発売のファッション誌の残りを読みふける気満々だったのだ。

──よぉし、すっとぼけよう。

即断即決。ヨシノは秒で決めた。

「うーん、ヨイマルさん。お手伝いしたいのは山々なんですけど、今日はちょっと宿題を多く出されていて……」

嘘《うそ》である。一個もないのである。ちなみに、とぼけたり嘘をついたりするとき、ヨシノの目線は左上を向く。バレバレなのだが気にしない。

ところがまた、話が変わってきた。

「なら、私が代わりに行きましょうか」

その声は、居間の入り口の方から聞こえて来た。その場にいる全員にとって耳慣れた声だが、声の主は神社の中で目にするには異様な姿をしている。

包帯まみれのヒトガタが、そこに居た。

「マ、マミコお姉ちゃん！」

ヨシノは飛び出すように、マミコと呼ぶものの方へと駆け寄った。

肌をまんべんなく覆うくすんだ包帯と、左腕のない隻腕の体。

包帯の隙間から片目だけ覗《のぞ》く、蛇のような瞳孔の赤い眼《め》。

かつてとは変わり果てた姿、包帯越しにくぐもった声でも、トレードマークの巫女袴《ばかま》とポニーテールの黒髪が、マミコとしての面影を残している。

　マミコは赤い瞳でじろりとヨイマルを見てから、視線をヨシノへ向ける。

「ヨシノも高校に入って、勉強が大変なんでしょう？　それに、もし本当にコマリが悪い方向に影響されているのなら、私が……」

「や、や、大丈夫！　ヨシノ行くよ！　お姉ちゃんは神社で待ってて！」

「そう？　忙しいんじゃなかったの？」

「宿題とか本当はぜんっぜん大した量じゃないの。ていうか嘘だから。ないから！　ただ人んちの事情に巻き込まれるのが面倒だなって思っただけだから！」

「……そうなの？」

　包帯まみれの顔からは、あまり表情は読み取れない。それでもマミコが少し眉をひそめたのが、ヨシノには分かった。

　ちなみにヨイマルが物凄《ものすご》くショックを受けた顔をしていたが、それは気にしない。

「ごめんなさいってば。でも、お姉ちゃんの恰好《かっこう》で〝こっそり〟は無理でしょ」

「……ああ、そうね。私の顔、包帯まみれでロールキャベツみたいだもの」

「そんな念入りに巻いてあるロールキャベツないよ、お姉ちゃん」

　かなりギリギリ感の漂うジョークにヨイマルは若干顔を引きつらせるが、この神社では

日常茶飯時となっている。マミコの現状については深刻に捉えすぎないことを、マミコ自身も望んでいる。

「そうね。最近、凝った料理は作れてないしね。どんなだったか忘れちゃったかも」

マミコは指先まで包帯まみれの右手を見つめて、頷《うなず》く。

この手で料理をするのはなかなか難儀で、しばらくはヨシノが楓と一緒に台所を担当していた。もっとも、それに甘んじているマミコではないので、最近は右手と魔法と包帯を器用に駆使して、できる家事を増やしてきている。

ともかく、こういうマミコの現状は、ヨシノが本格的にマミコの仕事を継ごうと決めた要因のひとつには違いない。

だからこそマミコが名乗りを上げてきたら、ヨシノはヨイマルの要請を断ることはできなかった。ヨシノは話を纏めるべく、軽く両手を叩く。

「じゃあカンを取り戻すためにも、お姉ちゃんは代わりにご飯の支度とかお願いね。ヨイマルさんの話だと半日はかかりそうだし……。あっ、食材は生協で纏めて届いてるの使っちゃってね。楓にもお手伝いしてもらって」

「あら、今はもう片手でお魚くらい捌けるわよ？」

「大丈夫？　こないだみたいに張り切りすぎてまな板切らない？」

「妖刀を使うようになってから、太刀筋が冴《さ》えてしまうのは困りものね。……まあ、ヨシノに心配されているようじゃ、もう少し大人しくしておいた方が良いわね、私も」

ふぅ、とため息をつきながら、マミコは廊下の奥へと引っ込んでいく。

その姿が見えなくなってから、ヨイマルが少し声を潜めて言う。

「マミコの調子は、どうなのだ？」

「……前よりは、元気みたいです。封印のための包帯は外せないけど」

「ふうむ、そうか……」


ヨシノが今よりもう少し幼いころ。……——あれは確か、隣町の再開発が始まって、この町からも引っ越しが盛んになった年。

ある日。とてつもなく強力な、悪性のあやかしが現れた。

〝それ〟は〝神を殺すもの〟と呼ばれる存在らしい。

かつて川向こうの土地にも現れたもので、マミコも直接戦うのは初めてだった。

鎧《よろい》武者《むしゃ》のような姿をした〝それ〟は、境内の鳥居ごと神社の結界を切り捨て、ウカを狙いにやってきた。マミコは全身全霊を以《もっ》てどうにか〝それ〟を退けたものの、その身もただでは済まなかった。

もともと、あやかしを祓うたびに、その呪いを己の体を通して浄化していたマミコだ。強大な呪いを孕《はら》む〝それ〟を祓うには、マミコも犠牲を避けられなかった。

結果としてマミコは左腕と左目を失い、呪いに侵されたその体を、封魔の札を引き延ばして作った包帯で覆うこととなった。それでも命を落とさず、自我を失わなかったのは奇跡に近いことなのだと、マミコは後々語っていた。

その出来事は、ヨシノの周りに多くの変化をもたらした。

ウカはあまり表には出さなかったが、時折表情に弱気を見せることが増えた。

マミコは傷ついた体に慣れるまで難儀を強いられたし、あやかしに対する在り方も厳しくなったように思う。……まあ〝神を殺すもの〟から戦利品として手に入れた刀がメインウエポンになったため、絵面が物騒になったせいもあるだろう。ちなみにマミコはその刀を「箒《ほうき》より片手で振りやすい」と、結構気に入っている。

もちろん、ヨシノ自身にも大きな変化があった。

あやかしという存在の危険性と、巫女の重要性を知った。己の才能に自覚が芽生え、マミコの後を継ぎ、ウカの巫女を務めなければ——という使命感が芽生えた。

壮絶な話に聞こえるかもしれない。

けれどそういった、今までの平穏を覆すような大きな変化は、生きていれば誰にだって訪れ得るもの。

家族の不和。身内の不幸。天災の発生。理不尽とすら思える挫折は前触れなく訪れ、多かれ少なかれ、人はそれを乗り越えていく。あやかしと身近に過ごすヨシノにとっては、それがあやかしという姿をしていただけに過ぎない。

そして今、十五歳の秋。

ヨシノは同級生より少しだけ、大人の世界を見つめている。


「そういうわけで、今日は私が付き合わせてもらいます。こんなしょーもない仕事でお姉ちゃんに負担かけたくないですし」

「面と向かってしょうもないとか言うな！　泣くぞ！」

結局あれから日を改めて、学校のない土曜日。ヨシノはヨイマルと共にコマリの尾行を行うことになった。とはいえ、高校生兼巫女見習いの貴重な休日をまるっと使いそうな今回の要件には、ヨシノはまだ不満げな顔をしている。

「もー、絶対これ夕方までかかる……『君の瞳が濁ってる』の再放送見たかったのに」

「死んだサバみたいな名前のドラマだな」

「知りません？　主演の目白レンくんの演技がすっごい心に来るの。五話の朝市のシーンで旬のイナダを競り落とすシーンなんか、私何回見ても泣いちゃう」

「待て、まさか寿司屋《すしや》のドラマなのか⁉」

「チェロ奏者のドラマですけど」

「なんだ……？　テーマと展開の繋《つな》がりがさっぱり分からなくて逆に興味出て来た……」

「ちょっと」

騒がしくなってきた二人を注意するように、小さな手が人差し指を立てた。

「二人とも、お静かに。今日は尾行をするのでしょう？」

「ああ、ごめんねカトリー。付き合ってもらっちゃって」

「仕方ないですわ。楓に来てほしかったところですけど、マミコの家事のお手伝いをする役が必要ですもの。役割分担というものですわね」

カトリーヌは頰に片手を当てながら「やれやれ」のジェスチャー。見るからに面倒《めんどう》そうな態度を見せているが、先の通り楓が家事の手伝いをしているため、ヒマを持て余していたのをヨシノは知っている。いや、面倒な家事を楓に押し付けたとも言えるが。

とにかく——女子高生と、天狗《てんぐ》と、呪いの西洋人形。

この三人パーティで忍者を尾行する。

冷静に振り返ると、まったくもってよく分からない集まりになっている。まあ代わりに楓が来ていたところで、デコボコチームなのに変わりはない。

とはいえ、一人よりはずっと心強いのか満足そうなヨイマルは、さっそく本日の指揮を執り始める。

「コマリは先ほど家を出たところだ。まだ近くに居るので、見つからないように注意を払って尾行する。ヨシノも本日は忍び見習いとして、日々の鍛錬の成果を活《い》かしてほしい」

「巫女《みこ》見習いです」

危うく忍者になりかけたヨシノ。

ツッコミついでに、ヨシノは今日の懸念を述べる。

「でも、本当にヨイマルさんも尾行に行くんですか？　私やロボット人形のフリができるカトリーはともかく、ヨイマルさんはあんまり町中を歩くと目立つんじゃ……」

正直、この町の人間はあやかし慣れしているほうだ。しかし、あくまでもあやかしとは、人の社会と共存する存在ではない。カラス天狗が堂々と往来を行くのは、あんまり頂ける話ではない。

しかし、ヨイマルにはどうやら考えがあるようだ。

「ふん、ヨシノよ。我がどういう存在か忘れているのではないか？」

「過保護天狗？」

「カラス天狗みたいに言うな！　こほん。そもそも我はコマリの忍術の師……すなわち、隠密《おんみつ》の術はお手の物よ。当然、隠密行動の術は熟知している……だからこそ我は今日、この日を尾行の当日に選んだのだ」

「この日？」

はて、ヨシノとカトリーヌは一緒に首をかしげる。

そんな二人を見て、ヨイマルはにやりと笑ってみせた。

「優れる忍者は和洋の事情にも通ずるもの。……我に秘策あり、だ」

「なぁーるほどー……」

ヨシノのつぶやきには、納得の感情が籠もる。

町中の商店には、南瓜《かぼちゃ》のマークののぼり。道端や公園には、魔女やおばけの恰好をして遊ぶ子供たち。コスプレ文化が広く認知される昨今。確かにこの日は、一年で最もあやかしの目立たない日といえる。

「ハロウィンでしたか、今日」

「うむ。兵法の秘訣《ひけつ》とは、すなわち好機を待ち、それを見逃さぬことだ」

「忍法ではないんですのね？」

首をかしげるカトリーヌを、ヨイマルは華麗にスルーした。

さて。なんだかんだと言いつつ、いざ刑事ドラマのようなシチュエーションになると意外と気合が入る物で、けっこうノリノリで身を隠す一同。

ちなみに、せっかくハロウィンということなら仮装をしないのも勿体《もったい》ないので、それぞれ一応簡単な変装をしている。尾行を行うので、テーマは探偵。

ヨイマルはサングラスをかけつつ電柱の陰に隠れ、カトリーヌとヨシノに至ってはどこから持ってきたのか、トレンチコートを羽織りつつハンチング帽を装備し、床屋さんの回転ポールの陰に潜んでいる。

そんな怪し気な三人の視線の先には、本日のターゲットである忍者少女コマリの姿があった。ハロウィンであることを差し引いても、たいへん尾行しやすい目立つシルエットをしている。

忍者少女。

この四文字から想像できるイメージそのものが、コマリの外見である。

具体的には紫のトレーナーに、黒を基調としたフードつきの上下を重ね着している。この季節には少々気の早い黒マフラーも小物のひとつだし、背中には忍者刀。口元は黒マスクでばっちり隠し、極めつけの額当てには手書きの「忍」の一文字。本人は忍者であることを隠しているらしいが、どこに出しても恥ずかしくない、ジャパニーズ・クラシカル・ニンジャスタイルと言っていい。

翡翠《ひすい》色の瞳と桃色の髪が少々目立つが、それよりなにより現代社会の町中ではコテコテの忍者装束のほうが目立つ。ハロウィンであっても少々浮いたスタイルだ。

コマリも一応それは承知しているようで、物陰に忍びながら移動している。

つまり物陰に忍んでいる忍者を、さらに物陰に忍んでいる女子高生と天狗と西洋人形が変装しながら尾行している状態になっている。変である。

コマリは隠れるのに長《た》けているが、隠れた相手を見つける訓練はしていない。

よってヨシノたちの申し訳程度のカモフラージュでも十分らしく、つけられているとは露知らず、黙々と進んでいた。

「にん……にんにん……にんにん……」

物陰から物陰へ、素早く移動するコマリの後をついていきながら、ヨシノは小声でヨイマルを呼ぶ。

「あの、コマリちゃん、なんか鳴いてるんですけど。にんにんって」

「ああ、忍者だからな」

「忍者って鳴くんだ」

そういう物かもしれない。ヨシノは神社には詳しいが、忍者にはあまり詳しくない。

「にん……ににんっ。……しゅたたた……」

「口でしゅたたたたって言ってる……」

口では素早そうな効果音を唱えているが、きちんと信号とか守って進んでいるコマリなので、尾行にはあんまり困らない。

そんなコマリの姿を眺めつつ、ヨイマルはじんわりと目じりに涙を浮かべる。

「思い出すな……交通事故で幽霊になったコマリは、昔は外に出るのを怖がってな。道を安全に歩くために、色々と教えたものだ……。曲がり角から飛び出さない。横断歩道は右見て左見て、もう一度右……今もきちんと覚えておるのだな……うぅっ……」

「いい話なんですけど、泣いてるヨイマルさんの後ろから自転車が接近してますよ」

「うわあぶなっ！　守れ！　交通ルール！」

「いえ、自転車専用レーンにはみ出してたのはヨイマルさんです。守れ、交通ルール」

思ったより疲れそうだなこれ、とヨシノがため息をついたところで、コマリが近くの店舗に足を踏み入れた。

「あれ、コマリちゃん普通にコンビニに入りましたよ!?」

「うむ、コマリは幽霊としてはくっきりしているからな。今日なら堂々としていれば、単なる忍者コスプレの女としか思われんだろう」

「単なる忍者コスプレの女が来店してきたら、ハロウィンでも結構注目の的になると思いますけど……」

「それに忍者たるもの、買い物も手早く済まさねばならん。品揃《ぞろ》えと利便性からコンビニを利用するのは理に適《かな》っている。コンビニで購入できるエナジーバーやホットスナックは忍びの携行食にも通ずると言えよう」

「へーそうなんだすごい」

ヨシノはヨイマルの解説を興味ゼロで聞き流す。

やがてコンビニから出て来たコマリを確認すると、改めて尾行を再開する。

しかしコマリの進路をたどっていくと、ヨシノは随分と見慣れた景色ばかり目にすることに気が付いた。

「あれ、これって……」

「神社の方へ向かっていますわね」

カトリーヌと共にそのまま見守っていると、案の定コマリは神社の前へとたどり着く。

「さささっ」

相変わらず効果音を唱えながら、鳥居に身を隠して境内を覗《のぞ》き込むコマリ。誰も居ないことを確認すると、疾風の如く駆け抜けて縁側へ向かう。

ヨシノたちもこっそり追って覗いてみると、縁側にはウカの姿があった。

何やら口を尖らせながら、脚をぶらぶらさせている。

「むう、マミコめ。朝ご飯の後にいなりずしを食べてはならんと誰が決めたのじゃ。ウカはお揚げの後味を感じながら、午前中のヒマを潰そうと思っておったのに……」

「ウカ様」

どろん。

白い煙と共に、ウカの眼前にコマリが現れる。まるで主君を前にしたかの如く膝をつきながら、右手にはパックのいなりずしを掲げていた。

「おお、コマリか。……その手に持っているのは、よもやメジェドマートの〝まるでお手製ふっくらいなり〟ではないか！」

「本日は出来合いの物でご容赦を」

ウカを前に、恭しく頭を下げるコマリ。

その様子を陰から見ながら「我、一度たりともあんな態度されたことないな」とヨイマルが思っていることも露知らず、コマリは続ける。

「しかしながら、こちらのおいなりさんはコンビニ寿司《ずし》の中でも評判よく、甘いお揚げに包まれたシャリが口の中でほろほろ解ける味わいが絶品……とのことでござる。ウカ様ならご存じと思っておりましたが、お納めください」

「むぅぅ、出来るやつ……コマリよ。地縛霊となっていたお前を拾い、ヨイマルの下での忍者修行を勧めたこと、間違いではなかったようじゃな。ウカは今ほどお前を頼りに思ったことはない」

「はっ、ありがたき幸せにござる。ささ、小うるさいお仕置き巫女がやってくる前にどうぞ召し上がってくだされ……で、ござる」

遠慮なくおいなりを食べ始めるウカの傍《かたわ》ら、コマリは懐からうちわとペンライトを出して食事を見守り始める。

「は〜、至近距離で見る推しのもぐもぐタイム尊いでござる……。おいなりを頬張《ほおば》るもちもちのほっぺ……これだけで寿命が五十年は延びるでござるなぁ」

いや伸びない。幽霊のコマリはとっくに寿命のロスタイムである。

コマリのうちわには「I♡ウカ」の文字が刻まれており、ペンライトはウカの着物と同じ色である。それはさながら、貢いだおいなりを目の前で食べる姿こそが何よりのファンサであると言わんばかりの、厄介ファンの姿だった。

その様子を物陰から微妙な表情で見つめていたヨイマルが、ぐぬぬと歯ぎしりする。

「コ、コマリのやつ、まだウカ殿に貢いでいたのか！　我にはおいなりさんを買ってくれたことなどないだろうに！」

「天狗《てんぐ》がおいなりさん食べてるイメージないですしね」

「……い、いや、しかし子幽霊のころは薪割《まきわ》りで疲れた我のために、おにぎりを握ってくれたことがあったな……あれは不揃いでやたらデカかったが、美味《おい》しかった」

「子供の幽霊って子幽霊って言うんですか？」

「つたないが、真心のこもった贈り物だった……。それを今は金で……おまっ、わ、我のあげている小遣いでウカ殿に貢ぐなどっ……！　コマリィっ……！」

「ヨイマルさん。二度寝したいんでもう帰っていいですか、私」

ジト目で提案するヨシノの声は、秋の風より冷たかった。

ひとしきりウカのもぐもぐタイムを見守った後、コマリはつやつやした顔で神社から出て来て、改めて道を進み始めた。

どうせならこのまま忍者屋敷に帰ってほしい——というヨシノの願いも空《むな》しく、コマリは屋敷とは別の方向へと向かっていく。ヨシノたち三人はまた尾行を続けることとなった。

しばらく順調に後をついて歩いていくと、やがて錆《さび》と色剝《は》げの目立つアーケードが見えてくる。

「うーん、コマリちゃんの目的地は四丁目商店街で間違いないみたい」

小声で話すヨシノに、カトリーヌが小首をかしげる。

「でも確か、こちらの地区ってもうだいぶ寂れていましたわよね？」

一応、地元の商工会や青年団が盛り上げようとした形跡なのだろう、アーケードにはカボチャのジャック・オー・ランタンやお化けの切り絵などの飾りがあって、ハロウィンに乗っかろうという意識は見られる。

しかしカトリーヌの言う通り、それを加味しても老朽化した建物や、潰れてシャッターが降りたままのテナント、営業しているんだかいないんだかも怪しい薄暗い店舗など、けして活気のある商店街とは言い難《がた》い。

「買い物にしても、駅前のほうが色々ありますのに。今日ならきっとハロウィンフェアでここよりもっと盛り上がっていますわ」

「ねー。駅前なら可愛《かわい》い雑貨屋さんだってあるのに」

「ドーナツの美味しいパン屋さんもありますわ」

「そうそう、先週も友達と食べたけど美味しかったよ。秋限定、フィナンシェ風のカボチャドーナツ。カフェラテにシナモンパウダー振ってくれるし」

「え、それ新商品じゃございませんこと？　ズルいですわ、ヨシノばっかり！」

「まぁまぁ、じょしこーせーには付き合いというものがあるの。今度楓とカトリーのぶんも買ってきてあげるから、ね？」

「もー、約束ですわよ？　嘘《うそ》ついたらウニ千匹飲ませちゃいますからね」

「うわぁ、痛風になりそう」

「お前ら何の話をしておるんだ！　コマリが行ってしまうぞ！」

「「はーい」」

ヨイマルに叱られて前を向けば、コマリは商店街の中へと入っていくところだった。

この辺りは立て看板が多いため、隠れて尾行するにはあまり困らない。しかしカトリーヌが言った通り、昔に比べるとシャッターの降りた店舗が増え、人通りも少ないために物音には気を付ける必要があった。

しばしそのまま後をつけていくと、コマリは古い玩具店の前で立ち止まった。量販店ほどの活気はないが、懐かしのおもちゃや古いプラモデルなど、マニアックな需要で未《いま》だに生き残っている店舗のひとつ。

「へー……このおもちゃ屋さん、まだあったんだ」

「ヨシノも知っておるのか？」

「うん。子供のころは何度か来たことあるし。カトリーにお洋服買ってあげたことあったよね」

「ギラギラしたピンク色の魔法少女のコスプレですわよね。一生忘れませんわよ……！」

なにやらカトリーヌには嫌な思い出があるようだ。

コマリは少し考えたのち、玩具店の中へ入っていく。

ヨシノたちは入り口の陰から、店内をこっそり盗み見る。あまり新しめのおもちゃは置いていないようだが、品揃えは意外と豊富に見える。

「コマリのやつ、おもちゃ屋で一体何をしておるのだ？」

「この距離からじゃ良く見えないかも……」

「ヨシノ、双眼鏡とか持ってきていないのか」

「ヨイマルさんこそ。コマリちゃんの忍術の師匠なら、遠眼鏡とか持ってないんですか？」

「手裏剣しかない」

「じゃあ手裏剣の穴でも覗いててください」

「なあ、薄々思っていたが神社の連中は我にほんのり冷たくないか⁉」

ヨシノはヨイマルに期待することを諦め、スマホカメラの拡大機能でコマリの手元を覗き込む。ヨイマルとカトリーヌがそれを一緒に見ようとして、顔を寄せ合ってぎゅうぎゅうになった。

コマリはと言えば、陳列されているおもちゃをひとつひとつ手に取って物色している。

ヨイマルは少々呆《あき》れた顔をした。

「コマリのやつ、まだおもちゃ離れ出来んのか……幼いころから、色々買い与えてきたつもりではあるのだがな。光る！　鳴る！　ＤＸ忍者刀だってまだあるだろうに」

「忍者刀のわりに1ミリも忍ぶ気ない仕様なんですね……私はそういうのより、お人形遊びが好きだったからなあ」

「ヨシノのお人形遊びは世間一般のそれと違いますわよね。わたくしと楓を好き放題弄ぶことですわよね」

三者三様に昔を懐かしむ中、コマリは壁に吊《つ》られていたカチューシャを手に取った。ハロウィンに合わせた商品なのだろう。ネコミミがついている。

ネコミミカチューシャを購入すると、さっそくそれをフードの上から装備する。ただでさえ目立つニンジャガールがさらに属性過多になったが、満足げである。

「なんだ。コマリちゃんハロウィンの仮装がしたかったんですね」

「既に仮装みたいなものだろ、あの忍者装束は」

「ヨイマルさんが言うんですか、それ」

店から出てきたコマリと鉢合わせせぬよう、再び物陰に隠れるヨシノたち。

相変わらず帰る気配はないので、ただ玩具店が目当てだったわけでもないらしい。ヨシノたちも改めてコマリの追跡を再開する。

しかし交差点を渡り、数軒先へと歩いたところで、コマリが何やら動きを止めた。

「あれ。コマリちゃん、どうしたんだろ」

不思議そうに首をかしげるヨシノ。

コマリが見つめているのは、ある一軒の空き店舗。

かつて時計店だったその店は、シャッターこそ降りていないものの明かりはなく、割れたガラス戸の向こうに深い暗闇が広がっている。

「……」

コマリの視線が、ちらりと動いた次の瞬間。

――ぽん。

白い煙がコマリを包み、姿が消える。代わりに丸太で出来た人形が現れた。

「えっ、なに⁉」

あれは、身代わりの術。

ヨシノたちは慌てて空き店舗に駆け寄り、コマリを捜す。

そしてその瞬間。


『みゃぁあ』

敵意を孕《はら》む声が聞こえた。

猫の鳴き声にも、赤子の泣き声にも似ていたが、その正体がなんであるかは、ヨシノにはすぐに分かった。

「――あやかし！」

声のほうへ、ヨシノが振り向くと同時に。

店舗の割れたガラスから、四つ足の白い影が飛び出した。

しなやかな体と、尖った耳。そして二股の尾。〝化け猫〟の類であることは一目で分かった。ヨシノはとっさに対応しようとしたが、マミコと比べれば瞬発力には欠ける。日傘を広げてヨシノを守ろうとしたカトリーヌを、化け猫の爪が切りつける。

「きゃあっ」

「カトリー！」

迫りくる爪は間一髪、広げた日傘で受けた。しかし化け猫の力は強く、カトリーヌは日傘ごと弾《はじ》き飛ばされる。

ヨシノは咄嗟《とっさ》に動けなかった。思考は渋滞し、体は固まる。

しかし化け猫はヨシノが落ち着くのを待つほどノロマではない。姿勢を崩したカトリーヌを続けて狙い、攻撃する。

あわや、その爪がカトリーヌに届くかと思われたその瞬間。

「はッ！」

ヨイマルの放った手裏剣が、横っ腹から化け猫を撃ち落とした。

鈍く悲鳴を上げて転がる化け猫が、青い光を放ち始める。ようやく事態を把握したヨシノは、懐から出したお札を化け猫に張り付けてその光を吸い集める。

マミコであれば、その体を通してあやかしの瘴気《しょうき》を清めなければならない。当然ながらそれだけ負担もかかる。

しかしヨシノの持つ大きな魔力ならば、あやかしを封じた札に力を籠めるだけでも、完全にその瘴気を消し去ることができる。コップ一杯の水に絵の具を溶かせば濁るが、湖に絵の具を一滴落としても大差ないのと同じ理屈だ。ヨシノがマミコの仕事を手伝い始めた、もっとも大きな理由がこれである。

改めて、ヨシノは吹っ飛ばされたカトリーヌを抱き起こしつつ、ヨイマルに頭を下げた。

「すみません、ヨイマルさん……私、全然動けなくって」

「良い良い、誰であっても見習いの間は不慣れなものだ」

ヨシノは微かに唇を噛《か》む。

ヨイマルはこう言ってくれてはいるが、忸怩《じくじ》たる思いがあった。マミコであれば、もっと手際よく対処できたはずだ。カトリーヌに痛い思いもさせなかった。

「それより、ほら。あやかしが正体を現すぞ」

ヨイマルが化け猫を指でさす。ちょうどその瞬間、ぽんっ、と煙を上げて化け猫の体が消える。代わりに、陶器製の猫の置物がその場に残った。それを拾い上げて、ヨシノは怪《け》訝《げん》な顔をする。

「これって……招き猫？」

「ああ、この商店街の外れには古い瀬戸物屋があってな。ある時、商店街の皆が繁盛するようにと、その招き猫を配ったと聞いたことがある」

人差し指を立て、小さく振りながらヨイマルは説明する。

「ゆえに、かつてこの商店街の全ての店が招き猫を置いていた。おおかた、置いてけぼりのまま一帯が寂れたことで、込められた商売繁盛の願いが呪いに変わった……といったところだろう」

その仕草が学校の先生に似ていて、ちょっぴり面白くなりながらも、ヨシノは感心したように頷《うなず》いてみせる。

「なるほど……付喪神の、祟《たた》り神かぁ」

「縁起や祈り。そういった物を込められた代物は、ずーっと放っておくと込められた思いが腐敗する。繁盛を祈る招き猫は、そうなった時の落差も大きかろう」

「うーん、ジャガイモを入れたカレーは美味《おい》しいけど傷みやすいのと同じですね」

「うん、うん？　そ、そうかな？　よく分からんがカレーは早く食えよ」

なんだか納得したらしいヨシノとは裏腹に、秋でも食中毒が心配になるヨイマル。一方で、ヨシノの腕に抱えられたカトリーヌは、目を丸くしてヨイマルを見る。

「聞いてはいましたけど、ヨイマルさんって本当に強かったんですのね……アーケード街は横風が強いですのに、一発で手裏剣を当てるなんて」

「ふん、コマリに忍術を教えたのは我だぞ。それに、カラス天狗《てんぐ》は風と共に生きるものだ。風の隙間を縫って、化け猫を射貫《いぬ》くなど朝飯前よ。少しは見直したか？」

「すっごく見直しましたわ！　風を操るあやかしとしても尊敬ですの！」

「よろしいっ」

得意げに胸を張るヨイマル。しかし、その上機嫌も続いたのは数秒だった。すぐに眉をひそめ、コマリの去って行った方を見つめる。

「あの化け猫、随分と狙いすましたように現れたが……」

「どうしたんですの？」

ヨイマルは思い出す。確か幼いころ、コマリは——。

「いや……我の心配が、杞憂《きゆう》ならば良いのだがな」

少しだけ、思い出の話を挟む。

ヨシノがコマリと出会ったのは、巫女《みこ》の仕事を手伝うようになってから。

今年の春のことだ。実のところ、そう長い付き合いではない。

楓と一緒に神社の掃除をしていたとき、箒《ほうき》で天井の埃《ほこり》を落としていたら、張り付いていた忍者が落ちて来た。それがコマリだった。

「拙者、忍者じゃないでござる」というのが初対面のセリフだったが、どこからどう見ても忍者だった。不思議と、ヨシノとはよく気が合った。

精神年齢が近いのもあるけど、未熟者同士だったからかもしれない。

「それじゃあ、コマリちゃんは忍者の見習いなんだね」

「ヨシノ殿は巫女さんの見習いなんでござるな」

「ヨシノで良いよ。あやかしに歳《とし》が関係あるかは分からないけど……コマリちゃん、たぶん同じくらいだよね」

「確かに……生きていたら、高校生くらいだったのでござろうか」

「私、まだちょっと高校の友達と打ち解けてなくて。だから同い年くらいの友達ができたら嬉《うれ》しいんだ。だから、ね。気軽に呼び捨てで」

「……む。じゃ、じゃあ……よろしくヨシノ。……で、ござる」

「あ、照れてる」

「照れてないでござる。忍法まっかっか変化の術でござるし」

最初の会話は、そんな感じ。

付き合いは短いけど、打ち解けるのは早かった。もともと人間の幽霊だったからか、話題も何かと嚙《か》み合った。

特によく話したのは、お互いの将来について。

コマリは立派な忍者を目指して、いずれはヨイマルのような天狗を目指す。

ヨシノは立派な巫女を目指して、だけど美容師の夢も諦めきれない。

ふたつの道の狭間《はざま》で揺れているヨシノは、その悩みもコマリにはぽつぽつ零《こぼ》していた。

やりたいことと、やるべきこと。半端になってしまう自分。

マミコが傷ついた今、誰かが巫女を継ぐべきだ。

けれど美容師になるのは、子供のころからの夢だった。

コマリは静かに話を聞いて、必ず最後にはヨシノを励ましてくれた。

「拙者としては、ヨシノが優しい巫女さんになってくれたら、ウカ殿に会いに来るたびにヨシノともお話しできるでござるし……」

それからコマリは頭巾代わりのフードをずらして、薄桃色の髪を見せながら続けた。

「美容師さんになったら、その時はわたし……こほん。拙者の髪を切ってほしいでござるよ。あやかしをおしゃれにしてくれる美容師さんが居たら、嬉しいでござる！」

思い出すのは、何気ない友達同士の会話。

でも少なからず、ヨシノの中では救いになっていた気がする。

外出の増えたコマリ。ヨイマルが何をそんなに心配しているか、ヨシノには分からない。

たぶん考えすぎだと思う。

だって――。

「巫女でも美容師でも、ヨシノが友達なのには変わりないでござる。……えへへ」

そう言ってくれたコマリが、内緒とはいえ、悪いことをしているわけがないのだから。


化け猫の騒動で、一時はコマリを見失ってしまったヨシノたち。

しかし忍者装束で目立つおかげもあって、商店街を道なりに歩いていくと、すんなりとコマリを見つけることができた。忍者装束の目的としては、どうも本末転倒な気もする。

次にコマリが居たのは、ある小さな花屋の前だった。

「……このお花屋さんもまだあったんだ。両隣も向かいのお店も閉じちゃってるのに、やっぱりお花って人気なのかな」

ヨシノの疑問に、ヨイマルが答える。

「この花屋は葬儀場のお得意様だからな。商店街がどれだけ寂れようと、訃報がある限りは花を卸す先があるから潰れんよ」

「うーん、なんだか生々しい事実……でも、町に必要とされてるってことだよねえ」

もにょもにょと唇を噛むヨシノ。

気を取り直して、店先のコマリを覗《のぞ》き見《み》する。

忍者らしくつけっぱなしの黒マスクをちょっぴりずらして、スンスンと花の香りを確かめている。そんな仕草はもちろんのこと、コマリの素顔を目にするのも珍しい。

興味深そうにその様子を見ながら、カトリーヌはコマリの嗅ぐ花の名前を唱える。

「あれはコスモスですわね。秋の花の代名詞と言っても良いでしょう。花言葉は『乙女の真心』……コマリさんてば、お花の趣味がよろしいですわね」

「あ、コスモスの花言葉なら私も知ってる！　『謙虚』とか『調和』もあるよね。それにあっちのドレスみたいに広がった花はダリアかな。花言葉は『気品』とか『優雅』」

「次に見ている星形のお花は、キキョウでしょうか？」

「花言葉は確か『永遠の愛』だよね」

「ふっふー。ヨシノもなかなか好きですわよね、こういう乙女チックな雑学」

「うんうん。石言葉とか星言葉なんてのもあるでしょ？　贈り物のモチーフにそういう言葉から細やかなメッセージを込めて、なんて……ちょっと憧れだもん。花を贈る相手なんて居ないけどさ〜……。あ、まさかコマリちゃん、誰かに贈るつもりなのかな？　キキョウを贈るんだとしたら意味深じゃない？」

「まあ！　もしかして意中の誰かでしょうか。ではこっそりお出かけしていたのも、もしかして……？」

「だったらどーしよー！　きゃー！」

「きゃー！」

頬に手を当てて、なんだか楽しそうなヨシノとカトリーヌ。

「さっぱり分からん……」

一方、ヨイマルはこういうのが得意分野ではないのか、眉を八の字にして困り顔。「山菜の種類なら分かるのだが」と言いかけて、流石《さすが》にやめた。

ちらり、ヨイマルはコマリの方を見る。花をあれこれ見繕いながら――花屋の飼い猫だろうか、足元にすり寄ってくる三毛猫を時折撫《な》でている。

「……」

「ちなみに私のヨシノっていう名前も花なんですよ。桜の名前です」

ヨシノの声に振り向き、ヨイマルはコマリから少し視線を外した。

「ああ、なるほど。ソメイヨシノか……やはり、その、花言葉とやらはあるのか？」

「なんと『優美』と『心の美しさ』です」

「……おお、そうか」

少々コメントに困るヨイマルに対し、胸を張るヨシノである。

「ちなみに、花言葉って海外だとまた違う言葉になるってご存じですの？」

「え、そうなの？」

カトリーヌの補足に、ヨシノは首をかしげる。

「ええ。桜の花言葉は英語では『優れた教育』になりますが、フランス語では『私を忘れないでください』というメッセージになりますわ。アメリカでは荘厳に、フランスではロマンチックに……お国柄ですわね」

「へー、そうなんだ……なんかフランス語のほうが素敵だねー」

「ついでに言うと、そちらの街路樹もソメイヨシノですわね」

「え、ほんと？」

ヨシノはカトリーヌの視線を追うように、近くの街路樹を見る。

大き目の葉をすっかり深紅に染めたその姿は、春のシンボルである桜のイメージとは重ならない。けれど秋の桜もまた、寂し気なこの町に彩りを加えている。

「ソメイヨシノの大きな葉は、夏には鮮やかな緑、秋には鮮やかな紅葉になりますわ。冬には木の芽をつけて可愛《かわい》らしいシルエットを見せるんですの。そして春にはまた華やかに咲く……桜って、衣替えをするお洒落《しゃれ》な木なんですのよ」

小さな指をタクトのように振って、蘊蓄《うんちく》語りのカトリーヌ。感心したように頷きながら、ヨシノは秋の桜を見上げる。

「そっか。そう言えばこの町、割と桜が多いね」

「所々で街路樹にされておりますから。ヨシノがいっぱいの町ですわね」

「ふふ。ヨシノ。ヨシノがウカの神社に来たのは、良い巡り合わせだったのかもしれんな」

ヨシノに続き、カトリーヌもヨイマルも同じ木を見上げる。だいぶ昔に植樹されたのだろう、なかなか立派に葉を茂らせている。

その枝が、ざわ、と微かに揺れた気がした。

「……やはり、来るのか」

「えっ？」

ヨイマルの呟《つぶや》きにヨシノが疑問符を浮かべた、次の瞬間。

『ぎゃあご！』

樹上から、猫が降ってきた。

ヨシノは驚くが、ヨイマルは対応できていた。一本歯の下駄《げた》を高く上げ、迎え撃つように猫を蹴り上げる。

猫は宙でクルクルと身を翻し、着地して二股の尾を立てる。先ほどと違う個体のようだが、同じ化け猫であることは一目で分かる。

「ヨイマルさん、私たちも……！」

「ヨシノ、ここはカトリーヌと共に下がっているがいい。正面からの相対では、お前にこやつの相手はまだ早いかもしれん」

「でも……！」

「ヨシノ、今は言う通りに致しましょう」

カトリーヌに促され、ヨシノはヨイマルから距離を取る。

『ぎゃああーお！』

化け猫も、先ほどの個体以上に攻撃的になっていた。二股の尾の先を尖《とが》らせ、刃のように変えて襲い掛かった。

ヨイマルは深く息を吐き、鋭く吸い込む。

飛び掛かる化け猫の攻撃を、ハイキックで一閃《いっせん》、蹴り落とす。化け猫は地面に打ち付けられたかと思いきや、すぐさま尾だけを伸ばしてヨイマルを狙うが、それでもヨイマルが上手と言えた。

「はっ！」

一、二、三度。独楽《こま》のような回転蹴りで化け猫の尾を弾いたヨイマルは、その勢いのまま手裏剣を放り、下駄で打つようにして化け猫を射貫《いぬ》いた。『ぎゃっ』と短く鳴いた化け猫が青い光になり、すかさずヨシノがまた札に封じて退治を終えた。

ヨシノが顔を上げると、ヨイマルは微かに頰を切っていた。

「ヨ、ヨイマルさん。大丈夫ですか⁉」

「かすり傷だ。それより……先ほどの猫よりも少し厄介になっていたな。攻撃も直接的に我らを狙ってきていた」

「……」

ヨシノは今回、動かなかった。動けなかった。まったくの、蚊帳《かや》の外。

動いていたとしても、ヨイマルと猫の攻防を目で追えなかった。何もできなかっただろうけれど、何もしなかった結果、ヨイマルが傷ついた。

ヨシノは眉を寄せ、ぎゅっとブレザーのスカートを摑《つか》む。カトリーヌの手がなだめるように脚に触れているのも、今は気づかないようだった。

「あの、ヨイマルさん」

「なんだ」

「いえ……なんでも」

ぎりぎりのところで、ヨシノはその言葉を飲み込んだ。今のマミコの姿が、頭の奥に浮かんだからだ。

マミコの後を継ぎ、巫女《みこ》になる。

言い出したのはヨシノだ。けれど、誰に求められたわけでもない。美容師になる夢だってあった。マミコもそちらを目指せば良いと言ってくれる。

だけど、マミコは傷ついた。誰より強くて優しいと信じていた、ヨシノの自慢のお姉ちゃん。いつまでも強くて優しくて、無敵だと思っていた。けれど――。

マミコは十分頑張った。誰かがバトンを受け取らなくては。

でも何か、まだふわふわしている。

やりたいことと、やるべきことの狭間《はざま》。それに加えて、自分にできることとの落差。

――私なんかに、本当にお姉ちゃんの代わりができるのかな。

口に出したら折れてしまいそうで、言えなかった。

再度コマリを見失ったヨシノたち。だが商店街がアーケードで覆われた一本道であるのが幸いして、何度か見失っても——ダジャレのような言い方になるが——コマリを発見するのには困らなかった。どうやら今度は古本屋の前で、店先に並べられた本を立ち読みしているようだった。

近くの薬局の前で、大きなカエル人形に隠れつつヨシノはその様子を覗き見する。

「あー、ここもまだあったんだ。チェーンの古本屋でも見つからないような古い漫画とかあって楽しいんですよね。ぽつぽつお客さんも居るみたい」

ヨシノの声は明るい。少し明るすぎるほどに。

ヨイマルは気づいていたが、この場ではそれを受け入れた。

「我の記憶だと、マミコが生まれる前からある店だ」

「へー、老舗ですね！」

「そうか？　元禄《げんろく》のころから続く二丁目の酒屋などに言うなら分かるが……」

「出ましたわよ、古株あやかし特有のジェネレーションギャップ。普通は百年くらい続けば老舗扱いで良いんですのよ」

「カトリー、それも結構ズレてるからね」

人とあやかしのほんのり漂う認識ギャップに、微笑ましい困惑が満ちる。

「でも追いつけて良かったですね。コマリちゃんが見つけやすくて助かりました」

「忍者としては最悪だがな」

化け猫に引っかかれた頬をさすりながら、呆《あき》れた面持ちのヨイマルである。

「しかしコマリのやつ、今度は立ち読みなど……一体何を読んでいるのだ？」

「またスマホカメラの拡大機能で見てみましょうか」

コマリの手元を映しつつ、画面を拡大するヨシノ。

「えーっと……『壺《つぼ》を割った時のごまかし方』」

「えらい限定的だな。どこの出版社が出しておるのだ？」

「さあ……ていうかコマリちゃん、もしかしてヨイマルさんの壺でも割ったのかな」

「えっ」

「だって後ろめたいことがないと読まない本ですよね、あれ」

「か……帰ったらウチの壺が割れてないかちゃんと確かめるか。嫌な汗出てきた」

「高いんですか？　壺」

「いや、最近自信作を焼き上げたところでな……」

「へえ、ヨイマルさん陶芸やってるんだ。長生きしてる人の趣味って感じでかっこいい！」

驚くヨシノに、ヨイマルは得意げに鼻を擦ってみせる。

「うむ。『おうちでかんたん陶芸キット』の扱いにもだいぶ慣れてきた」

「ぴっかぴかの一年生じゃないですか」

「歴は関係ないだろ！　形になれば良いのだ、形になれば！　色んな趣味に手を出すのが長生きあやかしの秘訣《ひけつ》というものだぞ。それに保存容器としてもちゃんと良いものだ」

「ちなみに何入れてるんです？」

「コチュジャンだが」

「あっそれ思ってた壺と違う。焼肉屋さんにある感じのやつだ」

これ以上掘り下げても意味がなさそうなので、ヨシノはコマリの観察を再開する。再びスマホで手元を映して、拡大。

「……コマリちゃん、次は別の本読んでますよ。『需要と供給と需要』……経済学の本ですね。ぱらっとめくって戻しちゃった。次は『魔法VSノートパソコン』……あ、あの小説は私読んだことあります。中学生のころだったかな、面白いんですよね」

「なんだか、節操なく手に取っておりますわね。他のお店でもそうでしたけど、何か買うというよりはウインドウショッピングなのかしら」

疑問を浮かべるカトリーヌに、ヨシノも頷《うなず》く。

「そうみたい。次は『彼女は猫によく似ている』……これも人気のエンタメですね。その次は『カニのお風呂』……？　あの絵本はまだうちにあるなあ。あれこれ立ち読みしてるけど、結局何探してるんだろ」

「ふうむ、ヨシノは意外と読書家だな」

顎を撫《な》でて、唸るヨイマル。ヨシノは少し照れたように笑う。

「あはは、あんまり堅苦しいのは読んでないですけど」

「その、なんだったか。今言った、猫のやつ」

「『彼女は猫によく似ている』ですか？」

「ああ、どういう小説なのだ？」

不意にヨイマルが興味を示したので、ヨシノは意外そうに見つめる。

「えっと、孤児の女の子が拾われて育てられるんです。最初は懐かないんだけど、だんだん心を開いていって……そのあとは段々訓練を積んで、女の子は凄腕《すごうで》のエージェントとして成長していくんですよ」

「えっと……えーじぇんと、とはなんだったか」

「えっ？　なんて言えばいいかな……確かスパイとか特殊部隊とか。それこそ、忍者みたいなものですよ」

「そうか、拾われた女の子が……」

ヨイマルは、目を細めて繰り返す。

「……そうか」

やがて店先の本をある程度立ち読みしたコマリは、古本屋の店内へと入っていく。それからしばし、ヨシノたちは出入り口を見守っていたが、コマリが出てくる気配はない。

「あら、随分遅いですわね。コマリさんったら」

カトリーヌが口を開いたその直後、ヨシノは気づいたように声を上げた。

「あっ」

「どうしたのだ？」

「しまった……この古本屋、確か裏にも出入り口があります。一本向こうの通りに出るやつ」

「なんだと⁉」

目を真ん丸にして焦りを見せるヨイマル。もしコマリが裏から出ていたとすれば、とうに見失ってしまったかもしれない。

慌ててヨシノたち三人は店の隙間を抜けて、古本屋の裏手へ向かう。

裏手の通りは、ただでさえ寂れている商店街よりもいっそう寂し気な景色で、潰れた仕出し弁当屋や、看板の割れた飲み屋跡なんかが並んでいる。空き店舗の隙間を縫うように張り巡らされた電線は、この区域を無視して人の営みを繋《つな》いでいるようで、無機質な冷たさを感じさせる。

「居た！　コマリちゃん……！」

どうやらヨシノの判断はぎりぎり間に合ったようで、通りの先へ歩いていくコマリの背中がそこにあった。人の気配がほとんどない裏通りでは、いちいち隠れてもいないようだ。

しかし、ヨシノがその背中を目にできたのも束《つか》の間《ま》のこと。

どろん。白い煙がコマリを包み、その姿が消えた。

「えっ、コマリちゃん⁉　どうして……」

変わり身の術。ヨシノは一瞬戸惑ったが、すぐに直前の記憶が蘇《よみがえ》った。

ヨシノが予感を言葉にするより早く、ヨイマルが口を開く。こちらには確信があった。

「来るぞ」

『みぁあああ……』

覚えのある鳴き声と共に、道の向こうから白い影が歩み出た。

「また化け猫……ううん、化け招き猫。いや、招き化け猫？」

「どっちでもいいですわよ！　ヨシノ、ここはまたヨイマルさんに任せて……」

カトリーヌの言葉に従おうとして、ヨシノは思わずヨイマルを見た。

無言の一瞬。ヨシノは唇を嚙《か》み、ヨイマルと化け猫から距離を取る。

「カトリー、ヨイマルさんを手伝ってあげて。あの化け猫、どんどん強くなってる」

「……承知しましたわ！」

ヨシノが一歩離れた位置に陣取り、ヨイマルとカトリーヌが並び立つ。

『ふぎゃぎゃぎゃぎゃぎゃ！』

また、新たな手を使ってくることは予想できた。化け猫が威嚇するように毛を逆立てたかと思うと、その毛を針のようにして飛ばしてくる。

カトリーヌは広げた日傘をクルクルと回し、つむじ風を巻き起こす。

毛針は届くことなく、どんどん風に巻き込まれていく。攻め役の誰かと組み、守りに徹するのがカトリーヌの本領だとヨシノは知っていた。

タイミングを合わせてヨイマルが手裏剣を取り出し、指の上でしゅるしゅると回す。それは新たなつむじ風を巻き起こし、カトリーヌの風と合わさって、さらに勢いを増していく。

化け猫は毛針による射撃を続けながら、尾を刃へと変え、ヨイマルとの距離を詰めようとする。接近し、切りかかろうとしたタイミングでヨイマルとカトリーヌが二手に分かれ、一瞬化け猫は的を絞れなくなる。

その隙を、ヨイマルは見逃さなかった。

「そこだっ！」

鋭い風の刃を纏《まと》った手裏剣が、化け猫を両断した。

『ぎゃあおっ！』

青い光になって散る化け猫を、ヨシノがすかさずお札で清める。これにてこの場での化け猫騒動は、三度の決着を得た。

「やりましたわね、ヨイマルさん！　お見事でしたわ！」

「いやなに、カトリーヌこそ大したものだ。……あのあやかし、ヨシノの言う通り現れるたびに強くなっておる。一人では少々苦戦しただろう」

屈《かが》んだヨイマルとハイタッチを交わすカトリーヌ。

「……」

完全勝利に満足する二人の様子を、ヨシノは少しだけ陰のある顔で眺めていた。

そんなヨシノを見て、ヨイマルが声をかける。

「どうしたヨシノ。浮かない顔だが」

「いや、そのー……私、何もしてないなあ、と」

「何を言う。瘴気《しょうき》の浄化はこの場でお前にしかできないことだ。……それも、体の負担を心配せずにその役を任せられるというのは替えの利かない才覚よ。あまり焦るな。お前は十分に仕事している」

「うっ」

見抜かれていた。心の内を見透かすように、全部言われてしまった。

しかし今言ってほしい言葉を余さずかけられたことが、むしろヨシノには痛かった。色々と張り詰めていた心のタガが、少し外れるほどに。

ヨシノはため息をついて、屈みこんだ。

「あー……分かってる。分かってるんです。全然修行が足りてないこと。お姉ちゃんはちゃんと教えてくれてるのに」

「だから、お前はまだ見習いだろう。そう焦ることは……」

「……半端なんですよね！　勉強も修行も集中できてなくって。美容師だって正直憧れてるだけだし、勉強って言ったって雑誌読んでるだけで……お姉ちゃんは、そっちに集中しなさいって言ってくれてるのに」

言い出したら、じんわり涙がにじんできた。

マミコの後を継ぐと言い出してから、ずっとずっと自分の中で抱えてきた矛盾だ。

一度漏れたら、ひび割れたダムのように止まらなくなってしまう。

「私が修行つけてってお願いして……お姉ちゃん根気強く教えてくれて。本当はもっと向いている人を弟子にした方が良いのかもだけど、それはなんか私が嫌で……巫女《みこ》は片手間にやれるほど楽じゃないって、分かってるんだけどなあ……」

自分の髪をわしわしかき混ぜるヨシノを、カトリーヌがなだめるように撫でる。

「ヨシノ、ヨシノ、ちょっと落ちつきましょう。今日は何度もあやかしに襲われて、きっと混乱してるんですわ。巫女見習いを始めてから、こんなに悪性のあやかしが立て続けに出ることとありませんでしたもの」

「……そうだな」

しかしカトリーヌの言葉に答えたのはヨイマルだった。

「……どうしたんですか？　ヨイマルさん」

妙に張り詰めた声音に、顔を上げたヨシノが尋ねる。

「同じあやかしが何度も湧くときは、原因となる〝本体〟が居るのが相場だ」

「あー……それはそうですね。私も昔、蜂みたいなあやかしに襲われたことがあったけど、あれも大本になる女王蜂が居ましたもん」

「ふむ」

ヨイマルの顔色が、少々悪くなる。

薄々考えていたことだ。確信はなかったし、信じたくはなかった。しかしこうも立て続けに危機に遭えば、疑わざるを得ない。

「なぜ、コマリを追う先々で、化け猫に襲われるのだ？」

その呟《つぶや》きを聞いて、ヨシノは微かに眉をひそめた。

「……ヨイマルさん、もしかして何か疑ってます？」

「杞憂《きゆう》であれば、と思ったのだがな」

腕を組み、ヨイマルは路地の向こうを見つめる。相変わらず人通りのない道を吹く秋の空っ風。主の居ない建物の建ち並ぶ、役目を終えつつある土地。そこに漂う色褪《あ》せた空気に、ヨイマルは思考する。

「ヨシノよ。お前は昔から、ちょくちょく勝手に外出しては怒られていたな。何度か悪性のあやかしに襲われたくせに懲りんやつだ……」

「な、なんですかいきなり。……両手で数えられるくらいですよ、確か」

呆れつつ、ヨイマルは当時のことを思い出す。

そう言えば、あのころはマミコがヨシノの家出にえらく焦っていた。

当時はあまり気にしなかったが、今なら気持ちが分かるとヨイマルは思う。

「マミコはな、お前の力を心配していたのだ。魔力や霊力と呼ばれる力が、お前は非常に強い。あやかしの瘴気を一切の負担なく浄化するなど、神業にも等しいのだぞ」

「……それは、でも、上手に使えてないし」

「まあ、イジケていることについては、今は置いておくとして」

こほん。咳払《せきばら》いして、ヨイマルは続ける。

「それは魂の力と言っても良い。幼いうちは純真で、物事に影響を受けやすいから魂の力に蓋がしづらいものだ。ゆえに力の強いお前は常に魂の匂いをまき散らし、あやかしを呼び寄せやすかったり、周囲に際限なく魔法をかけてしまったりする体質だった」

「はい、それはマミコお姉ちゃんから教えられました」

「うむ。ではそれを踏まえて……幽霊というのは、蓋をするどころか、剝《む》き出しの魂そのものと言える」

ヨイマルの表情が、神妙さを増す。

「楓やカトリーヌのような、物から成るあやかし。あるいは人魚や天狗《てんぐ》のような、自然から成るあやかしは良い。存在がしっかりしている。だが、人間から成るあやかし……特に幽霊は酷《ひど》く不安定だ。人間はもともと自分が何者であるかが曖昧なのだろう。だから悪い影響を受けやすく、呼び寄せやすい……そして何より、人間は変わりやすいのだ」

「え、でもレイちゃんはそんなことなさそうですけど……」

「あれはもう、ああいう〝お化け〟として固まっている存在だからな。やけに人を脅かしたがるだろう？　あれは、自分はそういうあやかしだと思っているからだ」

「なるほど……」

もしかしたら、この話は不穏なほうに転がっているのかもしれない。

ヨシノの思考を後押しするように、ヨイマルが続ける。

「しかしコマリは人間で言えば非常に多感……変化しやすい時期と言える。ウカがあやつを我の下に連れて来たのは、あやつが悪霊に変貌する前に『お前は忍者なのだ』という外枠を与えて、あやかしとしての存在を固めるためだったのだが……」

ヨイマルはあやかしの中でも古株のほうだ。

楓やカトリーヌより遥《はる》かに長い時を生きてきた。けれど、そんな長い長い時の中では一瞬に等しいはずのコマリとの思い出が、ヨイマルには鮮烈に記憶されている。

「……コマリはかつて、〝猫〟に襲われたことがある」

「えっ……」

ヨイマルの告白に、ヨシノもカトリーヌも目を見開く。

「コマリが少しずつ外への恐れを克服し、出かけられるようになったころ。我が目を離した隙に、コマリが迷子になってしまった。見つけたとき、コマリは腕に爪痕を刻まれていてな。その場からは白い猫が逃げて行った」

「それって、あの化け猫と同じ……」

「ああ。その時は天狗の塗り薬で処置をしたのだが……」

ヨイマルは焦点を過去へと合わせるように、目を細める。睫毛《まつげ》越しにかすんだ景色を見つめれば、今でも鮮明に思い出せる。コマリとの思い出は、全てだ。

「……ああ、処置をした。化膿《かのう》せぬよう気を遣い、ひりひりすると泣くコマリをなだめ、玉の肌に傷が残らぬようにと手を尽くしたつもりだ。だがもし、あの猫が悪性のあやかしだったら……瘴気が傷口を蝕《むしば》んでいたのなら、手当は不十分だったやもしれん」

「それって……」

「正直言うとな、怖いのだ。……あの時、我は大事なことを見逃していなかったかと」

耳から入って来る言葉を、頭の中で咀嚼《そしやく》する。

回りくどいが、ここまでくればヨシノも思い至った。

「ヨイマルさんは……つまり、コマリちゃんが化け猫になっているかもしれないって思うんですか？　あの猫たちをけしかけているのも、コマリちゃんだって？」

ヨイマルは答える前に、ヨシノに背を向ける。

「ヨシノ。ここからはついてこなくても良い。これは、我が取るべき責任だ」

「っ……！」

できること、できないこと。

実力の不足。晴れない迷い。ヨシノの中ではまだ様々なものが渦巻いている。

けれど、本当に本当に追い詰められた時、心は迷わずに一番大事なことを選び出す。

というか——ほとんど「カチンときた」と言ったほうが正しい。

「ここまで来て、一人で行かせるわけないじゃない！」

つかつかと歩み寄ったヨシノは、ヨイマルの眼前へ回り込む。血の上った頭は、むしろヨシノの思考をクリーンにしている。

「ヨイマルさんがコマリちゃんのこと大好きなのは分かるよ！　保護者として責任感じてるのだって！　でも、私だってコマリちゃんの友達だし！　ヨイマルさんとだって、友達って言ったら失礼かもだけど、めんどくさいけど、仲良しだと思ってるし……！」

それから、胸を張って。

一瞬言いよどんだけど、言った。

「……あやかしの問題を解決するのは、巫女の役目なんだから。見習いだけど」

「ヨシノ……」

ヨイマルは何か答えようとしたが、先にカトリーヌが小さく両手を鳴らした。

「はいはい。そういうのは、コマリさんに追い付いてみれば分かることでしょう？　不安になっているくらいなら、確かめれば良いのではなくて？」

「……そうだな」

慰めのようなカトリーヌの言葉に、ヨイマルは少し表情を緩める。

「捜そう、コマリを。我の懸念が杞憂で終わるかは、その後だ」

頷《うなず》きつつ、ヨシノは顎に手を当てて考え込む。

「でもコマリちゃん、今度は完全に見失っちゃいましたね。商店街なら一本道でしたけど、こうなるとどうやって捜せばいいか……」

「最後の手段を使うしかないな。できればこれには頼りたくなかったが」

ヨイマルが懐から、掌《てのひら》大の四角いものを取り出してみせる。それは時代劇で見る印籠にも似ている。

「なんですか？　それ」

尋ねるヨシノに、ヨイマルは手元が見えるようにしながら、その四角い物体を開く。

印籠かと思われたそれは、なんのことはない。スマホカバーである。

画面に表示されたマップを見れば、この町の地図と、位置情報が表示される。

「あの、ヨイマルさん。これ……」

「うむ、天狗忍法GPS迷子タグだ。コマリの額当てに挟んでおいた」

「ヨイマルさん」

「それは、ヒきます」

ヨシノは真剣な面持ちで、真っすぐにヨイマルを見つめた。

「えっ」

「ヒきます」

「……………そ、そっか」


さて、GPSの情報を頼りに捜してみれば、当然だがコマリの位置は丸分かり。その事実にちょっぴり戦慄したヨシノだが、助かることは助かる。

「あのな、ヨシノ。お前はヒいているかもしれんが、我がこの文明の利器に目をつけたのはそもそもお前が昔、家出騒動で大騒ぎしたからで」

「でも女子高生にそれ持たせるのはちょっと……しかも内緒でやったんでしょ？　これ終わったら絶っっっ対に外してあげてくださいね」

「コマリさんは女子高生ではないですけれどね……女子忍者生ですわ」

「カトリー。それはね、くのいちって言うの」

駄弁《だべ》りながら、衛星の導きに従ってコマリを目指す。

どうやらコマリが今居るのは、何もない空き地らしい。

あちこちの店に寄っていた今までと比べて、異質な行動だ。悪性のあやかしが姿を見せるには、おあつらえ向きのロケーション。仄《ほの》かに不穏な予感がよぎるのも否めない。

「コマリめ、このような空き地で一体何を……」

件《くだん》の空き地へとたどり着いた三人は、塀の陰からこっそりと覗《のぞ》き込む。

そこには確かに、コマリの姿があった。

「……」

商店街からはほど近い、少し広めの土地。

土地バブルのころに購入されたが、商店街が寂れるにつれて地価が暴落し、売れず物件も建てられず遊ばせている——そんな場所だろう。

手入れは思い出したころにされているようで、ぽつぽつとまだらに残る草地には、どこから種子が飛んできたのかすすきが揺れる。

他には何もない。

そんな寂し気な土地で、コマリは高い秋の空を見上げていた。


「——気づいていないと、思っていたでござるか？」


ヨシノたちに背中を向けたまま、コマリは低い声で語り掛ける。

ヨシノの知る、どこかのんびりしたコマリとは違う、真剣みを帯びた声。それは紛れもなく、日々厳しい修行を積んできた「忍び」の貫禄《かんろく》を感じさせた。

「そなたらが拙者を追っていることは、最初から分かっていたでござる。あの商店街で騒ぎを起こしたくないがゆえ、のらりくらりと逃げて来たでござるが……詰めは少々お粗末でござったな。こうして人気のないところで無防備な背中を見せれば、必ず食いついてくると思っていたでござるよ」

ヨシノたちは息をのんだ。

全てを見通していたかのような、コマリの言葉。一体、何を意味するというのか。

一度は否定した、コマリが化け猫を操ってヨシノたちを襲わせていた、という疑惑が再び思考を支配していく。

ヨシノの懸念を裏付けるように、コマリは懐から手裏剣を取り出した。よく研がれた黒光りする刃が、傾きかけた秋の陽《ひ》に照らされて、鋭く輝く。

「出てくるでござるよ。そこに居るのは分かっているでござる」

「……コマリちゃん……」

ヨシノはヨイマルとカトリーヌにも目くばせし、頷く二人と共に、塀の陰からコマリの前へと姿を見せる。

「コマリちゃん、最初から気づいてたんだね……」

ヨシノは、お札をこっそりと懐に忍ばせて。

「コマリよ……嘘《うそ》であろう？　わ、我は本音ではお前を信じて……」

ヨイマルは、その手に何も持たず。

「コマリさん、そんな物騒なものを構えてどうするつもりですの……？」

カトリーヌは、日傘の柄をぎゅっと握りしめ。

各々が、各々の思いと共にその目を向ける。

そして、一同の顔を目にしたコマリは――。

「……うぇ？　お師匠？　それにヨシノとカトリーヌ殿……なんでここに？」

「えっ？」

「へっ？」

「あら？」

四人が四人、間の抜けた声を出したその瞬間。

『ごるるるるるるるっ！』

低く喉を鳴らしながら、あの化け猫が現れた。

いや――今度は猫と言うには、少々大きい。先ほどまでの化け猫がイエネコの体格ならば、それはチーターを思わせる風格がある。

「……出てきたでござるな、親玉」

手裏剣を構えたまま呟《つぶや》くコマリに、ヨシノは大化け猫を警戒しながら尋ねる。

「コマリちゃん、どういうこと⁉」

「説明は後にござる。ここはあの化け猫を懲らしめてから……と言いたいところでござるが、ちょっと無理感があるでござるなこれ」

「コマリちゃん、この状況で諦めたら人生終了だよ!?」

「もうとっくに幽霊でござるよ！」

ヨシノとコマリが言い争ったその隙に、大化け猫が動き出した。

『ぎゃあお！』

大化け猫が前足を〝招く〟ように動かしたかと思えば、まるで引力が発生したようにコマリの体が引き寄せられていく。

「んなっ、わわわわ！」

咄嗟《とっさ》に踏ん張ろうとして、コマリはバランスを崩して転んだ。

大化け猫の尾が鞭《むち》のようにしなり、コマリに襲い掛かる。ろくな受け身もとれず慌てるコマリだったが、猫の尾は彼女には当たらなかった。

「ぐあっ！」

「……お師匠!?」

咄嗟に、ヨイマルがコマリを庇《かば》いに入っていた。

辛うじて腕で防御したようだが、まともに化け猫の攻撃を受け止めた衝撃は大きい。地面に叩きつけられた時に、したたか背中を打ち付けた。

「くっ、羽が……！」

ヨイマルの羽は小ぶりだが、カラス天狗《てんぐ》としては重要な器官である。風を操り、一本下駄《げた》で操る体術のバランスを取る。この負傷は痛恨と言えた。

大化け猫の追撃を、今度はカトリーヌが日傘で風を起こして受け止める。しかし――。

「なんですの、こいつ……変な魔法を使いますわよっ！」

大化け猫が前足を振れば、カトリーヌが化け猫の方へ引き寄せられていく。なんとか風を起こして踏ん張っているが、どう見ても分が悪い。

「お、お師匠に何をするでござる！」

コマリが大化け猫に手裏剣を投げつける。狙いはついているが、ヨイマルのそれほど鋭い攻撃ではない。大化け猫は尾の一振りで、容易《たやす》くそれを弾き落とす。

「う、うう……では、これでどうでござるか！　煙玉！」

今度は何やら丸い塊を投げつけるコマリ。大化け猫の傍《そば》に落ちて煙を巻き上げるが、カトリーヌの起こした風で全部散っていく。

「あーっ！　位置取りが悪かったでござるー！」

「何やってますのよ、この半端忍者ーっ！」

どうやらコマリとカトリーヌでは、まったく息が合っていないようだ。

この場で最も頼れるはずのヨイマルは、未だ万全には動けない。

「……」

ヨシノだけが蚊帳《かや》の外。

その分、ヨシノは一歩引いて状況を見つめることができていた。

コマリと大化け猫は、敵対している。

ヨイマルはああ言っていたが、咄嗟にコマリを庇いに入った。

カトリーヌは大化け猫に対抗できているが、それも時間の問題。大化け猫の引力と風魔法との力比べは、長くはもたない。

ヨシノだけが今、自由に動ける。

「……っ！」

——考えろ。考えろ。

コマリは潔白だった。ヨイマルもきっとそれに気づいた。二人のすれ違いが解けたというのに、この場でやられてはあんまりだ。

ヨシノは必死に頭を働かせる。

自分なんかに、何かが出来るのだろうか……なんて、いじけている場合じゃない。半端だったかもしれない。でも何もしてこなかったわけじゃない。

焦りから、くしゃくしゃと髪を掻《か》こうとして、一本に括《くく》ったおさげに触れた。

マミコの真似《まね》をして、低い位置で纏《まと》めた栗色《くりいろ》の髪。

そうだ。手元に何も武器がないとき、マミコは確か――。

「ご縁がありますように、って言うんじゃないけど……」

ヨシノは懐の財布から、五円玉を取り出し、魔法の力を籠める。

「……ヨイマルさんとコマリちゃんとの縁が、こんな形で切れませんように！」

赤い炎が五円玉を包み、キラキラ輝く小判へ変える。

それはマミコが〝蜂〟退治で使ったのと同じ。清めの魔力を込めて、身近なものをあやかし祓いの道具へと変える、巫女《みこ》の基本の変化術。これだけはヨシノも習っていた。

「できた……！」

ヨシノはカトリーヌの背後へと回り込み、大きく振りかぶる。

そして大化け猫が前足を動かすのを見て、叫んだ。

「カトリー！　風止めて！」

「っ⁉　承知ですわ！」

カトリーヌは一瞬驚いたが、言われた通り魔法を解除する。途端、大化け猫の魔法が発動し、カトリーヌが引力に引き寄せられていく。

「猫には……小判っ！」

そんなカトリーヌを追い越して——なんならカトリーヌを目くらましにして、ヨシノの投げた魔法の小判が、引力で加速して飛んでいく。それは金色の手裏剣の如く、大化け猫の額に突き刺《さ》さった。

『ふぎゃあああああああっ！』

ぼんっ！と一際大きな煙を上げて、大化け猫が爆《は》ぜて消えた。

すかさず駆け寄り、お札を張り付けて瘴気《しょうき》を吸い取るヨシノ。

「……ふぅ〜……」

力が抜けて、へなへなとその場に座り込む。

ちらりと見れば、コマリがヨイマルに駆け寄って抱き起こし、ヨイマルは苦笑しながらその手を借りているが大事なさそうだ。

カトリーヌがとことこと歩いて来て、ねぎらうようにヨシノの肩を叩いた。

「頑張りましたわね、ヨシノ。お疲れ様ですの。……でも、〝猫に小判〟は役に立たないことの例えではなくって？　お勉強、サボってます？」

「……効いたんだから、いーでしょー！」

胸の空気を吐き切るように、大きく大きくため息をつく。

少し汗ばんで火照った体を、秋の風が優しく癒《い》やしていった。


「……つまり、コマリちゃんはここ数日商店街を覗きに来てて、そこで化け猫に目をつけられて、そのたびにずっと逃げていたと。で、コマリちゃんの後をつけていたから、そのとばっちりが私たちに来ていたと……こういうこと？」

「いやはや、ご迷惑をおかけしたでござる。場所を改め返り討ちにしようと思ったのでござるがなあ……」

大変疲れた様子のヨシノたちを前にして、空き地に正座中のコマリである。

ヨイマルは色々と複雑そうな顔をしながら、コマリを問い詰める。

「ええい、そもそも化け猫に目をつけられたと知って、なぜこっそり商店街に通っておったのだ！　今日は我らが居たから良かったものの、あの格のあやかしを相手に一人で対処できるわけがないだろう！」

「い、いや、拙者も今日のために、忍法またたび煙玉を編み出してござってな……」

「さっき使ってたけど効いてなかっただろう！　というか、お前がここ数日なにかの枝を擦り潰して煙玉を作っているところは見ていたが、あれまたたびの枝じゃなくて枝っぽいチョコではないか！」

「キウイ味なのでござるよ!?　またたびの仲間でござろう、キウイ……あと、美味《おい》しいほうが、いざというときに非常食に出来るかと……」

「それは煙玉ではなくトリュフチョコと言うのだ！　というか忍術道具を食うな！」

「まあまあ、ヨイマルさん」

ヒートアップするヨイマルをなだめるヨシノ。カトリーヌはと言えばすっかり呆れて、さっきからずっとため息ばかりだ。

「それよりコマリちゃん。こっそり商店街に通ってた理由、話してくれる？」

「……ご、ござぁ……」

困った時のリアクションが「ござぁ」なのは忍者としてどうなんだ、と思いつつ、悩むコマリを見守る一同。

コマリはしばらく視線を泳がせていたが、やがて観念したように項垂《うなだ》れた。

「……どの道、今日明かそうと思っていたことでござる。各々がた、ついてきてほしいでござるよ」

「はい、まいどあり」

コマリに連れられてたどり着いたのは、商店街の端にある瀬戸物屋だった。

コマリはそこで、伊万里焼《いまりやき》の花瓶をひとつ購入した。お値段はそこそこしたが、久々のお客だったとのことで、随分まけてもらった。

花瓶を抱えてお店から出てきたコマリを見て、ヨイマルは怪訝《けげん》な顔をした。

「お前、商店街に通って花瓶を見繕っていたのか？」

「はぁ、まあ……あちこち寄り道はしたでござるが」

「なんだ。花瓶であれば、我が『おうちでかんたん陶芸キット』で焼いてやったものを」

「お師匠はあれで花瓶を作ろうとするたび、ウミウシのマスコットみたいな物体を作っては『また失敗だー！』と叩《たた》き割《わ》っていたでござろう……？」

「うう」

「そもそも玄関に飾る良い感じの花瓶が欲しかったのに、高いから自分で作ると言って、結局ちっちゃい壺《つぼ》しか作れなくてコチュジャン入れにしてござったし」

「ぐむむむ……」

「唯一の成功例だったんだ……」

コマリの横に居たヨシノは、なんだか聞いちゃいけないことを聞いている気がしてちょっぴり気まずかった。

一方、カトリーヌはコマリを見上げながら尋ねる。

「でも、良いセンスの花瓶ですわね。そうするとコマリさんは、ずっとヨイマルさんのために花瓶を探してらしたの？」

「へっ？」

いつも威厳を出そうと意識しているヨイマルが、調子はずれの声を上げた。

コマリはマスクを上げ、指でフードをひっぱり、深めに顔を隠す。しばしそのまま、もじもじと黙っていたが、やがて花瓶をヨイマルに押し付けた。

どろん。煙と共に、コマリの手の中に花束が現れる。白い花びらをデコレーションのように広げるそれを、ヨイマルの持っている花瓶に挿す。

それが何の花であるか、ヨシノとカトリーヌには分かった。ダリアの花言葉は『気品』や『優雅』だが……白いダリアの花言葉は『感謝』。

ヨイマルは目を真ん丸にして、ぱちぱちと何度も瞬かせる。

「えっ……と、これを、我に？」

「手入れの仕方も万全にござる」

コマリは懐から一冊の本を取り出して見せる。『初めてのプリザーブドフラワー』なる題名のそれには、古本屋の値札が貼ってある。

ヨイマルはと言えば、照れるやら戸惑うやらで、落ち着かなそうだ。

「ど、どうしたのだコマリ。急にこんな……」

「拙者も忍びとしては、そこそこ一人前になってきたと自負してござる。本当は化け猫退治でも良いとこ見せたかったのでござるが、それはそれ」

腕を組み、胸を張るコマリ。その認識の是非については、ヨイマルはここでは突っ込まずに話の続きを聞く。

「ゆえに……まあ、拙者もたまには、節目を大事にしようかと。本当は今日ではないのでござるが、ハロウィンを利用して買い物できる機会を待たねばならず……」

「ふ、ふしめ？」

「……むう」

フードとマスクで顔を隠していても、コマリが眉をひそめるのは分かった。

ぷい、とそっぽを向くコマリ。視線の先には、葉を赤く染めたソメイヨシノ。しばし逡《しゅん》巡《じゅん》してから、やけくそのように叫んだ。

「……拙者が師匠のところに来たのは、ちょうどこんな秋の日でござったなー！　……とかなんとか、言っちゃったりして……で、ござる……」

「…………」

「……コマリぃ〜〜〜〜〜〜〜〜っ！」

「どわーっ！　お師匠、花瓶が！　花瓶が危ねーでござる！　落ちちゃうでござる！」

「おま、お前がこんな殊勝なことをするとは〜〜〜〜……」

「どーいう意味でござるかーそれはー！」

泣いているやら笑っているやら、メチャクチャな顔でコマリを抱きしめるヨイマルと、落ちそうな花瓶を支えつつ、それを受け止めるコマリ。

天狗《てんぐ》と忍者は団子のようにくっついて、紅葉の下で賑やかに大騒ぎ。

で、その一方。

「……」

「……」

「ええっと、これ私たち帰っていいよね、カトリー」

「ええ。なんだか、どっと疲れましたわ」

痴話喧嘩《げんか》に付き合わされたようなヨシノとカトリーヌは、安心したやら呆《あき》れたやら。

何はともあれ「この光景が見られたのなら、頑張った甲斐《かい》はあったかな」なんて、しみじみ思うヨシノだった。

「ていうか、コマリちゃん……ウカ様に貢いでたのとネコミミは、純粋に趣味でやってたってことだよね」

「普通にハロウィンをエンジョイしてましたわね。心配して損しました」

「……でもねー」

カトリーヌと二人、帰り道の途中。小さな公園を通りかかったあたりで、ヨシノはふと思い出したように口を開いた。

「どうしましたの？」

ヨシノに抱き抱えられながら、カトリーヌは小声で尋ねる。

夕暮れに染まる公園からは、先ほどまで遊んでいたらしい子供たちが帰っていく。皆ハロウィンの仮装をしていて、マントを羽織って魔女に扮《ふん》した少女や、耳と手袋をつけて狼《おおかみ》男《おとこ》に扮した少年とバリエーション豊か。けれどカトリーヌは子供の仮装に交じるにしても少々小柄すぎるので、帰り道では人形のフリをしている。

「なんだか一件落着――……って気がしてたけど、あの大きな化け猫。あの子もあやかしの本体じゃなかったと思うの」

「えっ、そうですの⁉」

「うん。見た目は派手だったけど……お札で清めた時、なんていうか、そんなに苦労しなかったの。説明しづらいけど、本体だったらもっと浄化した時の……手応え？　みたいなのがあるはずなの」

驚くカトリーヌに、頷《うなず》くヨシノ。

群棲型のあやかしを退治した時、それが本体だったかどうかは、倒してみないと分からない。これは理屈というより、巫女《みこ》の感覚的なものによる。

たとえば〝蜂〟の場合は女王蜂を退治した時点で、他の働き蜂も一緒に消滅した。そういう分かりやすい現象が起きれば良いのだが、あの化け猫は一匹ずつ現れた。カトリーヌやヨイマルの目には、大化け猫が本体だったか確かめる術がなかった。

ヨシノの説明に、カトリーヌは戸惑いの声を上げる。

「ですけど、あの大化け猫を倒してからはわたくしたち、襲われませんでしたわよ？　だとしたらあの化け猫の本体はどこに？」

「それは分からないけど……そもそもあの猫って、たぶん――」

「――ここにゃ」

「ひゃっ⁉」

思わず驚きの声を上げるカトリーヌ。

いつの間にか、目の前に見知らぬ少女が居た。

もさもさとした白い髪に、赤いメッシュ。動きやすそうなパーカーとハーフパンツも、白地に赤のライン模様。首元には小判を模した飾りを下げて、何より頭には猫耳がついている。

仮装で遊ぶ他の子供たちとは違う。彼女があやかしであることが、ヨシノには一目で分かった。その紅白の色合いには、嫌と言うほど見覚えがあったからだ。

「ば……化け猫？」

しかしながら、化け猫と呼ばれた少女は襲ってはこなかった。

長い前髪の奥から金色の瞳で、おどおどとカトリーヌを見返して来る。

「ば、化け猫と呼ばないでほしいにゃ。にゃーはあくまでも招き猫にゃ」

「化け猫でしょう！　さんざん襲い掛かってきたじゃありませんの！」

「た、確かに襲い掛かったのはにゃ、にゃーの落ち度にゃ。でもでも、これには事情があるんにゃよ！」

慌てて弁解する猫娘に、ヨシノは納得したように頷いた。

「……やっぱり」

「やっぱり？　ヨシノ、どういうことですの？」

「最初から気づいてたわけじゃないよ？　でも、大化け猫を倒したあたりで思ったの」

小首をかしげるカトリーヌに、ヨシノは続ける。

それは他のあやかしたちでは、思いもよらない事実だった。

「あの猫たち、そもそも〝悪性〟じゃなかったんじゃないかって」

「ええっ⁉」

ヨシノの言葉に、猫娘は深く頷く。

気づけば猫娘の足下に、三匹の白猫がすり寄っていた。それぞれ体格は先ほどよりも随分小さくなっているが、先ほどの化け猫たちであることがヨシノには分かった。浄化した後で、再度魔力を吹き込まれたのだろう。

ぎょっとするカトリーヌに、猫娘は説明する。

「仰《おっしゃ》るとーりにゃ。この猫たちは、にゃーのご主人が配った〝魔よけ猫〟にゃ」

「魔よけ猫？」

「そうにゃ。寂れた町には悪いあやかしが湧きやすいからにゃ。にゃーのご主人が、空き店舗のお守りに置いて回ったんにゃよ。よそから知らんあやかしが近づいてきたら、ネズミを捕るように追い払うにゃ。にゃーはそれの本体にゃ」

「どうりで」

ため息と共に、ヨシノの中で色々なことが腑《ふ》に落ちた。

「この猫たち、ずっとコマリちゃんをマークしてたみたいだし、カトリーやヨイマルさんにも襲い掛かってきたけど……私には一回も攻撃してこなかったもんね」

「あっ、そう言えば！」

カトリーヌも気づいたように、ぽん、と手を叩《たた》く。

猫との戦いの最中、ヨシノは力になれていないことを気に病んでいた。しかし大化け猫との戦いでは、流石《さすが》に違和感に気が付いた。どの場面を振り返っても、いくらなんでもヨシノが蚊帳《かや》の外すぎた。

ヨシノだけではない。あれだけあやかしが出現したにも拘《かか》わらず、商店街の人は誰も襲われていなかった。

常に猫の標的になっていたのは、コマリやヨイマルやカトリーヌ。

つまり、あやかしたちだけだったのだ。

猫娘は申し訳なさそうに、長い前髪を指で引っ張って視界を隠す。

「最近、この商店街をうろついて覗いている怪しい忍者のあやかしがいて、びくびくしていたにゃ。そこにあやかしに囲まれた女の子が来たから……」

「私が取り憑《つ》かれてると思ったわけね」

なるほど、コマリが悪い。もしかしたら子供のころも、そうやって商店街の周りをうろついて威嚇されたのかもしれない。というかヨイマルも悪い。

ハロウィンシーズン、人目へのカモフラージュは出来ていたかもしれない。

しかし人とあやかしを交えてこそこそしている一行は、あやかしの目にはこの上なく怪しく見えたわけだ。

猫娘はぺたん、と猫耳を寝かせながら項垂《うなだ》れる。

「でも……悪いあやかしかどうかを確かめずに襲ったにゃー、たちが悪かったにゃ。結局、ご主人のお店で買い物もしてくれたにゃし」

「あ、ご主人ってもしかして、さっきの」

「うん、瀬戸物屋さんにゃー」

猫娘はにんまり笑いながら頷いてみせる。それだけで、この少女がその「ご主人」を強く慕っていることがよく分かった。同時に、たぶんこの少女は心から、あの商店街の平和を願っていることも。

「しかし、とんだ人騒がせ……いえ、あやかし騒がせ。英語で言うとポルターガイストですわ。わたくしたち、ヨシノを誑《たぶら》かす悪者だと思われてましたのね」

「カトリー、英語のくだりは違うと思う」

「それで、にゃ、にゃーはお詫《わ》びに出てきたにゃよ。……でも、言わせてもらうとハロウィンにあやかしを連れてブラつくのも、ちょっと不注意にゃよ？」

「え、なんで？　目立たなくて良いんじゃない？　仮装のお祭りなんだし」

疑問を浮かべるヨシノに、猫娘は首を振る。

「もともとハロウィンは悪霊が湧いてくるから、目をつけられないように仮装する習わしの日なんにゃよ？　それなのに、仮装に交じって本物の幽霊やあやかしたちが商店街こそこそ覗いてるにゃよ？　びっくりするにゃ！」

「……それは、確かに……」

怪しさの倍付けである。改めて、色々とすれ違いが重なって生んだ騒動だったことを実感するヨシノ。けれどあの化け猫たちは、やっぱり過激だったと思う。

「うーん……でもね？　やっぱり色々と確かめる前に襲い掛かるのは良くないよ。にゃーちゃんも、悪いあやかしばかりじゃないことは分かるでしょ？」

「にゃ、にゃーには区別つかんにゃ。だって今は良いあやかしも、いつか悪いあやかしになることだってあるにゃ？　人から生まれたあやかしは特にそうにゃ」

「それは……」

「にゃ、にゃーのご主人はあの商店街が好きにゃ。にゃ、にゃーも、ご主人の好きな商店街が好きにゃ。もうすっかり寂れちゃったけど、最後まで穏やかに営んでほしいにゃ」

「……うーん」

ヨシノはしばし考える。

猫娘の言う通り、人が減り出した土地は信仰が薄れ、神の力が及びづらくなる。そうなると結果として、あやかしの湧く温床になる。

そもそも、猫娘こそがその一例。

今日の彼女は過激だったが、彼女は彼女なりに商店街を愛している。悪いあやかしと判断するか、良いあやかしと見るかは人次第。それに猫娘の言う通り、あやかしは変わることもあるかもしれない。良くも、悪くもだ。

勝手に商店街に巣くい、他のあやかしを攻撃する存在。マミコだったら、今のうちに祓《はら》ってしまうかもしれない。

けれど――。

「にゃーちゃん！」

何やら声が聞こえて来たかと思えば、先ほど歩いていた、ハロウィン仮装の子供たちが猫娘めがけて駆けて来た。

きょとんとしつつ、その様子を眺めるヨシノ。

子供たちは猫娘に近づくと、仮装した自分たちに紛れさせるように――ヨシノから猫娘を隠すように取り囲む。

「あ、あのね。にゃーちゃんのお耳、よくできてるでしょ？」

「にゃーちゃんお友達なの！　一緒にハロウィンしてたの！」

「うん、にゃーちゃんいい子なの……！　まいごになったら、すぐさがしてくれるの」

口々にまくしたてる子供たち。

ヨシノは何も言っていない。何も言っていないが、子供たちがどういう意図で猫娘をかばっているのか、どれだけ彼女を好いているのかはよく分かる。

ヨシノは腕を組み、ため息をひとつ。

「あなたたち、お姉ちゃんがにゃーちゃんを虐《いじ》めてるとでも……」

いや、そう見えたかもしれない。

しかめっ面で唸るヨシノと、耳をへたりと折った猫娘。子供たちには、友達を責めるお姉さんの姿に映るのだろう。

「……お姉ちゃんは、にゃーちゃんを虐めてたんじゃなくてー」

ふと、気づいたようにヨシノはポケットに手を入れる。

取り出したのは、プラスチックのヘアピン。屈《かが》んだヨシノは猫娘に目線を合わせると、その前髪を指でさらりと撫《な》でつける。

首をかしげる猫娘の髪を、手櫛《てぐし》で軽くセットして、ヘアピンでそっと留めてあげた。

「これでよしっ」

ヨシノはコンパクトを取り出して、内鏡を見せる。

ヘアピンで前髪を整えた猫娘は、つぶらな金色の瞳がよく映えて、お洒落《しやれ》に見える。

「にゃあああぁ……！」

感嘆の声を上げる猫娘。子供たちも口々に「にゃーちゃんかわいい！」と好評だ。

ヨシノは胸を張って、笑顔を見せる。

「お姉さんは、通りすがりの美容師見習いさん。にゃーちゃんの綺麗《きれい》な髪がもさもさのままじゃ勿体《もったい》ないから、ちょっぴり手入れさせてもらったの」

驚いた顔を見せる猫娘。

ヨシノは悪戯《いたずら》めかして、ウインクをひとつ。

「だから……皆のお友達のにゃーちゃんに、怖いことはしないよ」

笑顔の子供たちが、そんな猫娘を取り囲む。事実、ヘアピンで少し整えるだけで猫娘はすっきりした印象になった。頭についた猫耳も、髪型が整ったほうが仮装に見える。

ひとしきりはしゃいだ子供たちは、猫娘の手を取って。

「おねーさん、にゃーちゃんをおめかししてくれて、ありがとー！」

子供たちはそうお礼を言うと、猫娘を連れて改めて帰路につく。

去り際、ぺこりと頭を下げる猫娘を、ヨシノは大きく手を振って見送った。

秋の夕暮れに伸びる長い影。猫耳のシルエットがゆらゆらと、楽し気に揺れていた。

「……良いんですの？　行かせちゃって。確かに、根は悪いあやかしじゃなかったみたいですけど」

「いや〜、あの子供たちの顔見たら無理でしょ。どう考えても、にゃーちゃんを祓うより友達で居てもらったほうが、笑顔になる人が増えると思うし」

帰り道。尋ねるカトリーヌにヨシノは笑う。

その笑顔はどことなく、いつもより晴れやかで。

「ねえカトリー。やっぱり私、ああいう景色を守りたいと思う。お姉ちゃんの代わりにどうするかじゃなくて……私があの景色を見ていたい」

「……じゃあ、巫女《みこ》さんになりますのね？」

「うん。でも美容師さんにもなるよ。どっちもやる」

「あらあら、ヨシノは欲張りですわね。二足のわらじは大変ですわよ？」

「分かってる。でもね……」

ヨシノは、一本に括《くく》った自分の髪に触れる。

マミコの真似《まね》をして作ったおさげ。大化け猫との戦いで、土壇場で覚悟を決められたのは、この髪を括った時の気持ちを思い出したから。

髪型ひとつで、人は笑顔になれる。

それが巫女であれば、あやかしも笑顔にできる。人に優しいあやかしを守れば、かかわった人々も、きっと皆が笑顔になる。

人もあやかしも大好きなヨシノだから、どちらを選ぶという話じゃない。

どちらも欠かすことのできない、ヨシノの道。

人もあやかしもお洒落にできて、守ることだってできたら最高だ。

「それが、私のなりたい私なんだもん」

ヨシノの声には、もう強がりも震えもない。

だからカトリーヌは、日傘を揺らして微笑んだ。

「仕方ないですわね。ヨシノは昔から、わがまま言い出したら聞きませんもの。じゃあヨシノが一人前になるまでは……もう少しだけ、手伝って差し上げますわ」

「えー？　ずっと手伝ってくれないの？　カットモデルとか」

「巫女の仕事じゃなくてそっちですの⁉　勘弁してくださいまし！　楓みたいに髪伸びたりしませんのよ⁉」

わいわい、わーわー。二人きりでも賑《にぎ》やかな帰り道に日は落ちて。

それから、ヨシノはちょくちょく商店街にも遊びに来るようになった。

風情漂うレトロな店構えや、品揃《ぞろ》えの独特な古本屋は意外と楽しく、時折掘り出しものも見つけたりして。

街路樹の上には時折、ヨシノの姿を見守るような、白い猫を見かけたという。

④ おもいでミルフィーユ

ああ、ネジを巻かないと。

予報に反し、天気は良かった。

空には薄い筋雲が少し、ほとんど快晴と言っていい。

冷えた空気は澄み渡り、随分高くまで見通せる。冬の天蓋を染める深いブルーは、夜の透けた色なのだとよく分かる。昼には見えなくなる星空が、この季節はいつもより近くにある。

昨夜の雪は、道を白く染めるほどではなかった。今朝は木々の枝葉や塀の上を飾る程度に名残りが見られる。それでも風は冷たくて、ダッフルコートを首元まで締める。

剝《む》き出しのアスファルトの表面を、靴底が静かに叩いて行く。

ひび割れた白線の流れに沿って、帰路を行く足取りは少し鈍い。お気に入りのハイカットスニーカーも、履けるのはこの冬までだろう。大事にしてはいたけれど、ソールが随分となだらかになった。冷えたアスファルトを踏みしめてみると、どうにも踏ん張りが利いていない。

春には新しい靴を買おうか。ヨシノはぼんやり考える。

共通テストの自己採点は悪くない。希望した大学の偏差値を思えば、十分に枕を高くしていられる。ただしファッション学科は多忙だというから、巫女業と両立できるかは課題かもしれない。

叶《かな》えたと言える段階ではないが、ヨシノはかつて描いた夢への道筋をたどっている。

進路の違いはあれこれあるが、学校では少し暇を感じているし、自習室を横切って明るいうちに帰ることもできる。比較的ではあるが、同級生の中では余裕があると言える。

それでも頭上の青空は、ヨシノにはぼんやりと曇って見えた。空高くを吹き抜ける、澄んだ冬風の勢いでも、このもやまでは吹き散らせない。

神社へ続く角を曲がると、路上駐車に邪魔された。

見れば一軒家の庭にやたらと車が停まっていて、数台が道まで溢《あふ》れていた。バンパーに掲げられたナンバーには、知らない町の名前が載っている。

リフォームしたと思われる家屋は現代風だが、周りの景色には名残がある。

そこがかつては「ミヅキ商店」という駄菓子屋であったことを、ヨシノは覚えている。

確か中学校に上がるころには、もう閉店していたはずだ。店主であったお婆さんは、足腰を悪くしたのだと聞いた。確か、お釣りを渡してくれる時に「グッドラック」と囁《ささや》いてくれる、面白いお婆さんだった。ヨシノも子供のころは色々駄菓子を買った。チョコ大福に、酢イカに、メロンソーダ。似たようなお菓子はコンビニにもあるけど、あの独特のチープさには、もうお目にかかれない。

——ああ、つまりそういうこと。

理解すれば冬風の冷たさが胸に沁《し》みる。確かにミヅキ商店のお婆さんは、もう随分な歳《とし》だった。ヨシノが子供のころからお婆さんだったし、マミコが子供のころからお婆さんだったと聞く。お婆さんのベテランだ。大往生ではあるだろう。

それでも、芽生える寂しさは消えてくれない。

どれだけ長く生きようと、終わりを歓迎する理由にはならない。どれだけ円満に迎えようと、別れに伴うのは悲しみだけ。ヨシノはそう思っている。

車に囲まれた家の前で、ヨシノはこっそり両手を合わせた。ひとつ礼をしてから、もう振り返らずに帰り路を行く。神社まではもう少し。

鳥居をくぐって境内へ。平日の昼下がり、参拝客はいない。

真っすぐに社務所側の玄関へ向かう。大みそかにロウを塗ったから、引き戸はするりとスムーズに開く。ふと、居間のほうから賑やかな声が聞こえた。玄関に来客者の靴はないから、ヨシノは少し首をかしげた。

手袋だけ外したら、まず洗面所で手洗いとうがい。それから部屋に戻って鞄《かばん》を置いて、ダッフルコートをハンガーへ。楓が居たので、声をかける。

「ただいま。何してるの？」

「おかえりヨシノ。マミコに頼まれてね、古着でたすきを作ってんの」

「私がやろうか？　ハサミ、大きくて使いづらいでしょ」

「へいき。初めて頼まれたんじゃないんだから。それより、お客さん来てるよ」

「あれ？　玄関に靴なんてなかったけど……」

ということは、靴の要らない客だろう。

ヨシノは楓の頭を軽く撫《な》でてから、制服姿のまま居間に向かう。楓が非常に不満そうな顔をしていたが、撫でやすい位置にあるから仕方ない。

突き当たりに「忍者禁止」の張り紙がある廊下を通って、居間の障子を開けると、ちゃぶ台にはマミコがついていた。それに、向かいにもう一人。

「あ、ヨシノちゃん。お邪魔してまーす」

「は？」

「え、ヤバ。成長してんだけど。てか天然ものＪＫじゃん。わっかいな〜。成長してんのに若いって感じる自分が逆にヤバいな〜。歳取ったんだな〜」

「なんか濃い人が居る!!」

ヨシノが絶叫するのも無理はない。なんかゴシックパンクの少女がそこに居た。

前髪ぱっつんの黒髪にはピンクのインナーカラーが入っているし、ウサギの耳が付いたピンクのパーカーに、白レースのフレアミニスカート。指輪ごりごりの指先には気合の入った黒ネイル。背中に背負ったリュックには、テディベアまでぶら下がっている。

外見年齢はヨシノよりもやや幼い。でもヨシノが今までの人生でちょっと目にして来なかったタイプだし、おまけにうっすら透けている。透けているということは幽霊なのだが、こんな幽霊見たことない。

「お姉ちゃん、あの。このどの時代から来たか分からない人……ていうか幽霊さんは、一体……」

「ああヨシノ、紹介するわね」

助けを求めるように見つめるヨシノに、マミコは包帯越しにため息を漏らしながら答える。

「こちら、ミヅキのお婆《ばあ》ちゃん。昔、この近所で駄菓子屋を営んでいた人よ。昨日死んだばっかりみたい」

「は？」

ヨシノ、本日二度目の「は？」である。

見開きすぎて攣《つ》りそうな瞳を向けると、お婆ちゃんと呼ばれたゴスパン少女は、長い睫《まつ》毛《げ》を備えた瞳をヨシノへと向ける。

「なんかねー、昨日寿命だったんだけど死んだら若返ってたわ。でも腰痛くないし膝痛くないし、肌キレイだし？　割と幽霊も悪くないなーって感じで」

そしてネイルばっちりの右手をひらひら振って、白い歯を見せて笑った。

「死にたてホヤホヤです！　よろ〜」

ヨシノは嫌すぎて目の前が真っ暗になった。


「えー、っと。つまり……駄菓子屋のお婆ちゃんは昨日死んじゃってて、この世に未練があったから幽霊になっちゃったってこと？」

「未練エグいんだわガチめに」

「そのキャラ付けがまずエグいんだけど……」

ヨシノは助けを求めるようにマミコを見たが、マミコはゆっくり首を振るだけ。

受験勉強の時期こそ手伝ってくれたが、ヨシノが本気で巫女《みこ》を目指すと決めて以来、神社におけるあやかし関連の仕事は、既にかなりの割合がヨシノに任されている。

つまり今回も、ヨシノが対応すべき案件だということだ。

他に助け船はないかと居間を見回してみたが、テレビの前でウカが煎餅を食べながらケラケラ笑っているだけ。見ているのはタヌキの間抜けなシーンを収めた動物バラエティ番組なのだが、あれで笑っているキツネは神様の威厳がない気がする。

ひとつため息は漏れたが、ヨシノは腹を括《くく》って「ミヅキのお婆ちゃん」に尋ねる。

「それで、お婆ちゃん……あ、この呼び方嫌だったりする？　今は若いし」

「いや良いよ。好きに呼んじゃって。だって実年齢はリアルにお婆ちゃんだし？　かれこれ数十年お婆ちゃんやったから、逆にお婆ちゃん扱いじゃないと変な感じだし」

「すうじゅ……お婆ちゃん、享年いくつだっけ？」

「えーっと大晦日《おおみそか》生まれだからー……百十八歳」

「樹齢とかじゃないと聞かない数字よ。除夜の鐘一万二千回以上聴いてるじゃない」

思わずマミコが横からコメントした。分かりやすいんだか分かりにくいんだか、微妙な例えに苦笑しつつもヨシノは話を続ける。

「でもお姉ちゃんの言う通り、とっても長生き。確かに大往生だね。……あれ、じゃあ私が駄菓子屋さん通ってるときもう百歳越えてたってこと⁉」

「ゾウガメより生きんの目標だったから。気合で」

「寿命って気合でどうにかなるんだ……」

「百年以上生きたから言えるけどさ、人生、気合が十割みたいなとこあんの。でも長く生きすぎたから、いざ死んでどーしよっかと思ってさー。とりま神様訪ねるかと思って神社来たら、リアルにいるじゃん？　おキツネ様。しかもマミコちゃん包帯まみれになってるし。なんか最近見ないと思ってたけど」

「色々あったのよ、私もね」

マミコが微かに肩をすくめた。幽霊やあやかしには厳しいマミコの声音がなんとなく柔らかいのは、生前の姿を良く知っている相手だからだろう。

それはヨシノも同じだが、やはりこの口調と性格には面食らう。

思わず、つい尋ねてしまう。

「ていうかお婆ちゃん、駄菓子屋やってる時でも、もう少しこう……落ち着いた大人のレディ的な空気出してなかった？　思ったよりノリ軽いんだけど……」

「あー、今メンタル青春真ん中だかんね。それこそ十八くらい？」

「十八歳ってことは、今から百年前……え、その時代の若者ってこういう感じだっけ？」

「いや全然？　ただほら、ウチ長生きしてるからね。時代時代で可愛《かわい》いなーって思う若い子居たからさー、もし若返ったら真似《まね》してみたいなーって思ってはいたんだよね。年寄りの冷や水を、若返って実践できる機会なかなかないでしょ？」

「それにしてはかなり堂に入ったノリなんだけど……」

「まー、勉強上手と応用力は、それこそ年の功ってやつでね。ぴーす」

にひひ。笑うお婆ちゃんである。

そう楽しそうに笑われては追及するのも憚《はばか》られる。ヨシノは改めて、本題について話を戻すことにする。

「それにしても、百十八年生きてても未練って残るものなんだね……それだけ強い未練を抱えて過ごす百十八年、きっと生前から、ずーっと気になってたことだよね」

「うん、ガチめにエグい」

「それ以外の表現ない感じ？」

「エグめにヤバいの方が良い？　現役女子高生のセンスとしては」

「誤差だと思う」

話が進まない。エグいことしか分からない。

ヨシノは話題を軌道修正する。

「その感じだと、お婆ちゃんは自分の未練に自覚があるみたいだけど……」

「んー、自覚エグい」

「わざわざ神社に来たってことは、その未練を晴らしたいってこと？」

「まぁすっきりしたさエグいよね」

「でも、未練を晴らすってことは、成仏しちゃうってこと。それって完全にこの世からいなくなっちゃうってことだよ？　ちゃんと理解してる？」

「それも改めて考えるとエグいなー」

「エグさが止め処《とど》ないんだってさっきから！　これ以上エグいこと言うと米ぬかを交ぜた冷水にさっとさらすからね！」

「ヨシノ、それでエグみが抜けるのはタケノコとかだけよ」

ちょっとヒートアップしてきたヨシノの肩をさするマミコ。

「それにね、ミヅキのお婆ちゃんがちょっとウザ……鬱陶しいのは生前からよ？」

「漏れてる漏れてる。お姉ちゃん、全然表現柔らかくなってないよそれ」

しかしマミコも割とイラついていることが分かると、少し冷静になれるヨシノである。

一方、お婆ちゃんの方もいい加減ふざけ過ぎたと思ったのか、少々テンションを落ち着かせて話し出す。

「ふふっ、ごめんね。でも未練を晴らしたいのは本当なんだ。いくら何でも長生きしすぎたし、娘や息子たちのほうが先にお迎え来ちゃったからさ。ウチもそろそろ会いたいなって思うんだよ。そういうわけで、ちゃんと教えるから助けてくれる？」

「それは……助けは、しますけど。巫女見習いだし」

歯切れ悪く頷《うなず》くヨシノを、マミコはちらりと横目で見つめる。

お婆ちゃんは安心したように表情を和らげて。

「実はねー、あの世に行く前に、どうしても行方を知りたい人が居るんだよね」

「行方？　誰の？」

「あのねー……」

最後はちょっとだけ勿体《もったい》ぶって、お婆ちゃんは微かに照れくさそうに頬を染めた。

「ウチの……初恋の人」

「はつこっ……」

ヨシノは思わず、両手で口元を覆った。声には出していないが、「きゃー！」と叫び出しそうな表情は隠れていない。

マミコの方はと言えば「そう来たか」と言わんばかりの目つき。なるほど、恋愛は人の感情の中でも最も複雑で、時に身を焦がすほどに強い衝動。魂をこの世に縛り付けるだけの未練になるのは頷ける。つまり「厄介かもしれない」とマミコは考える。

ウカの巫女としての先輩後輩、二人がそれぞれの感想を抱く中、お婆ちゃんはぽつぽつと、初恋にまつわる話を始める。

「えっとねえ、話すと長くなるんだけど……それこそ今のウチみたいな小娘のころ、成績悪くてさ。担任の先生に結構勉強見てもらってたんだよね」

「うんうん、それで？」

「で、その──……好きになっちゃった」

「話短いね⁉」

ヨシノは思わず声を張り上げ、お婆ちゃんはなぜか照れた。

「あっはは……いや、詳しく説明するとやっぱり恥ずかしいんだよ。百年以上前でも、大人の自分から振り返ると、初恋なんて痛々しいもんでさ。でも……」

瞳の揺らぎを隠すように、長い睫毛を伏せて。そのぼやけた視界の向こう側に、お婆ちゃんは百年前を見ているようで。

「幸せな時間だったの。毎日が鮮やかで、きらきらしてて。暖かな春みたいに」

詳しい話は分からない。

けれど、そのはにかんだ表情、しっとりと潤んだ声音だけで、その恋が本当にかけがえのないものだったであろうことは、ヨシノにも分かった。だからこそ、その初恋の行方が気になった。

「……でもさっき聞いた話だと、結婚した人はその先生じゃないよね？」

「そ、だからあくまで〝初恋の人〟ってこと」

そう語るお婆ちゃんの瞳はヨシノの方へと向いていたが、焦点はどこかもっと、遠くに合ったままで居る。その場に居ない誰かのことを、懐かしんで語る顔をヨシノはよく知っている。

「もう随分昔の記憶だけど、先生は立派な大人で、逆にウチは色々問題ある子でさ。ウチはもちろん先生のこと好きだったんだけど、先生もきっと、好きでいてくれたとは思ってて……でも立場としてさ、言葉にはできないでしょ？」

「まあ、問題だよねー……」

ヨシノは眉を寄せて頷く。

教師と生徒の恋なんて、漫画では割と見るシチュエーションかもしれないけど、裏を返せばあまり現実的ではないということだ。在学中なら問題があるし、卒業してから結ばれようにも想《おも》いが続くとは限らない。

当時のお婆《ばあ》ちゃんと先生の関係が、果たして彼女の言う通りだったのか、ヨシノには分からない。それが恋する少女が見ていた夢なのか、はたまた恋をしているからこそ相手の想いが伝わっていたのか。

どちらにせよ、とうに思い出と変わり、今は未練となった淡い初恋を、お婆ちゃんは日焼けした古いアルバムを開くように、大事に大事に声に乗せる。

「三年の冬だったかなー……ウチは親の都合で転校することになった。それで、転校する前にね。引っ越し先の住所と一緒に、栞《しおり》を贈ったの」

「栞？」

「そ、ハナミズキの押し花で作った栞。要らなかったら返してください、でも受け取ってくれるならずっと持っていてください……ってね」

「……あ」

ヨシノは思わず、頬を染めて口元を覆った。

マミコはと言えば「どうしたの？」と首をかしげるばかり。お婆ちゃんはそんな二人を見比べ、にんまり笑って。

「マミコちゃんはこういうの趣味じゃないか。逆にヨシノちゃんは、結構乙女だね」

「どういうこと？」

相変わらず首をかしげるマミコに、ヨシノは説明する。

「ハナミズキの花言葉はね、『私の想いを受け取ってください』で、つまり……」

「うん。もし送り返されたら、先生は想いを受け取れないって意味になる。でも送り返すために郵便を出してくれたら、先生がどこで何してるかは分かるし……送って来ないなら、逢《あ》えなくても想いは通じてる、って思える」

「ああ」

マミコは納得して、頷いて。けれどすぐに気づく。

「……でも、それ」

「そう、捨てられてたら分からない。でも少なくとも先生から便りが届かないかぎり、ウチは勝手に信じていられたんだ。……ズルいよね、我ながら」

口をつぐんだマミコに、お婆ちゃんはぺろりと舌を出して笑う。

「結局あれからずっと、先生からの手紙は届かないまま。当時は『結婚して当たり前』って考えもあって、ウチも別の人と結婚したし、幸せな家庭を築いたと思ってる。でもウチの人はお迎えが早くてね。寂しくって寂しくって、ふと先生のことを思い出した。未練がましくこの町に戻って来て、一人で駄菓子屋やってさ。でも……」

「……見つからなかった？」

「うん。そうしてウチの寿命が来た。……これだけ長生きしたのは、もしかしたら諦めきれなかったのかも。なんて言うと、未練がましくて恥ずかしいけどね」

「恥ずかしくなんかないよ！　お婆ちゃんにとっては、大切なことなんでしょ」

「ヨシノちゃんはホント優しいね。……まあ、間違いなく先生はとっくに死んじゃってる。あの世に行けば会えるのかもしれないけど、もう生まれ変わったりしてたら、二度と会えない。永遠のすれ違いになってしまう。……だから、ね」

お婆ちゃんの声からは、どんどんと照れ隠しの軽さが抜けて、百十八年を生きてきたなりの嗄《しわが》れた響きが混じりだす。

そして最後の一言は何の飾りもなく、重ねた年齢を感じさせる声で。

「あのハナミズキを最後まで持ってくれていたか。ウチは、それだけが知りたいんだ」


「はっきり言って、望みは薄いわよ」

翌日。

身支度をするヨシノの背に、マミコはそう声をかけた。

「百年近く行方の分からない人の……それも故人の持ち物の行方なんて、広い砂漠で切り株を探すような話よ？　それに教師という職業は、あちこちに転勤を繰り返すものだわ」

土曜日だから学校はない。

だからお婆ちゃんの初恋探しは、今日行うことになっている。

鏡台の前に座って髪を括《くく》っていたヨシノは、ぱちん、とヘアゴムを弾きながら話を聞く。

「もちろん、分かってるよ。でもお婆ちゃんが言うには、先生の実家はこの町だって言うじゃない？　戻ってきてる可能性はゼロじゃないし」

「そんなお婆ちゃんの記憶も、百年前の話が元。どれだけ確かなのかは分からないわ」

「それはそうなんだけど」

「ヨシノ」

マミコは膝を折り、ヨシノの肩に手をかけた。

ヨシノは視線を合わせない。それでもマミコは語り掛ける。

「あなたが出来る限り、あやかしに寄り添う巫女《みこ》になりたいと願うのは良い。けれど死んだ者は、あの世に行かなくてはならないの。どうしたって叶《かな》う望みのない未練を抱えて、地縛霊という〝人のあやかし〟を増やすのは良いことじゃない。人の未練は、言い換えれば呪いなの。この世に留《とど》まり続ける限り、呪われているということよ」

「でもさ、レイやコマリちゃんは」

「あれは稀有《けう》な事例。知ってるでしょう？　それにあの二人だって、いつまでもこの世に留まっていて良いわけじゃない。どんな存在もいずれは朽ちて、呪いは災いに変わる。あやかしも例外はないのよ。レイも、コマリも、私だって――」

　ヨシノは耳を塞ぐ代わりに、マミコに被《かぶ》せるように声を上げる。

「だから、ほら。私はお婆ちゃんの未練を解きに行くんじゃない？」

「……本当に、心から解こうと思ってる？　ねえヨシノ。もしお婆ちゃんが円満に未練を晴らすのが難しいと判断したときは、巫女としてあなたが」

　ヨシノは腰を上げて、セーラー服のスカートを手で払う。

　傍《かたわ》らに用意していたポシェットを拾い上げ、少し速足で畳を踏みしめて部屋の隅、日本人形が座る床の間へと向かう。話が終わるまでずっと待っていた、楓の隣へ手を伸ばす。

　そこにあった真鍮《しんちゅう》のネジを拾い上げて、ポシェットへ入れる。

「行こ、楓」

　マミコはそれ以上、声をかけない。動けない。

　楓だけが、ヨシノについていく。

「……はぁ」

ヨシノが出て行った後、マミコはしばし立てなかった。

この半年、薄々は危惧していたことだ。

ヨシノはあやかしが成仏することに忌避感を抱いている。まして成仏できなくなった霊を祓《はら》うなど、今のヨシノには以《もっ》ての外だろう。これは巫女として致命的だ。

原因は分かっている。難しいな、とマミコは思う。

ヨシノには色々なことを教えてきたつもりだ。ヨシノと出会ってから十年以上、お勉強も家事も、魔法もまじないも、人の世界のことも、あやかしの世界のことも。

しかし本当に大事なことは、言葉では教えてあげられない。

ヨシノが自分で経験し、乗り越えて学ばなければならない。あるいはマミコがもっと経験豊富で歳《とし》を重ねた巫女ならば、もう少し上手《うま》い伝え方もあったのだろうか。

情けなくもある。

けれど、まだ自分にも人間らしい感傷があることは喜ばしくも感じる。

本当に難しい。巫女も、人生も、子育ても。

しかしヨシノも楓も居ないということは、一人でウカのご飯を用意しなくては。いつまでも座ったままではいられない。マミコは腰を上げて――ふと思いなおし、台所に向かう前に縁側から外履きに替えて、物置にしている蔵へと向かう。

蔵の扉は重く、片手で開けるのは少し難儀した。

中は少し埃《ほこり》っぽく、カビの香りもするが、整頓されている。

祭儀用の鍬《くわ》や古い賽銭《さいせん》箱が積んである棚を横切って、蔵の一番奥へ。そこに一際整ったスペースがあって、人形用の服が何着も。

それと西洋人形が一体。――飾られているのではなくて、仕舞われている。

「……」

本当なら、焚《た》き上げて清める予定になっている。

人と同じ情を感じるのならば、人と同じように送らなければならない。マミコも分かっている。それでもズルズルと冬まで置いてしまったのは、ヨシノの気持ちに整理をつけるため。そう思っていたけれど、自分だって整理が必要だったのかもしれない。今ではマミコもそう考える。その方が、自分に少し安心する。

けれど、頭が痛いのもまた確か。

「まったく。……遅かれ早かれ、訪れる試練だとは思っていたけれど」

物言わぬ西洋人形を前に、マミコはため息をひとつ。意味などないと分かってはいるけれど、意味のないことをするのが人間だから、マミコはまだ人間なのだろう。

苦笑して、顔を見つめて。少しばかりは、恨み言を込めて。

「あなたの遺《のこ》したもの、大した呪いよ。カトリーヌ」

人間は、人に似たその姿に語り掛ける。

人形は、ただ薄く微笑んだまま。


——ああ、ネジを巻かないと。

昨年の、あの夏の日。ヨシノの頭に浮かんだのは、そんな間の抜けた言葉。

縁側の床の上、糸が切れたように倒れた姿が何なのか。混乱した頭の中で、意味のある言葉にはならなかった。

青々と茂る、庭木の緑。朝日の中で歌うスズメのさえずり。陽光に温められた床板。突き当たりに立てかけられた庭帚《ほうき》。ウカとマミコが使ったあと、置いたままのお盆と茶器。

景色の全てが何もかも、いつも通りの姿でそこに在る。

なのに目に映る光景が、いつもとは違いすぎて分からない。

床の上に広がるオリーブイエローのドレス。

力なく伸びた右手。放り出されたままの日傘。揺れることのない満月色の髪。

まるでただの人形のように、横たわって動くことのない西洋人形の体。

その傍らに寄り添って、揺すりながら声をかける楓の背中。

そんな景色を、ヨシノはどこか遠くから、画面越しに眺めているような感じがした。目の前で起きているその出来事が、自分の世界のこととは感じられなかった。

表情筋が緩み、喉が鳴る。思わず笑ってしまいそうになる。ばかばかしくて。

だってこれじゃあ、まるで――……。

……。

耳の内側を、血が流れていくような音が聞こえる。頭のてっぺんがジリジリと痺《しび》れて、顔から首にかけての筋肉が強張《こわば》る。瞬《まばた》きを忘れて目が乾き、景色の彩度が落ちていく。

ふと、床の上にネジが落ちているのに気づいた。

ゼンマイ仕掛けの、少し大きい真鍮のネジ。西洋人形の背中についていたものが、倒れた拍子に取れたらしい。

じゃあ、ええと、戻してネジを巻かないと。

そう。ネジが切れたのなら、巻けばいい。それだけのことじゃない。なのに楓はどうして肩を落としているんだろう。どうして、悲しそうな顔をするのだろう。

ヨシノの足元が揺れる。庭木も、飛び石も、木の床も、波打ったように視界が滑る。

……――。

はやくネジを巻かないと。

あれ、でもあのネジって、飾りなんじゃなかったっけ。

それじゃあどうしたら、あの子は動くのだろう。

電池を入れる場所はあったかな……。壁掛け時計の単二電池は、まだ数本残っていた。

ああでも単三電池はもうあまりないから、後でコンビニに寄ってこないと。

そう言えば今日は夏期講習じゃない？　今何時だっけ……。あの先生は神経質そうだよね。遅刻したら、怒られるんだろうな。

でもその前に朝ご飯の洗い物をしないと。

そう言えば、冷蔵庫の中のお肉はそろそろ使わなくちゃ。

自然解凍じゃお昼には間に合わないかな。お夕飯に使おうか。

カレー味で炒《いた》めたらどうかな。アレを、そう。炒めればいいんだから。

それに夏野菜のサラダと、どうしようかな。そう、ワラビをもらったんだった。

アク抜きの手間もあるの？　どうしよう。お姉ちゃんに頼もうかな。あ、デザートに買っておいたプリンもそろそろ食べなきゃ。プリン。冷蔵庫パンパンだよ。どうしよう。私も好きだけど、あの二人も好きだから。そうじゃなくて。ええと。お肉と、カボチャと、アレしてさ。ワラビをお姉ちゃんにお願いして。どうしよう。その間にパプリカと、カレー味で炒めて、あれ、なんだっけ。あと、カボチャと、パプリカと、どうしようかな。でも、プリンを食べなきゃ。それで、どうしよう。ええと。どうしよう。パプリカを、ええと。どうしよう。どうしよう。どうしよう。お肉と、カボチャと、…………——。

「おやすみ、カトリー」

——楓の声。

優しくて静かな響きが、ヨシノを現実に引き戻す。

返事はなくて、人形たちのケンカは始まらない。楓の見下ろす視線の先で、西洋人形は薄く笑ったまま。微かにも動かない。

ヨシノの中に表れては消えて、チカチカと瞬いた無数の言葉が、その瞬間にひとつに纏《まと》まって、線香花火のように燃え尽きた。

楓は俯《うつむ》いて、唇を結ぶ。西洋人形は微笑んだまま、返事をしない。

ようやくヨシノは理解する。

人形たちのケンカは始まらない。

だから、そこにカトリーヌはもう居ない。


そして今。新しい年を迎えて、ヨシノは考えることがある。

「どこに行ったんだろうね、って思うんだよ。未《いま》だに」

玄関で靴を履きながら、ヨシノは楓に話しかける。

楓は返事を挟まずに、ヨシノの言葉を聞いていた。

「人は死んだら、魂が抜けて幽霊になるじゃない？　ううん、魂が抜けるから死ぬのかな。分からないけど……ミヅキのお婆《ばあ》ちゃんがそうだったみたいにね。どのみち、あの幽霊がお婆ちゃんだっていうなら、魂の抜けた体はただの入れ物ってことでしょ？　だから人形の体もそうなんだ、って思うんだけど……」

ハイカットスニーカーの紐《ひも》を結んで、ヨシノが立つ。

「じゃあ、入れ物から抜けた〝カトリー〟は、どこに行ったんだろうね」

「さあねえ。フランスに行ってたら笑うんだけど」

楓も人形サイズの下駄《げた》を履いて、ヨシノの隣へ。漆塗りの綺麗《きれい》な下駄は、ヨシノがいつも磨いているので冬でもピカピカ。

ヨシノは傍《かたわ》らに畳んでおいたダッフルコートを羽織り、楓にも人形サイズのコートとマフラーを合わせてあげる。大正美人という感じがしてなかなかお洒落《しゃれ》だ。

ミヅキのお婆ちゃんとは、神社の前で落ち合うことになっている。今は葬儀場に集まってくれた親戚の顔と、自分の葬儀をきちんと見届けているころだろう。

人は死んだら幽霊になる。じゃあ、あやかしは死んだら何になるのだろう。ヨシノはあやかしの魂を見たことがない。思い出すのは、消え行く間際の青い光だけ。

玄関を出るときに、楓が思い出したように言う。

「〝孤独の呪い〟だったんだってさ」

「なにが?」

さも興味がなさそうなヨシノの声に、楓は続ける。

「カトリーのことよ。呪いの人形とは言うけれど、どんな呪いが込められてるかは、あたしたちも自分では分からないの。それが解けてみるまでね」

「へえ。じゃあどうして分かったの?」

「……マミコがね。カトリーの中に入ってた、メモ紙を見たんだって。カトリーを作った人形師はとても孤独な人だったみたい。だからカトリーにも同じ呪いがかかっていたんでしょうけど……あの子、最期笑ってたじゃない？」

「うん」

「あの時、あの子あたしと目が合ってさ。あたしを見て笑ったの。だからその時に気づいちゃったんだ、きっと」

「何に？」

「もう、独りじゃないってことに」

「ふうん」

ヨシノは、大きく冬空を仰ぐ。

本日も天気は快晴。放射冷却現象のせいで、冬の晴天は気温が低い。白い息が小さな雲になって、深い青空に飛んでいく。風に吹き散らされるその前に、ヨシノの視界で少しだけ滲《にじ》む。

あやかしも幽霊も見えるヨシノには、カトリーヌの魂は見えなかった。

焼き付いた記憶の中、あの景色のどこを探しても。

「ばかみたい。呪い解けてないじゃん。一人で消えちゃったら、結局寂しいよ」

「そうだね。ほんと、ばかみたい」

「ばかだよ。ばか、ばか、カトリーのばか。体だけ置いて、どこに行っちゃったの。あの体、まだあるんでしょ。寂しくなったら戻ってくればいいのに」

ヨシノの声のほうがよほど寂しそうで、楓は困ったように小さく笑う。

「呼ばれて飛び出てにんがにん！」

「うわぁ！　呼んでない！」

鳥居をくぐって神社を出た辺りで、ヨシノは呼んでもいないコマリに捕まった。

コマリはカッコいい忍者ポーズを決めたまま、事の次第を説明する。

「今朝がた、お師匠から直々に申し付けられたでござる。なんでもヨシノと楓殿は、少々難儀な人捜しに向かうのだと……そういうことで、忍者である拙者に白羽の矢が立ったという次第にござる」

「人捜しと忍者と何の関係が……!?」

「ふふん、忍者がただこそこそしているだけの存在と思ってもらっては駄目にござる。忍者とはすなわち、情報戦のすぺしゃりすと……何かを見つけるとあらば持って来いの専門職でござろう？　本日はお役に立つでござるよ〜？」

「そ、そうなんだ。そうかなあ？」

ヨシノはかつて、ひょんなことからコマリの尾行をしたことを思い出す。コマリは非常に見つけやすい忍者だが、「見つける側」としてはかなりアレだったような。

とはいえ、ヨイマルがコマリを寄越《よこ》したということは、つまりウカかマミコが根回ししてくれたのだろう。確かに今回は手がかりの少ない人捜し。人手が多いのは助かるし、コマリなら一応は人目を忍びながら行動できるかもしれない。ヨシノはコマリの参戦をありがたく受け入れることにする。

そこへ、ふよふよと浮かびながらゴスパンファッションの幽霊が合流する。自分の出棺を見届けた、ミヅキのお婆ちゃんである。

お婆ちゃんはコマリの姿を見ると、両手で指さした。失礼である。

「え、やば。忍者居るんだけど。百年ぶりに見た」

「百年前って忍者居たんだ⁉」

ツッコむヨシノも気にせずに、コマリはお婆ちゃんの前に歩み寄る。

「あなたが此度《こたび》の仕事のご依頼人でござるな？　拙者の名はコマリ。ご覧の通りの忍者でござる」

「ちすちす、ウチはギャル。よろ」

「うむ、よろしくギャル殿」

「真面目すぎワロリンチョなんだが。いやいーよヨシノちゃんもお婆ちゃんて呼んでるし統一してく感じで。ギャル婆ちゃんでーす、よろ～」

「うむ、よろしくギャル婆ちゃん殿」

「真面目か。やば、打てば響くじゃん」

「ちなみにギャル婆ちゃん殿は伊賀《いが》と甲賀、忍者的にどっちが好きでござるか？」

「ん～まぁどちらかと言えばヨガかな～腰痛対策にめっちゃやったし」

「なるほど、ヨガの忍者……そういうのもありっちゃありでござるな。ヨガって極めると口から火遁《かとん》の術とか出るでござるし。伊賀、甲賀、ヨガ……三つ巴《みつどもえ》になるでござるな」

二人のやりとりを聞いていた楓が、ヨシノの袖を引く。

「ちょっとヨシノ、ヤバいって。あの二人どっちもボケ担当だわ」

「今日は楓のツッコミ忙しそうだね」

「あたしがやんの!?　全部!?」

「私はお婆ちゃんの初恋の人捜しで忙しいから」

「今日あたしツッコミのために呼ばれたの!?　無茶《むちゃ》言うなぁ！」

「ところで楓殿。本日の手裏剣は十字手裏剣と八方手裏剣のどちらが良いでござろうか。

風車手裏剣は流石《さすが》にはしたないとは思うでござるが……」

「あたしにアドバイスできる話題だと本気で思ってんの!?」

既にだいぶ嫌そうな顔をしている楓の下へ、コマリがＴＰＯに応じた手裏剣コーデの相談をしに来る。その隙に、ヨシノはお婆ちゃんと本日の主題について話すことにした。

「で、お婆ちゃんの初恋の人……先生の行方だけど、とりあえずの手がかりになりそうな情報はあるの？　実家はこの町、って話だけど」

「んー、そう。先生の実家って結構大きな家で、いつかは家を継ぐお兄さんを手伝いに戻らなくちゃって言ってたからさ。この町には帰って来てたかもって。実際にその実家に聞きに行ってもみたんだけど、全然取り付く島もなくってねー」

「なんていう名前の家か、分かる？」

「変わった名前だから、ヨシノちゃんも聞いたことはあるかもね。ツキガサって言うんだけど」

その響きに、ヨシノはまた頭の中の本棚を探る。

ツキガサという名前には微《かす》かに覚えがあった。記憶力は良い方だ。

ヨシノが小学生のころ、神社に家庭ゴミが不法投棄されたことがある。夜逃げ同然でこの町から越した一家の仕業だったが、その中に紛れていた麦わら帽子に〝蜂〟のあやかしが巣くっており、ヨシノはそれに襲われそうになった。しかし、楓とカトリーヌのおかげで事なきを得たのだ。

その際、ウカとマミコが不法投棄の容疑者について話しているのをヨシノはちらりと聞いたことがある。何年も前のことだが、名前の珍しさと自分が危機に晒《さら》されたことで、記憶に残っていた。

確かその名前が、ツキガサ。

奇妙な縁に驚くが、それよりも――。

「……こんな形でまた、カトリーとの想《おも》い出に触れるなんてなぁ」

「え、なに？」

「や、なんでもない。でもその名前なら私も聞いたことあるくらいだから、確かに手がかりは残っているかも」

ツキガサ家が家財をウカの神社に捨てて逃げたのが、八年ほど前。

百年前の痕跡を探すよりは幾分か易しい。既に一族がこの町を離れていても、行先は追えるかもしれない。まして裕福な家系なら尚《なお》のこと、この町には様々な痕跡が残っているはずだ。

「よし、じゃあまずはあそこに行ってみよう」

ヨシノの言葉に、おばあちゃんが首をかしげる。

「どこ？　図書館とか市役所とか？」

「ううん。あやかしや幽霊と付き合いのある巫女《みこ》さんにはね、他に情報のツテってものがあるんです」

ヨシノは、ぱちんとウインクをひとつ。さっそく促すように歩き出そうとして。

「しかし楓殿、十字手裏剣は持ち手が金属のため、冬場は手にくっつく危険性がござってな。最近はカーボンやシリコン製の手裏剣も考案中なんでござるよ」

「だから知らないってば！　もう折り紙の手裏剣でも持っておきなさい！」

まだ手裏剣コーデについて話していたコマリと楓を引っ張って、改めて歩き出した。


「……ヨシノちゃーん、最初の目的地ってここぉ？」

「そーです」

なんだか困った顔で笑うお婆《ばあ》ちゃんに、ヨシノは胸を張って応えた。

ヨシノがやってきたのは、神社からほど近い場所にある墓地。この町には幾つかの墓地があるが、歴史が古く土地が広いのがこの墓地だ。

夜だってヨシノはへっちゃらだが、朝の墓地は特に穏やかなものだ。冬の空気は綺麗だし、町の喧騒《けんそう》は遠い。気温が下がりっぱなしだから、近くに生える柳の木や墓石の頭にはちらほらと雪の冠が残っている。

ヨシノは迷わずに足を進め、「安田家之墓」と刻まれた墓石の前で足を止める。それから墓石に向かって、近所の家を訪ねるように話しかける。

「レイー、居るー？」

ヨシノが呼びかけてから十数秒。ふよよ、と墓石の陰から和服の幽霊が姿を現した。おなじみのレイちゃんである。

「……なぁに～？　成仏なら間に合ってますけど～」

「や、間に合ってはいないでしょ。新聞勧誘みたいに言うなあ」

とはいえ警戒されるのもやむなし。ヨシノが高校に上がりたてのころ、巫女修行の一環として、マミコと共にレイを成仏させに来たことがある。

ヨシノが「祓い道具の変化術」を習ったのもその時だ。確かあの時はマミコにナスを渡されたので、変化の術で精霊馬にしてレイを成仏させようとした。もっとも、術が未熟ですぐ帰ってきてしまったのだが、今はそれで良かったと思っている。

「おはよ、レイ。もしかしてまだ寝てた？」

きさくに話しかける楓。昔は距離のあった二人も、最近は随分仲が良い。

「あら、楓も居るのね〜。ていうか〜、そりゃ寝てるわ〜。だって幽霊って夜行性の生き物でしょ〜、夜は墓場で運動会なんだから〜」

「生き物ではないでしょ、生き物では」

ツッコむ楓から視線を滑らせ、レイはコマリとミヅキのお婆ちゃんを見つめる。

「あら、あら〜、それに今日は、なんだか後輩さんが多いような〜。コマリちゃんは知ってるけれど〜、そちらのハイカラな幽霊さんは〜？」

「ちっす、死にたてホヤホヤのウチです。ミヅキなんでつっきーとか呼んでー」

「あら〜、軽い〜。ていうか、ミヅキさんって〜、確か息子さんとか娘さんのほうが先に来てたわよね〜、そう〜やっと死んだの〜」

すごい会話だな、と思わざるを得ないヨシノである。

しかし本日来たのは幽霊同士の世間話をするためではない、ヨシノはさっそく本題に入ることにする。

「ねえ、レイ。この墓地にツキガサさんって家のお墓ない？」

「え〜？　あ〜、もちろん知ってる〜。あの大きくて立派なお墓でしょ〜」

「良かった。実はそのツキガサさんちについて調べてるんだけど、誰か詳しいお友達居ないかな」

「うう〜ん、ちょっと待ってね〜」

レイはふよふよと空に浮かび、墓場一帯に呼び掛ける。

「みんな〜、ちょっといい〜?」

「「「は――い」」」

レイの呼びかけに答えて、あちこちから幽霊が湧いてきた。流石にこの光景にはコマリとお婆ちゃんはちょっとビビる。

彼らはレイと同様、この世の未練によって成仏し損ねたまま、さりとて悪霊にもならず穏やかに暮らす幽霊たち。中には犬猫の霊だとか、あやかし化した卒塔婆《そとば》やひしゃくの付喪神、墓場に住み着いた小人までいる。

これこそがヨシノの頼る情報網。巫女流のあやかしネットワークである。

「ツキガサ家か〜、懐かしいの〜、生前のこと正直ぜんっぜん覚えてないが〜」

「生きてたころのことって〜、忘れちゃうもんね〜、幽霊って気分ふわふわだから〜」

「あ〜、あの家〜、お供えが豪華だったよね〜、昔〜、メロン分けてもらったわ〜」

「そうそう〜、みかんとかじゃなくて〜、マスクメロンなんだよね〜」

みんなレイみたいに間延びした口調で喋《しゃべ》るから、ヨシノは若干面白くなる。

しかしまったく身になる情報が出てこない。あやかしネットワークの限界である。

「とりあえず～、ツキガサさんのお墓はこっち～」

レイと幽霊たちに案内されて、ヨシノたちは墓地の一角へ向かう。なるほど、明らかに敷地が広くて墓石の立派な墓がある。その様子を見て、ヨシノはふと気が付いた。

「あれ？」

「どしたの、ヨシノ」

首をかしげる楓に、ヨシノも首をかしげながら応じる。

「……このお墓、最近誰か来たみたい。ちゃんと手入れもされてる」

ツキガサ家は八年前にこの町を出ている。事情が夜逃げ同然だったというから、わざわざこまめに墓参りにやってくるとは思えない。

疑問を浮かべるヨシノに、レイの呼んだ幽霊たちの中から恰幅《かっぷく》の良いお爺《じい》さんの幽霊が答える。

「ああ～、そのお墓は毎年、お盆と命日にはお参りに来とるよ～」

「確かツキガサさんはこの町の外に越したって聞いてたけど、戻ってきてるの？」

ヨシノが尋ねれば、お爺さんの幽霊は手をぱたぱたと振って。

「いんや〜、それは当主一家の話じゃろ〜？　やつらは夜逃げしたようじゃが〜、親類はこの町に残っておるからの〜。苗字《みようじ》は違うと思うが〜」

「……なるほど、そういうこと」

ヨシノはお婆ちゃんの話を思い出す。

お婆ちゃんの先生は「兄を手伝いに戻らなくちゃ」と言っていたのだから、当主を継いだわけではないだろう。夜逃げしたのが兄家族の血筋なら、先生の家族はこの町に残っている可能性も十分考えられる。

ヨシノは顔を上げ、再び幽霊たちに尋ねる。

「その、お墓参りに来てる親戚の人たちって、どこで何やってる人か分かります？」

「あ〜、それならあたし、ちょっと覚えとるよ〜」

次の質問に応じた幽霊は、そばかすのある少女の霊。彼女もミヅキのお婆ちゃんと同様、亡くなった年齢の姿ではないだろう。幽霊の見た目は千差万別。コマリのように成長する幽霊も居れば、若返る事例もある。

そばかすの幽霊は、ふわふわ浮かびながらヨシノの前へ躍り出る。

「確か〜……実家の不動産業を継がずに、分かれた家系の倅《せがれ》やな〜。たぶん商店街の外れで瀬戸物屋さんやっとったはずやけど〜」

「……瀬戸物屋さんって、もしかして」

「ああ、拙者が花瓶を買ったお店にござるか！」

コマリも思い出したようで、ぽんと手を叩《たた》く。二年ほど前、化け猫騒動でてんやわんやになった時に訪れた店だ。確かあの時もカトリーヌと一緒だった。ヨシノはまた少し、奇妙な縁を覚える。

そうと分かれば話は早い。次の目的地は決まった。ヨシノは幽霊たちに軽く頭を下げる。

「ありがと。それじゃあ、次はその瀬戸物屋さんに行ってみるね」

「は〜い、お気を付けて〜」

レイが手を振り、墓地のあやかし軍団も一斉にそれぞれのお墓へ戻っていく。ヨシノは楓たちを連れて歩き出し、墓地の出口へ差し掛かったあたりで人の気配を感じた。

一般人が墓参りに訪れたのだろう。

楓はヨシノに抱かれて普通の人形に扮《ふん》し、コマリは忍術で墓石に変化して——墓石柄の布を出して隠れただけだが——お婆ちゃんもコマリと一緒に隠れる。

墓場を訪れたのは、初老の夫婦だった。二人とも喪服に身を包み、微《かす》かに線香の香りがする。ヨシノは小さく会釈をしてすれ違い、こっそりと二人の行先を見る。彼らが訪れた墓石には、「美都樹」の名が刻まれていた。

墓石を少し改めてから、夫の方から口を開く。

「納骨は四十九日で良いけど、やっぱりそれまでにお墓を少し直した方が良いかな。石材屋の那須川さんも、祖母《ばあ》さんには世話になったたって言うし……張り切ってくれるよ。ああ、それに卒塔婆も随分くたびれてる」

「あなたは本当にお祖母さん子ねえ。良いんじゃない？　家をリフォームしたときもお祖母さん喜んでたし。新しもの好きだったもの」

「うちの祖母さんは、親父《おやじ》やお袋より長生きしてくれたからなあ。なんだか本当に死んじまったのかって、正直まだ不思議なんだよ」

「そうねえ、私もそう。あなたのお祖母さんには、とても良くしてもらったから」

それから二、三会話を交わして、夫婦は墓場を後にする。去り際にまたヨシノとすれ違って、ぺこりと会釈していった。

コマリと共に隠れていたお婆ちゃんが出てきて、その背中を見送りながら呟《つぶや》く。

「まったく、死人にそんなお金使うことないのに。まーウチが新しもの好きなのはガチだから嬉《うれ》しいけど」

ふと、ヨシノの胸に疑問が湧いた。

レイが呼び出した幽霊たちは賑《にぎ》やかだったが、それでもこの墓地にある墓の数に比べれば随分と少ない。多くの死者たちは未練を祓い、この世を去っているということだ。

成仏という現象があるのなら、墓地は死者たちの住まいではない。

なら生者はどうしてお墓に参るのだろう。そこには誰も居ないのに。

「ねえ、お婆ちゃん」

「なあに？」

年相応の声音が返って来る。ヨシノは遠くを見つめながら、お婆ちゃんに尋ねる。

「お婆ちゃんの未練がなくなって、きちんと成仏しちゃったら……あの人たち、お婆ちゃんの居ないお墓に来るんだね」

「……そーねぇ」

「寂しくないの？」

「寂しいよ？　エグいほど寂しい」

「あの人たちも、きっと寂しいよね」

「そだね、よーく知ってる」

ヨシノの声に微《かす》かな棘《とげ》があって、お婆ちゃんは少し笑う。

「ウチも数えきれないほど、見送ってきたからね。見送られる側になるのも、想像してたよりつらたんだわ」

──じゃあ、と口を開きかけて、ヨシノは言葉の続きを飲み込んだ。その先を口にすることが、流石《さすが》に無責任なのは分かっていた。

けれど声はなくとも、言葉は伝わる。

お婆《ばあ》ちゃんはヨシノの瞳から、ヨシノの想《おも》いを読むことができた。なぜならそれは生きている間に、何度も何度も見てきた表情だから。

「ねえヨシノちゃん」

お婆ちゃんは後ろで手を組んで、自分の名が刻まれた墓石へと歩く。

「お別れは悲しいことだけど、悪いことじゃあないんだよ」

「……なんで、そんなこと言えるの？」

「ウチは随分と長生きをして、人よりいっぱい見送って、いっぱい別れて来たからね。別れの多い人生だったけど、それは出会いが多かったってことだから」

ヨシノの顔には疑問符が浮かんでいる。お婆ちゃんは墓石の前へ屈《かが》んで、空の花立てを指でなぞる。

「死んだ人には花を供えるじゃん。ヨシノちゃんは、どうしてだか分かる？」

「……分かんない」

「ウチはこんな風に考える。出会いは種で、日々は土。流した涙は水になる。誰かと別れたその時に、ようやく思い出が花開く。……ウチら馬鹿だからねー、お別れが来ないと、その人との思い出がどんなに綺麗《きれい》な花だったか、ちゃんと分からないんだよ。ウチはもう十分生きたから、きちんとお別れもしないとね」

お婆ちゃんは立ち上がり、くるりと振り返って花のように笑う。その笑顔は花に例えるには、散り際の桜のように儚《はかな》げで。

「ウチが先生を捜すのもね、あの日ハナミズキを贈って未練がましく繋いだ想いに、きちんとお別れを言いたいから。だから先生には、今度は押し花じゃなくて、きちんとお別れの花を手向けたい。それに――」

最後にもう一言、お婆ちゃんは付け加える。

「ヨシノちゃんもそのうち分かるよ。別れても、居なくなるわけじゃあないってさ」

お婆ちゃんの言うことはどこか曖昧で難しい。

今のヨシノには、まだ分からない。

「ところでヨシノ、受験は大丈夫なんでござる？」

商店街の道中、大して人通りもないので隠れずついてくるコマリが不意に話を振る。

「あーうん、共通テスト終わったし」

「……気を落とすことはないでござるよ。学業がダメでも巫女《みこ》の道があるでござるし……その気になればお師匠に口利きして、忍者としての門戸を開いておくでござる」

「終わったってそういう意味の終わったじゃないよ！　日本語って難しいね！」

ヨシノは口を尖《とが》らせつつ、コマリを肘で小突く。

「ていうか落ちた前提で語られたの心外なんだけど。コマリちゃん、私のこともしかしておバカだと思ってない？」

「だってヨシノ、追い込みの時期に拙者と冬キャンしてたでござろう？　『私は三角関数より冬の大三角が見たい』とか『日本人なんだからこれ以上英語は見たくない』とか、しまいに暗記カードを焚火《たきび》にくべようとしたでござる」

「うう……」

「そうそう。あの時あたしの髪に火の粉が飛んで大変だったのに、ヨシノったら『せっかくだしヘアアレンジしてみたら』とか言って散髪し始めて……なんかハイだったわよね、あの時のヨシノ」

楓もそうだそうだと言っている。

確かに受験勉強の時期は、色々と大変だった。

反面、勉強に没頭している時期は悲しい出来事を忘れられたのも事実だが、疲労には限界が来るもので、年末には開き直って気分転換していた。

「今度は夏にもキャンプに行きたいでござるなぁ。拙者の薪割《まきわ》りや火遁《かとん》の術が大活躍のイベントでござるゆえ、キャンプは好きでござる」

楽し気に語るコマリに、楓が「おいおい」という顔をする。

「あたしの記憶が確かなら、薪は全部ヨイマルさんが割ったし、あんたの言う火遁の術って文化たきつけとチャッカマンのことでしょ？　只《ただ》のキャンプテクじゃない」

「子供のころ、ガールスカウトの講習に参加したでござるからなあ。カレーもあの時に覚えたのでござる」

「あの油揚げが入ったカレーもガールスカウトで覚えたの？」

「いや、あれは推しへの想いを込めたカレー。名付けてウカレーでござる」

「浮かれてんの？」

カレールーの染み込んだ油揚げは意外と悪くはなかったが、かなり個性的な料理だったなとヨシノは思う。そう言えば、駄弁《だべ》りながら歩いているうちにお昼どき。瀬戸物屋での聞き込みを終えたら、一度ご飯にするのも良いかもしれない。

そんなこんなで、ヨシノたち一行は件《くだん》の瀬戸物屋の前へとたどり着いた。

商店街は相変わらず寂れているが、空いていたはずのテナントに見知らぬ雑貨店が入っているのを見かけた。少しだけヨシノは嬉しくなる。

「それじゃあ……私がお話を聞いてくるから、お婆ちゃんたちはここで待ってて」

「え、なんで？」

「生きている人以外が来ると、お店の人びっくりしちゃうから」

「あ、そっか。死んでたわウチ」

「そう言えば拙者も死んでたでござる」

「お婆ちゃんはともかくコマリは覚えておきなさいよ……」

と、ツッコむ楓にその場は任せて、ヨシノは瀬戸物屋へと入っていく。

古い店内だが風通しは良く、清掃も行き届いている。華やかな絵図の刻まれた皿や花瓶は見栄えがするよう陳列されて、美術館にも似た厳かさが漂う。なるほど、コマリが大切な贈り物を選ぶのも納得できる。

しかしカウンターに店主の姿がない。きょろきょろと探していると、店の奥から軽めの足音が聞こえて来た。

「ありゃ、ヨシノ。お店で会うのは久しぶりだにゃ」

「や、にゃーちゃん。こんにちは」

白い髪をヘアピンで留めた猫娘に、ヨシノはにこやかに手を振った。彼女が出てくるということは、店主は留守にしているのだろう。空き巣を気にせず店を空ける緩さは、いかにも古い商店街らしい。けれどそんじょそこらの警備ロボットよりは、あやかしのセキュリティは強力かもしれない。

猫娘はちょっぴり困ったように、猫っぽく握った手で頰を掻《か》いた。

「来てくれて嬉しいんにゃけど、今はご主人ちょっと寄り合いに出てるにゃよ。にゃーではレジは打てないにゃ」

「ああ、良いの良いの。実は今日は聞きたいことがあって来たんだけど……ある意味、にゃーちゃんで良かったかも。このお店ってツキガサさんの一族がやってるんでしょ？」

「うにゃ？」

首をかしげる猫娘に、ヨシノは成り行きを説明する。相手があやかしなので事情を話すのがスムーズだ。そういうわけでヨシノはツキガサ家のことを尋ねたかったのだが、猫娘はやっぱり困った顔をした。

「うーん、にゃーはあんまりご主人の一族には詳しくないにゃ。ご主人はご実家がやってたお仕事、あんまり好きじゃなかったみたいにゃし」

「それにあのご実家は、この町の土地とか色々買おうとして失敗したって話にゃ？　この商店街も潰してショッピングモール作ろうとしてたからにゃあ」

「それはちょっと頂けないね」

なんとなく、ヨシノは猫娘の声に棘を感じていた。

彼女が昔、商店街を守ろうと少々過激な動きをしていた理由も、今なら推し量れる。

「そもそも、ヨシノが捜してる先生って人はご主人よりも年上なんにゃろ？　たぶんご主人のお父さんどころか、ご主人のお祖父《じい》さんくらいにゃ。にゃーはご主人の作った招き猫にゃから、あやかしとしては若すぎて知らないと思うにゃ」

「あーそっか、なるほど」

「でも一応、知ってそうな人には心当たりがあるにゃあ。話し込んでたから、ちょうど来たみたいにゃよ？」

「へ？」

ヨシノが首をかしげると、ぽん、と煙を立てて猫娘は白猫に変化した。

住居にしているらしき二階から、誰かが階段を下りてくる。

顔が見えて、ヨシノは思わず瞬《まばた》きを忘れた。

濃い栗色《くりいろ》のボブカットに、気の強そうな青い瞳。相変わらず睫毛《まつげ》が長い。見覚えがあるどころではない。クラスメイトだ。

「あれ、ヨシノじゃん。何してんの」

「いや、パンちゃんこそ」

ヨシノは彼女をパンちゃんと呼んだ。もちろん本名じゃない。あだ名である。

かつて「朝、登校中にパンを咥《くわ》えて男の子とぶつかる」を全力でやってのけ、フラインダボディタックルをかました逸話から、当時の友人間でつけられたあだ名である。

思いもよらぬ知人との遭遇にヨシノは驚き半分、気まずさ半分。

巫女としての修行が本格化し、あやかしと付き合うことが増えるにつれ、同級生の付き合いは仄《ほの》かに疎遠になった。遊びの誘いも随分と断り続けてしまった。

だからヨシノは少しぎこちなく表情を作りながら、話を振る。

「……え、でもここパンちゃんちじゃないよね？」

「あーうん、叔父さんち。うちの両親は温泉旅行に行っちゃったから泊まりに来てんだけど……そういうヨシノはどしたの？　急に瀬戸物に目覚めた？」

「いや、目覚めてないけど全然……実はちょっと、ここの店主さんに聞きたいことがあって来たの。あの、えっと……巫女の仕事で」

「あーね」

巫女の仕事。そう言ったほうがスムーズだろうとヨシノは思ったものの、それを建前にするのは少し気が引けた。けれどパンちゃんはその一言で納得してくれた。

ヨシノの脚に、白猫が頭をこすりつけてくる。「聞けば良いにゃ」と促しているようで、ヨシノは少し逡巡《しゅんじゅん》しながらも、それに応じた。

「あの、パンちゃんに聞くのも変な話かもだけど……パンちゃんのお祖父さんか、ひいお祖父さんにさ。先生をやってた人居ないかな。ツキガサっていう名前で」

尋ねつつも、ヨシノは内心「無理がある」と思った。自分のお祖父さんやひいお祖父さんの職業に興味のある高校生は、そう多くない気がする。

しかしながら、答えはあっさり返ってきた。

「あー、もしかしてひい祖父ちゃんのことかな」

「知ってるの？」

「うん、親戚の中じゃけっこう有名人なんだよ」

思いがけず、かなり大きな手がかりにぶつかった。

しかし、ここから先はどう情報を聞き出そうかとヨシノは悩む。

相手が同級生では、幽霊であるお婆《ばあ》ちゃんの事情は話せない。かといって、いくら同級生のひいお祖父さんとはいえ「ハナミズキの押し花を持ってましたか」なんて聞くのは変すぎる。さて、どうしたものか。

ところが、そんなヨシノの気も知らず、事態はあっさりと動くのである。

「──そのひいお祖父さん、ハナミズキの押し花とか持ってなかったでござるか？」

「へ？」

声がしたので振り向けば、当然のようにコマリが居た。

ヨシノは石像のように動きが固まり、パンちゃんも流石《さすが》に目を見開いている。当たり前である。いきなり忍者が来店したら誰だって脳がフリーズする。

ヨシノは顎をがくがくさせながら、きょとんとしているコマリを見る。

「ちょ、コ、コマリちゃん？　ど、どうして……外で待っててって言ったような……」

「うむ、せっかく来たのだし、また花瓶が見たかったでござるしな。拙者の場合は一度この店に訪れているので、いけるかと」

「いけないよぉ！　今日はハロウィンじゃないんだよぉ！」

「それにその子、どうやらヨシノの高校の知人なんでござろう？　正直拙者も興味があったでござるしな、ヨシノの人間社会の付き合いとやらに」

一方のパンちゃんはと言えば、まだ驚いてはいたものの、思考のフリーズからは脱したようでコマリを指してヨシノに尋ねる。

「え、ヨシノ。この忍者だれ？　友達？」

「と、と、友達だけど？」

「んー、ヨシノの友達ならまぁ良いか」

「良いの⁉」

「だってヨシノんち神社でしょ？　巫女《みこ》さんとか忍者とかバイトで居るんじゃないの？」

「えっ、あーっ、いや……神社に対して何かすっごい誤解を抱かれてる気はするけど、今この誤解は解かない方がスムーズだなぁ……！」

ヨシノが複雑な思いに苛《さいな》まれている中、コマリはと言えば妙に胸を張ってパンちゃんに向かい合う。

「ドーモ、ヨシノの友達の忍者でござる。コマリで良いでござるよ」

コマリはいかにも仲良しっぽく、ヨシノの腕を取る。ヨシノは困惑する。

「ん、私もヨシノの友達の女子高生だよ。パンちゃんで良いよ」

なぜかパンちゃんもヨシノの腕を抱く。ヨシノはもっと困惑する。

「なるほど。ヨシノの友達同士として、この場は互角といったところでござるか……」

「なかなかやるじゃゃん、面白い」

「なんの勝負してんの⁉」

なぜかヨシノ越しに友達二人が競い合う光景に、当人が一番困惑している。混乱続きのヨシノをよそに、パンちゃんは勝手に話題を軌道修正してくれた。

「で、ハナミズキの押し花だっけ？　なんでまたそんなの探してるの？」

「えっと……拙者が忍術に使うのでござるよ！　忍法花隠れの術で！」

「あー、忍術に使うならまぁ、そういうこともあるか。知らんけど」

コマリの忍術押しで説明できてしまった。

冷静に考えると、クラスメイトがひいお祖父さんの持ち物を探ってるのは怪しさしかないはずだが、なにせ忍者はもっと怪しい。忍者の存在感がありすぎて気にならないわけだ。忍者ってすごい。ヨシノはそう思う。

「でも、流石にひい祖父ちゃんの持ち物なんて分かんないなあ。だいたいは処分しちゃってるとは思うんだけど」

「ああ、まあそれはそうだよね」

正直な話、押し花そのものが現存しているのはヨシノも期待していなかった。けれどそれで諦めるなら、そもそも今回の話を引き受けてはいない。

せめて、もう少し情報が欲しい。ヨシノは食い下がることにする。

「ねえパンちゃん。差し支えなければなんだけど、ひいお祖父さんが生前どのあたりに住んでたか、そういうのは知らない？」

「んー、ウチのご先祖がどこに住んでたかってのは聞いたことあるけど、ただねぇ」

「ただ？」

「ウチの家系がもともと住んでたのって、川向こうの土地らしいんだよね」

「……川向こう」

「そ、だから親類でも話題に上るの。今は行けないけど、向こうの土地にはウチのご先祖様も住んでたんだぞーって。橋の近くだったから逃げて来られたらしいんだけど、ひい祖父ちゃんが亡くなったころは、まだ川向こうに住んでたんじゃないかな」

——お婆ちゃんが捜しても、見つからないわけだ。

これにはヨシノも表情を変えた。知識としても経験としても、その地名が持つ意味をヨシノは知っている。軽い気持ちで調べてはならない場所なのだ。

それでも、貴重な手がかりには変わりない。そして川向こうの話題となれば、これ以上続けるのは良くないだろう。ヨシノはここで話を切り上げることにした。

「ありがと、パンちゃん。そこまで教えてもらえれば十分だよ」

「そう？　力になれたなら何よりだけど」

ヨシノは小さく頭を下げて、コマリもそれに倣う。お店に押しかけて来たのに、買い物をせずに帰るのは少し後ろめたかった。

去り際のヨシノの背中に、パンちゃんが声をかける。

「ヨシノ、この時期ってまだまだ忙しいの？」

「え？　たぶん、そうでもないと思うけど。受験は一区切りしたし、進学先は神社から通えるところだし」

「そっか、じゃあ今度どっか遊びに行こ。受験勉強お疲れ様ってことで」

「へっ……良いの？」

ヨシノは少し間の抜けた声を上げて、振り向いた。

「なんで悪いことあんの？」

「だって私、ずっと付き合い悪くて……カラオケとか、お買い物とかずっと断ってたし」

「それは神社の仕事と勉強で忙しかったからじゃん。あのねぇ、それくらいでヨシノと友達やめないよ、私。高校卒業までに、まだまだ一緒に思い出作りたいもん」

パンちゃんはヨシノから視線をずらし、コマリを見てひらひら手を振る。

「良かったらコマリちゃんも。一緒にカラオケ行こーね」

元気に手を振り返すコマリと並んで、ヨシノは瀬戸物屋を後にする。

冬至を過ぎてもお日様は気が早く、既に一番高い位置を降り始めている。

「よい友達でござるな」

にっこり笑いながら、コマリが言う。

「ほんとにね」

ヨシノは少し、はにかんで笑う。


——確か、あれは小学生のころだ。

ヨシノはマミコについて、川沿いの時計店に行ったことがある。

神社の壁掛け時計が壊れてしまい、修理のために持っていったのだ。帰りに近くのケーキ屋さんで、いちごのクレープを買ってもらったのを覚えている。

甘酸っぱいクリームに舌鼓を打ちながら、手を繋《つな》いで歩いた帰り道。マミコはわざわざ寄り道して、ヨシノを川の方へと連れて行った。

あの〝ひょうすべ〟との遭遇を覚えていたヨシノにはまだ少し怖かったが、マミコの大きな手が温かいから、足は震えなかった。

川にかかる橋のたもとには苔生《こけむ》したキツネの像があって、少しウカに似ていた。

マミコは軽く像の周りを掃除して、それからヨシノに語り掛けた。

「ヨシノ。この川の向こう岸へは、絶対に行っちゃダメよ？」

「こわいのがいるから？」

「そう。このキツネの像があるこちら側は、神様に祝福された土地。そして人間が神様を祝福する土地なの」

「神様って、ウカさま？」

「そうね。あんな感じだけど、ちゃんと神様なのよ。この向こうにも、昔は神様が居たんだけどね」

笑いを交えて、マミコは語る。

まるで御伽噺《おとぎばなし》を聞かせるように、慈しみと教訓を込めて。

「川の向こうも……少なくともここから見える範囲は、ウカの町の一部だったんだけどね。私の前の巫女さんが居たころに隣町が呪いに飲み込まれて、その時に川向こうも巻き込まれてしまったの。この像があったから、辛うじてここで食い止められたけど」

「そっかー！　えらいね！」

ヨシノは石像の頭をよしよし撫《な》でる。マミコはそんなヨシノの頭を撫でる。

「でも、この像がない向こう側は祝福がない。神様の〝祝い〟がない土地には〝呪い〟しか根付かない。呪いが生み出すのは、あやかしだけよ。……だからこの先は誰も住んでいないの。生きているものは、何も」

「この先って、どこまで？　あの建物が並んでるところまで？」

「どこまでも。この先も、その先の土地もずっと。呪いが呑《の》み込《こ》んでしまったから」

マミコは少し遠い目で、橋の向こうを見つめる。

何かぼんやりした物を探すように。

「この先には、私にもよくない思い出があるしね」

「んー……」

「むずかしい？」

「ちょっぴり」

それでもヨシノは、理解しようとウンウン唸《うな》って首を捻《ひね》る。マミコは苦笑しながらも、微笑ましそうにヨシノの頭を撫でて、言う。

「とにかくね、この先には神様は居ないのよ」

「いないの？」

「そう。だから神様の居ないところには行っちゃだめ。怖いあやかしが居るからね」

「わかった。ヨシノ、もう行かない」

マミコの話には、難しい所も多かった。

しかしそれだけは易しく説明してくれたから、ヨシノも覚えることができた。

けれど、どうして神様が居なくなってしまうのだろう。

その疑問は数年後、〝神を殺すもの〟の来訪によって知ることとなる。神様の重要性と、巫女の使命。大人になるにつれ、ヨシノは学んだ。

祝福が薄れて呪いになり、あやかしが生まれる。自然から、動物から、人形から。そして時には人間から。

あの日の言葉を、ヨシノは今も覚えている。

川の向こうには、怖いあやかしが居る。


「ヨシノって、本当にプリン好きだよね。あったら絶対買うもん」

小さなプラスチックスプーンを器用に使うヨシノの姿を、楓はベンチの隣で、脚をぱたぱたさせながら眺める。

太陽は少し傾きかけて、日差しに赤みが差している。

少し遅めの昼食は、個人商店で調達した。

コンビニと酒屋の中間みたいな店構えで、菓子パンの品揃《ぞろ》えが良かった。

コロッケパンと焼きそばパンと、サンドイッチを幾つか。ヨシノがデザートに選んだのは生クリームとフルーツの載った、少しお高いプリンアラモード。

「楓だって好きでしょ、生クリームつきのプリン」

「だって美味《おい》しいもん。あーん」

「はい、あーん」

ひとさじ掬《すく》って、楓の口へ。スプーンにちょっぴり口紅がつく。

お団子を食べるコマリの横で、コーヒーゼリーを食べ終わったお婆《ばあ》ちゃんが、ベンチから立ち上がる。ヨシノもプリンを食べる手を止めて尋ねる。

「本当に行くの？　お婆ちゃん」

ヨシノが声をかけると、お婆ちゃんは笑って頷《うなず》いた。

「うん、せっかく摑《つか》んでくれた手がかりだしねー」

「川向こうが、どういう土地なのか……流石《さすが》に知らないわけじゃないでしょ？」

「あーね、ウチもそれは分かってるって。だから、ここから先は一人で行くよ。ヨシノちやんたちは、ここまで調べてくれただけでも十分。感謝感謝」

「川を渡ったら、何が起こるか分からないんだよ？」

ヨシノが念押ししても、お婆ちゃんは微笑んで。

「あんねー、ヨシノちゃん。ウチはもう死んでんのよ。だから後はもう、どう終わるかってだけの話。……それに、マミコちゃんには教えてもらってんの。未練を抱えたまま幽霊で居続けたら、悪霊になっちゃう可能性もあるって」

「それは……可能性としては、あるけど」

事実、剝《む》き出しの人間の魂は脆《もろ》い。

あの墓に居た幽霊たちは、遺族がお墓を参ってきちんと偲《しの》び続ければ、やがて満足して成仏していく。

けれど成仏できないまま次第に記憶が薄れ、人間性をも失えば、最悪の場合は人を襲うあやかしになってしまう。

だからそうなる前に巫女《みこ》の力で成仏させる。それが最も安全な方法。

もちろん、レイのように有害性の低い霊になって、長く留《とど》まり続ける例もある。けれど全てが全て、そんな幸運な例ばかりではない。

ヨシノだって本当は、分かっていたはずだ。

お婆ちゃんの声には、しっかりとした決意が籠もっている。

「……ウチがウチで居られるうちに、この感情を覚えているうちに、先生の行方を追い続けたい。それで何が起こっても、ウチは納得できると思うし」

「……納得って、そんなに大事？」

「生きてる限り、みんな終わりは来るんだもん。そんならみんな、少しでもアガる終わり方したいでしょ？」

そこまで言われれば、もう異を唱えるつもりはなかった。

ヨシノはスマホでアプリを起動する。

「パンちゃんの話だと、ツキガサ家はもともと橋の近くに住んでたそうだから……」

アタリが付けば話は早い。ヨシノが開いたのは、電子図書館アプリ。図書館の蔵書の中から電子データ化したものを閲覧できるサービスだ。

個人宅の名前まで載っているような住宅地図は行政資料で、利用や閲覧にもそこそこ手順が必要になる。

この情報を使うのは、民間住宅を複数回る仕事をしている業種。新聞社や建築、宅配サービス。そしてこの町の人とあやかしを管理している、ウカの巫女。

その中から、ある程度古い地図を選んで閲覧する。

個人名での検索こそできないが、各住宅の世帯名は地図に記載されているので、目を使って虱潰《しらみつぶ》しに探すことはできる形式。

川向こう、それも橋の近くに絞って、ツキガサなどという珍しい苗字《みようじ》を探せば――。

「あった」

ヨシノのスマホには、しっかりとその家の場所が表示される。

そしてヨシノはもう、この時点で覚悟を決めていた。

「私もついてくよ、お婆ちゃん」

「で、でもヨシノちゃん。自分で言ってたじゃん、危ないって」

「危ないからだよ」

ヨシノの声も、もう揺るがない。

「私がついていって、お婆ちゃんを守る。きちんと終わるために頑張るなんて、本当は全然納得できてないけど……それでも、どうせならお婆ちゃんが一番納得できる形になってほしいから、とことん付き合うよ」

「ふぇっふぁふぉふぃふぁふぇふぉふぁふぉ！」

「コマリちゃん、お団子飲み込んでから喋《しゃべ》って？」

「……ごくん。拙者も付き合うでござる。いざって時は拙者の忍術で、皆を逃がしてあげられるでござるし！」

「よーし！」

ヨシノはプリンを食べ終わり、ベンチから立ち上がる。

そして、空に向かって片手を掲げた。

何をしているのだろう……とコマリやお婆ちゃんが眺めていると、細いシルエットが空を飛んできた。マミコの竹箒《たけぼうき》だ。

地面近くまでやってきて、ふわりと浮かんだまま止まる。

その箒にまたがって、ヨシノは三人に声をかける。

「どうせなら、勢いよく行こう。この箒なら飛んでいけるし、いざって時には武器にだってなるんだから」

「……ありがと、ヨシノちゃん」

お婆ちゃんは少し涙ぐみながら、ヨシノの背にくっついて箒にまたがる。

「あ、では拙者も」

コマリもさらにその背にくっついて、箒にまたがる。

「あたしはこっちね。あ、ゴミ持ってかないと」

楓はヨシノの前に回って、箒の先にゴミを入れたコンビニ袋をぶら下げてまたがる。

「さあ、行こう！」

そして、箒がふわりと浮かんで。

浮かんで……ヨタヨタとよろけて、ちょっとふらついて。

ヨシノは背後の同乗者たちに振り向く。

「あの、お婆ちゃんとコマリちゃん、できれば今すぐ痩せてもらえる？」

「無茶《むちゃ》振りキツいんだけど⁉」

「拙者これでも結構痩せ型でござる！」

4人乗りの箒はヨタヨタと、出来損ないの風船のように浮かんでいく。

それでもある程度の高さまで浮かべば、風に乗るようにして安定して飛び始める。お婆ちゃんとコマリはちょっとしたアトラクションのように、空からの景色を楽しんでいる。

「そう言えば――」

箒から地上を見下ろしながら、楓が呟《つぶや》く。

「――昔、ヨシノが家出したときも、こんな風に箒で飛んで探しに行ったっけ。あの時はマミコと一緒だったけど」

懐かしい話を掘り返されて、ヨシノは唇を尖らせる。

「その節はご迷惑をおかけしまして」

「昔からヤンチャだったよね、ヨシノは。……そうそう。あの時、先に海の方に行ったんだけどさ。そこにカトリーが居たのよ」

「え、カトリーが？　なんで海に？」

「船便でおフランスに行くつもりだったんですって。西洋人形の本場だから、自分に相応《ふさわ》しい土地に行く～って」

「うわー、言いそう。でも結局ずっと神社に居たね」

「ね、あの子も大概おバカだったよね」

「……ほんとにね」

冬の空を吹く風に、ポニーテールをなびかせて。寒くないように楓を抱きしめ、背中の二人にくっつきながら、ヨシノは思う。

――まったく、どこに行っても思い出ばっかりだ。

冬の太陽はゆっくりと、山の向こうへ降りていく。

箒は太陽と入れ替わりに、冬空を高く飛んでいく。

同時刻。

空へと飛び去って行く竹箒を、マミコは神社の境内で見上げていた。

箒を呼ぶ術を教えたのはマミコだ。

長年使い続けて、手に馴染《なじ》んだあの箒。今のマミコではあまり上手に使えない。

昔はあの箒に乗って、どこまでもヨシノを迎えに行った。

今はマミコを置いて、箒だけがヨシノの下へと飛んでいく。

「なんじゃ、マミコ。ここに居ったのか。そろそろ夕飯の米を炊くころじゃろ？」

からん、ころん。冬用の下駄《げた》を鳴らしてウカがやってきた。

空を見上げたままのマミコの隣に、静かに並んで。しばし二人でそのまま、茜色《あかねいろ》が射《さ》し始めた空を見つめていた。

少し経《た》って、マミコがぽつりと呟いた。

「ヨシノがね、箒を呼んだみたい」

「ああ」

ウカは静かに、短く返事をする。

「どこか、遠くに飛んでいくつもりなのかしら」

「さぁのう」

「朝は持っていかなかったのに、後から箒を呼ぶなんて……」

マミコの声はか細く、冬の風音にも負けそうに聞こえる。

そんな頼りない呟きでも、ウカの大きな耳なら捉えてくれる。

声の震えも、息遣いも。

「あの子が危ないところに飛んでいってしまったら、どうしよう」

包帯に覆われた顔の眼窩で、赤い瞳が揺れる。

絞り出した声に少しだけ、湿った響きが混じる。

「もしも怖いあやかしに襲われていたら……どうしよう」

どうしよう。どうしよう。

問えども焦れども、マミコは飛んでいけない。

空飛ぶ箒は手元になく、巫女としての力も衰えた。呪いに侵されたその体では、あやかしを祓《はら》うのも命取りになる。

もどかしくとも駆け出せない。手を伸ばせないことが苦しくて、悔しくて悔しくてたまらない。いつだってヨシノを一人で行かせて、後から不安が襲って来る。

結局、今朝は喧嘩《けんか》別れのような形で送り出してしまった。

もっと教えてあげられることがあった。もっと考えさせてあげることもできた。

本当は、美容師になる夢だけを追わせてあげたかった。

子育てをするのは難しい。十年経っても、何年経っても心配ばかりだ。

泣きそうに呟くマミコの声が、どこか昔のように幼くて。

「まったく……」

ウカはため息をひとつ交えて、ぽん、とマミコの頭に手を置いた。

「泣くと子供のころのまんまじゃの、おまえ」

「うっさい」

すっかり冷えた黒髪を撫《な》でる、馴《な》れ馴れしいキツネの手。

マミコは決してその手を払わなかった。


冬の夕暮れは、駆け足で帳《とばり》を下ろしていく。

グラデーションの空にはもう、入れ替わりに満月が控えている。

ヨシノたちは川の手前で箒を降りた。

空で不測の事態が起こっては、危険だろうという判断だった。

ヨシノと、楓と、コマリとで、ミヅキのお婆《ばあ》ちゃんを囲むようにして橋を渡る。

川の向こうへ渡り切ったとき、気温が少し下がった気がした。冬だというのに、どこか湿った風が頬を撫でる。

この世には霊感や第六感とでもいうべきものがある。今やヨシノのそれは普通の人間より鋭敏で、あやかし並みと言って良い。

だからハッキリと感じる。ここには何か、とてつもなく嫌なものが潜んでいる。

町並みは意外なほど形を保っている。家も、店も、公園も。

なのに命の気配だけが、完全に抜け落ちている。

「……ヨシノ、大丈夫？」

緊張した顔をしていたのだろう。楓がヨシノを気遣って袖を引く。

見れば、楓も不安げな顔をしている。コマリもお婆ちゃんも、落ち着かない。幽霊は魂が剝《む》き出しも同然だという。この嫌な感覚を強く味わっているのだろう。

ヨシノは冷や汗を振り払うように、ぶんぶんと首を振る。

「大丈夫。気を付けて行こう」

地図で確認しても、やはりツキガサの家は橋から離れていない。

たぶん、深入りしなければ安全に調べて帰って来られる。危険なあやかしに遭遇したら、その時はすぐに橋まで逃げればいい。コマリの忍術は助けになってくれるだろう。

けれど皆が逃げ切るまでは、ヨシノが護《まも》らなければ。

——お姉ちゃん、約束破ってごめんなさい。だけど今はどうか、見守ってください。

ヨシノは箒をしっかりと、両手で握りしめる。

今はこれが唯一の頼り。

長年マミコを支えてきた、穢《けが》れを祓う巫女《みこ》の武器。

ヨシノは先頭を進み、目的地を目指す。橋から5分ほど歩いたところに、少し敷地の大きな家がある。そこが恐らくツキガサ家。

お婆ちゃんの想《おも》う、先生の終《つい》の住処《すみか》。

ごくりと喉を鳴らして、ヨシノは口を開く。

「……楓、なんか面白い話して」

「子供のころからだけどヨシノ、あたしには無茶振りしても良いと思ってるでしょう」

楓が眉をひそめて見つめる。しかし空気が張り詰めているのも確かで、楓はちょっと考えてから返す。

「古い知り合いに、呪いのビデオのあやかしやってる子がいるんだけど」

「今どきビデオなの古風だね……」

「うん。そんでビデオ見てくれる人が居なくなったから、最近はサブスクでやってんの」

「月額制で呪われるのイヤすぎるでござるな」

コマリが思わずツッコむ。

「で、配信されてる映画のどれからでも出て来られるようになったんだけど、こないだ名作映画のクライマックスで画面から出て来たら、見てた子に普通にビンタされたって」

「いや当たり前っしょ！　一番ダメなやつじゃん！」

ミヅキのお婆ちゃんが笑いながら相槌《あいづち》を打つ。

面白い話をしろ、で本当にしてくれる楓もすごいものだ。

おかげで、がちがちに張り詰めていた空気もほっこりと解《ほぐ》れた。あんまり緊張し続けても良くないはず。ヨシノは新鮮な空気を深く吸い込む。冬の空気は肺に沁《し》みるが、それでも気分がすっきりする。

落ち着きを取り戻せば、視野が広くなる。

家々の瓦にサビは見えるが、躯体《くたい》がしっかり残っているのは、木材が腐っていないからだろう。街路樹も枯れているが、朽ちて倒れた木はない。

時刻はとうに黄昏時《たそがれどき》。街灯が点《とも》る気配もない。

沈む夕陽《ゆうひ》と入れ替わり、満月が町並みを照らしてゆく。

『──あら、あラ、ウふるふフふふふふふ』

〝それ〟は、曲がり角から不意に現れた。

錆《さ》びた金属を引《ひ》っ掻《か》くようなその響きに、ヨシノは嫌というほど聞き覚えがあった。

あやかし──それも、とびきり悪性の類。

「楓ッ！」

ヨシノは箒《ほうき》を握りしめ、咄嗟《とっさ》に楓の名を呼んだ。

それだけで楓は「ミヅキのお婆ちゃんを守れ」という意図を悟った。両手を広げ、黒い髪を伸ばしてお婆ちゃんを隠す。

『あらかた狩り尽クしたと思っタ、思ったガなぁ、思っタわねぇ、思っタ、思った』

唸《うな》るとも笑うともつかない声で、あやかしは嗤《わら》う。

コマリは懐の手裏剣に手を伸ばしていた。しかしそれまでだ。動けない。

ヨシノもまた、箒を持ったままで動けなかった。

みるみるうちに口の中が乾き、代わりに脂汗が額に滲《にじ》んだ。

この相手は、見るからにモノが違う。それは普段、ヨシノが出会うあやかしたちとは明らかに一線を画す、本当の意味で呪われたあやかし。

ヨシノの記憶に照らし合わせるならば、そのあやかしの放つ青紫の瘴気《しょうき》は、かつてマミコを手負いにした〝神を殺すもの〟に似ていた。

だが、なによりヨシノを動揺させたのは、そのあやかしが妙にマ、ミ、コ、に似ていたことだ。

黒ずんだ巫女袴《ばかま》。一本に束ねた白い髪。

そして、体中を包帯のように覆う、枯草の蔦《つた》。

その奥から覗《のぞ》く、赤い瞳。

何よりこのあやかしは、その手に〝竹刀〟を携えている。形こそ竹刀だが、見慣れたヨシノにはよく分かる。あれは、もともとは竹箒の柄だったものだ。

『まあいイさ。まあヰい。まアいい。なァンでもいイの。飽キ飽きなンだから』

ヨシノの脳裏に、かつてのマミコの言葉が蘇《よみがえ》る。記憶力は良いほうだ。

──私の前の巫女さんが居たころに隣町が呪いに飲み込まれて──。

そう言えば、その話には大事な情報が抜け落ちている。

マミコの前にも、ウカの巫女が居た。

ならばその先代の巫女は、果たしてどこへ行ったのか。

──神様の居ないところには行っちゃだめ。怖いあやかしが居るからね。

あの言葉の意味も、ヨシノは取り違えていたのではないか。

マミコはその〝怖いあやかし〟に、具体的な心当たりがあったのではないか。

かつて呪いに呑《の》み込《こ》まれた土地。

行方をくらました先代の巫女。神を殺すものの強力な呪い。呪いはあやかしを生む。

今まさに、呪いに曝露《ばくろ》してあやかしへと変わりつつあるマミコの存在。

あのあやかしは、マミコに似ている。

全ての記憶と情報が、最悪の推論に導いていく。

──あれは、マミコの先代の巫女が、あやかしになった姿ではないか。

『あはらハはははは。なんでもイいんだァ』

巫女のあやかしが、跳んだ。

ヨシノはとっさに箒を構え、盾にするように掲げようとする。しかしその前に巫女のあやかしが迫り、竹刀を振り下ろす。夜の空気が音を立てて裂ける。

『たイくツしノぎになるナらね』

ヨシノには一振りにしか見えなかった。しかし打撃音はその一瞬で、三度も響いた。

あっという間にヨシノの体はよろけ、たたらを踏む。

すぐに箒で応戦しようとしたが、その胴に竹刀が叩《たた》き込まれて、ヨシノは肺の空気をまるごと吐きだした。

「――っ、あ！」

声にならぬ声を上げて、地面に転がる。

痛みというより、痺《しび》れが先に来た。視界にちかちかと火花が散って、体の衝撃に思考が追いつかない。後から感覚が追い付いてくる。熱い。痛い。怖い。

「ヨシノ！」

咄嗟に楓が、伸ばした髪の毛を振るいながら割って入る。

遠慮のない全力。黒い雪崩の如く荒れ狂う髪の鞭《むち》を、巫女のあやかしは竹刀の一振りで薙《な》ぎ払《はら》った。髪をクッションにして受けたものの、楓はサッカーボールのように跳ねて転がり、街路樹にぶつかって止まる。

「……楓……！」

泣きそうになる。ヨシノは涙を乱暴に振り払い、周囲を見回す。

ミヅキのお婆ちゃんは固まったまま、まったく動けていない。

それをコマリがすぐさま抱えて走り出した。

――流石《さすが》忍者。ついてきてくれて、本当に良かった。

『逃がさナイよ。逃がすものか』

「こっちのセリフっ！」

ヨシノはポケットから五円玉を取り出し、魔力を纏《まと》わせて投げつける。

化け猫には通用したそれも、巫女のあやかしには石礫《いしつぶて》ほども効きはしない。それでも多少は気を引いた。

「コマリちゃん、お婆ちゃんをお願い！」

「しょ、承知でござる！」

せめて、コマリたちを無事に逃がさねば。

楓も心配だけれど、ヨシノが今もっとも優先すべきはそれだった。

――お姉ちゃん、おねがい。守って。

心細さを噛《か》み殺し、震えを抑え込むように箒を握って、ヨシノは再び立ち上がる。

まだまだ未熟なのは分かっている。

けれど今だけ。せめて、自分で選んで歩いてきた今だけは、ずっと背中を見つめて来たマミコのように、誰かを守って戦える巫女にならなければ。

マミコの箒を振りかぶり、ヨシノはよろめきながら駆けていく。

敵は悠然と向き直り、若き巫女見習いを迎え撃つ。

夜はすっかり帳《とばり》を下ろし、あやかしの時間がやってくる。

箒の折れる乾いた音が、冬の月夜に遠く響いた。

竹の割れる音が耳に届いて、走るコマリの頭に迷いが生まれた。

足は鉛のように重く、冷えた息の沁《し》みる胸が痛い。一人抱えているせいもあるが、焦りばかりが体に満ちて、いつもみたいに走れない。

——幽霊だっていうのに、脚がもつれるなんて！

内心で悪態をつきつつ、コマリは迷っていた。お婆《ばあ》ちゃんを逃がさなければならない。けれどヨシノと楓を見捨てて良いとは思えない。思いたくない。

コマリに抱えられて、お婆ちゃんは何もできなかった。

あやかしの世界を甘く見ていた。ヨシノを、楓を、コマリを自分の我儘《わがまま》に巻き込んでしまった。自分の未練を晴らしたい、ただそれだけで。

悔いている場合ではない。迷ったって意味はない。

悩んでいたって太陽は沈み、月は昇るし、時は進む。

そして容赦なく、絶望が追いついてくる。

『――みぃツけた』

怖気《おぞけ》を誘う声。

コマリが振り向けば、巫女《みこ》のあやかしはそこに居た。

疲れている様子も、消耗している気配もない。片手に携えた竹刀は無傷。あの竹の割れる音が、ヨシノの箒であることが分かってしまった。

「……コ、コマリちゃん」

抱えられたまま、お婆《ばあ》ちゃんが上ずった声を上げる。

「に、っ……う、ウチ……ウチ置いて逃げて？　に、忍者だし、一人なら逃げれるっしょ、ぴゅーって！　ごめんなさい！　巻き込んじゃってごめん！　でもウチのせいで危なくなるの、ほんと、もうやだからっ！」

「……ありがたいお話だけど、ここで逃げたら忍者がすたる、でござる」

コマリはお姫様抱っこで抱えていたお婆ちゃんを、近くに下ろした。腰が抜けて立てないらしい。幽霊なのに腰が抜けるんでござるなあ、と少し和む。

おかげで、ちょっぴり肩の力が抜けた。

『うるぅルははハはあはは。さっきの子よりは、たイくつシないかなあ』

あやかしが嗤う。コマリは思いっきり青ざめる。

逃げる理由は一杯ある。コマリは忍者としても未熟だし、ヨイマルほど強くないし、目の前の相手はすっごく怖いし。けれど戦う。

「いやいやいやいやいや、正直言って、たぶん、絶対、勝てないでござるけどぉ……」

懐から手裏剣を出し、背中に背負った忍者刀を抜き、コマリが構える。

「……友達にお願いされちゃったからね！　でござる！」

逃げない理由なら、ひとつで十分。

冷えたアスファルトが、妙に心地よかった。

空っぽの胸を吹き抜けて、竹刀で打たれた体中が、じぃん、と冷やされていく。

倒れたまま、あちこち痛いけれど、ヨシノはまだ生きていた。

生かされたというより、放っといても問題ないと思われたのだろう。あのあやかしには、逃げたコマリとお婆ちゃんを捕まえてくる余裕があるわけだ。

楓は地面に突っ伏したまま。

その傍《かたわ》らに、折れた箒が転がっている。

ヨシノにとって、お守りにも等しいマミコの簪。

それがあっさりと折られた時、ヨシノの中の何かも一度折れた。

「……」

ここに来るのは、ヨシノが選んだことだ。

楓とコマリまで連れて来てしまった。諦めちゃいけないことは分かっている。

けれど、ヨシノにはもう武器がない。

ここにはマミコも居ない。ウカも、ヨイマルも居ない。楓は傷ついている。コマリだってあのあやかしには勝てないだろう。ヨシノが頑張らなくてはならない。

でも戦いたくとも、ヨシノには——。

「……あれ」

近くの木が、満月の色に照らされている。

道を飾る街路樹は全て枯れていて、葉どころか木の芽もついていない。けれどヨシノにはそれらが何の木なのか分かった。見覚えがあったからだ。

これは全て、桜の木だ。

自分の名前と同じ、ソメイヨシノ。

ヨシノには枯れた桜が、今の自分と重なって見えた。天に手を伸ばしたまま、けれど咲くことのできない枯れ桜。
ふと、その桜の下に何かが落ちているのに気づいた。
あれはヨシノのポシェットだ。そう言えば今日は持ってきていた。
あやかしとの戦いで千切れて飛んだのだろう。中身がこぼれて散らばっている。
財布と、学生証。ハンカチと、お気に入りのリップクリーム。
それと――。
「……」
ゼンマイ仕掛けの、真鍮《しんちゅう》のネジ。
冬の月明かりを反射して、金色に煌《きら》めくそのネジが、枯れた桜を照らしていた。
どうしてだろう。
どこに行っても思い出ばかりだ。
こんなところ、一緒に来たことないはずなのに。それでも思い出は溢《あふ》れて来る。
「桜の木の、花言葉は……」
優美。あるいは、心の美しさ。
だけど花言葉は、国によって変わる。
フランス語では、確か――。

――わたくしを、忘れてはおりませんこと？


ヨシノには、やっと分かった。

この思い出がどこから溢れて来るのか。

人形から抜け落ちた〝カトリー〟の心が、一体どこへ宿ったのか。

「……ずっと、ここに居た」

締め付けられるような胸の痛みを、愛《いと》おしそうにぎゅっと抱いて、ヨシノは立ち上がる。

もう西洋人形は喋《しゃべ》らない。

だけどヨシノには声が聞こえる。

くじけそうな時だって、知らない町の景色にだって、彼女の声を思い出せる。

「孤独の呪いは、解けたんだから……忘れなければ、そばに居る」

真鍮のネジと、折れた箒《ほうき》の頭を拾い上げて。

「楓、立てる？」

「ほんと、いっつも無茶《むちゃ》言うなぁ……！」

「ごめんね。でももう少し付き合って。お姉ちゃんの箒は、まだ使える」

「いいけどね。あたしたちがヨシノから離れるわけないじゃない」

「ありがと。大好きだよ、楓」

よろける楓を抱き上げて、空いた手にはネジと、折れた箒を持って。

「楓と、カトリーも居るなら、絶対負けない」

✿

生きた心地はしなかったが――というか生きていないのだが――コマリは巫女のあやかしを、どうにか捌《さば》き続けていた。

「分身の術！　あんど身代わりの術！」

どろん。

道を埋め尽くすほどにコマリがいっぱい現れて、攻撃された端から煙に包まれる。本物のコマリが攻撃されたかと思えば、丸太人形に置き換わる。

流石《さすが》に真っ向勝負では敵《かな》わない。

しかし、逃げ続けることにかけてはコマリは一流だった。

それは忍者の面目躍如でもあるし、ヨイマルの修行の賜物《たまもの》でもあるし、いつもいつもウ力を構いに神社に忍び込んでは、マミコから逃げた日々のおかげでもある。

とはいえ、それも流石に限界がある。

『ァはははらははハははハハハはっ』

あやかしの竹刀に青い炎が点《とも》り、分身が一気に薙《な》ぎ払《はら》われる。

「げげ！」

あっという間に分身を片付けられ、コマリは追い詰められてしまった。

「コマリちゃん！　ウチはもう良いから！　逃げて、おねがい！」

お婆ちゃんはずっと必死に叫んでいる。しかしそう言われると、逃げられなくなるのが人情だろう。コマリは困ってしまう。

しかし、何度も何度も分身を繰り出すのは疲労が大きい。

身代わりの術だって使いすぎて、丸太人形は残り一体。使えるのもあと一回。

──流石にこれは、万事休すでござろうか……。

『そろロろそろ、そろ、そろ。終わり。ね』

ああ、いよいよ本当に終わりらしい。

コマリがちょっと諦めかけた、その時だった。

「……え、ヨシノ？」

道の向こうから楓を抱えて、ヨシノが歩いてくる。

もう片方の手には真鍮のネジと、折れた箒を携えて。

「ありがとうコマリちゃん、ここまで頑張ってくれて。あともうちょっと、付き合って」

ヨシノは楓を下ろし、あやかしの前に立つ。

あやかしもまたヨシノへ向き直り、ぎろりと赤い瞳を向ける。

『やっパりあなタから、さキに、つぶしてイいの？』

「生憎《あいにく》だけど、潰される気はまったくないから。こっちはまだまだ忙しいの」

箒の頭を、左手に構えて。カトリーヌのネジを、右手に持って。

「お婆《ばあ》ちゃんの未練もちゃんと晴らすし。帰ってお姉ちゃんのご飯も食べるし。コマリちゃんと一緒に、クラスの皆とカラオケだって行きたいし――」

折れた箒にネジを繋ぐように、思いっきり突き刺す。

「――まだまだ、いっぱい思い出作るんだからっ！」

赤い炎がほとばしる。

祓《はら》い道具を成すための、巫女の扱う変化術。

カトリーヌのネジが長く伸び、真鍮の柄へと姿を変える。

それは竹箒よりも遥《はる》かに丈夫な、満月色に輝く箒。

変化の炎はヨシノをも包み、かつてウカにそうしたように、纏《まと》っている衣服も変化させる。ひらりと風に踊るような、鮮やかな紅葉色の巫女《みこ》装束。

「楓、おねがい」

「はぁい。慣れたもんよ」

楓が髪を長く伸ばせば、ヨシノの指が魔法を帯びて、ハサミも使わずそれを断ち切る。切られた黒髪は帯へと変わり、巫女服の袖をたすき掛けする。

楓とカトリーヌの色で彩る、マミコと同じ巫女の服。

今持つ全てで作り上げた、ヨシノだけの勝負服。

その姿を見て、楓が笑う。

「なんか……色々てんこ盛りね。プリンアラモードみたい」

「またプリンの話する。クリームもフルーツも載ってないよ」

「飾ってるのがあやかしの欠片《かけら》だもんね。じゃあ、あやかしアラモード？」

「うーん……まあ、それで良いかな。可愛《かわい》いし」

楓の軽口に、ヨシノも笑う。

『……お、ォお』

巫女のあやかしが、初めてたじろいだ。

先ほどとはまるで違うヨシノの力が、冬の空気を炙《あぶ》っている。

ヨシノは今までずっと、自分の力を制御する修行を重ねてきた。それはヨシノ自身の持つ魔力があまりにも大きすぎ、周囲にまで影響を及ぼすからだ。

けれど今この瞬間、ヨシノは何も我慢しない。

魔法の力は心の力。であれば今のヨシノが、先ほどと同じであるわけがない。

子供のころのように、解き放たれた感情のままに、魔法の力が溢れ出す。

ヨシノが箒を軽く振るえば、赤い炎が夜空を焦がす。

変化の炎に焙《あぶ》られた桜が、次々に花をつけていく。枯れた街路樹すら春と見まごう満開を見せて、冬の月下に火花と交じり、桜吹雪が舞い踊る。

気焔《きえん》万丈。気合十分。ソメイヨシノが咲き誇る。

「――行くよ」

真鍮の箒を構えたヨシノが、巫女のあやかしへと駆け出した。

『――来なヨぉ！』

あやかしの竹刀が、ヨシノの箒を迎え撃つ。

竹刀とぶつかる金属音。真鍮の箒は二度と折れない。

間髪容れない面、胴、突き。

ヨシノの太刀筋は未《いま》だ、マミコの全盛期には及ばない。純粋な腕前ならば目の前の巫女のあやかしにも、もちろん及んでいないだろう。

それでも、ヨシノにはヨシノの戦い方がある。無限に溢れる魔力がある。

『う、グ……っ⁉』

ヨシノの魔法が満ちた空間は、ヨシノの想像力で変化する。

桜の花びらが集まったかと思えば、人魂《ひとだま》のように燃えて目をくらませる。

人魂は集まってイルカの形を成し、巫女のあやかしを惑わしたかと思えば、今度は白い猫へと変化し、その足元をかく乱する。

まるで数多《あまた》のあやかしが、ヨシノを助けてくれるかのように。

次々と、続々と。ヨシノの思い出をたどるように魔法は踊る。

戸惑った相手の隙を突き、炎を帯びたヨシノの箒が、風を焼きながら振るわれる。

「楓、おねがい！」

「はいはい！」

箒と竹刀が打ちあう最中、ヨシノの合図でたすきが伸びる。

元々は楓の髪で作ったもの。切り離されても楓の力で動かせる。それはまるでもう一対の腕のように、鞭《むち》となって鋭くあやかしを打つ。

楓が隙を作っているうちに、マミコの仕込んだ太刀筋で、カトリーヌから作った箒の柄を、ヨシノが思いっきり叩《たた》き込《こ》む。

『あぁぁアああアハあっ！』

しかし、あやかしも対応する。竹刀で上手にヨシノの攻撃を捌き、切っ先を翻して、すぐさま打ち込んでくる。

身も心も呪われようと、彼女が巫女として重ねてきた研鑽《けんさん》がヨシノには分かる。

けれどヨシノだって、尊敬する巫女の背中をずっと追いかけて来た。

「見てて、お姉ちゃん」

ヨシノは箒を突き出して、低く踏ん張るように構えを取る。

「これ以上、この人のことも……嫌な思い出にはさせないから」

あやかしが一際鋭く、ヨシノの顔目掛けて竹刀を振るう。

「カトリー！」

途端、箒の先が傘へと変化して、大きく広がりヨシノを守る。

吹き荒れる魔法の風が竹刀を煽《あお》り、その太刀筋を大きく逸《そ》らす。

「楓！」

「任せて！」

解けたたすきが宙を舞い、あやかしの腕に絡みつく。すかさずヨシノが魔法を込めて、それを注連縄《しめなわ》のように編み、封印の魔法で縛り上げる。

「それ、簡単には解けないわよ！　あたしでも無理だったんだから！」

ヨシノの幼いころ。身をもってそれを体感した楓は、にやりと笑って啖呵《たんか》を切る。

もちろん、腕を封じたところで安心できる相手じゃない。

あやかしはその体から、青紫の炎を湧き上がらせる。かつてマミコも使ってみせた、魔力を直接ぶつける技。

燃えているのに冷たく感じる、呪いの炎が立ち上る。

ヨシノは炎から逃げはしない。傘を変化で箒《ほうき》へ戻し、構えなおして走り出す。

楓色の袴《はかま》を夜風になびかせ、真っすぐあやかしへと駆けていく。

『燃えテしまエ！』

呪いの炎がヨシノに迫る。

直撃を確信した、その瞬間。

――ぽんっ。

白い煙が立ち上り、ヨシノがその場から消《き》え失《う》せる。

『——は？』

あやかしは思わず、目を見開く。

ヨシノの姿はそこになく、代わりに現れたのは丸太人形。

少し離れた道の先に、いつの間にやら手印を組んで、準備していたコマリの姿。

「……忍法、身代わりの術。でござる」

化かされたことを悟った時、月明かりに影が差し、あやかしはとっさに空を見上げた。

満月を背負って空を舞うのは、箒を構えたヨシノの姿。

くるり、くるりと花弁のように、袴《はかま》を翻して風に乗る。

そして。

「これで、終わりっ！」

箒の先に火花が点り、ヨシノの頭上に掲げられる。

月の明かりに透かされて、まるで満開の桜の如く。

あやかしは思わず目を奪われて、一瞬、動くのを忘れていた。

『……あはっ。そうかい』

呪われたはずの魂が、その一瞬だけ思い出に繋《つな》がった。

見事に煌《きら》めく赤い炎に。月夜に踊る巫女の袴に。

そして——どこか見知った太刀筋で、振り下ろされる箒の面影に。

『——あの子も、後継ぎを見つけたわけだ』

すぱん。小気味いい音と共に、箒があやかしを打ち据えて。

巫女のあやかしは笑顔で散った。

一片の思い出を手向けに受けて。


「——ぷはー！」

戦い終わって気が抜けて、ヨシノは疲れを思い出した。

アスファルトの上に座り込み、思いっきり息をする。

「ヨシノ！」

「きゃあ!?」

助走をつけて楓が飛びついてきた。

思いっきり顔で受け止めて、ちょっと痛い。

「んも〰近くで見てても心配したんだから！　特に箒で打ちあってるとき結構ハラハラしたからね⁉　帰ったらマミコに鍛えなおしてもらいなさいよ！」

「あはは……ちょっと休んでからね」

楓を抱き留めながら、よしよしとあやすように背中を撫《な》でる。

「ヨシノ〰〰〰！」

「ぎゃあっ！」

今度はコマリが飛びついてきた。

楓よりデカいので普通に悲鳴が上がる。

「ヨシノ〰！　怖かったでござるぅう！　死ぬかと思ったでござるよ〰！」

「ご、ごめんコマリちゃん。でもね、あの、苦しい。首絞まってる、超絞まってるから」

「ヨシノも死んじゃうかと思ったでござるよぉ〰〰……！」

「死ぬから！　このままだと本当に死んじゃうから！　これで死んだら絶対成仏できないからね私！　化けて出るから！」

コマリの背中を叩くヨシノの仕草は、プロレスのギブアップによく似ていた。

ふと、ヨシノの目の前に花弁が舞った。

見れば、辺り一面に桜吹雪。ヨシノの魔力にあてられて咲いたのだが、その影響が薄れるにつれ、はらはらと散り始めている。

まるで春の終わりのような、季節外れの絶景があった。

「それにしても盛大に咲かせたね、ヨシノ……」

楓の言葉に、ヨシノは頰を掻く。

「ちょっと気合が入りすぎて……周りに影響出るって、こういうことかぁ」

「この季節にお花見が出来るなんてね。良いんじゃない？　今度から花見シーズン逃した時は、ヨシノに咲かせてもらいましょ」

「えー、なんかそれ風情がないような……」

ふと、ヨシノはお婆《ばあ》ちゃんの姿がないことに気が付いた。

きょろりと辺りを見回せば、一軒の家の前にお婆ちゃんが居た。庭に生えている木を見上げて、じっとその場で見つめている。

「……お婆ちゃん、どうしたの？」

「この木……」

つられて、ヨシノもその木を見る。

ヨシノの魔力にあてられて、その木も花を咲かせていた。けれど周りの桜とは、花の形が少し違う。桜よりも濃い桃色の、空にはばたくような形の花。

「お婆ちゃん、この木って……」

「ああ」

お婆ちゃんの目じりに、涙が伝う。

震える声で、その花の名を呼ぶ。


「――ハナミズキだ」


魔法の余韻が薄れるにつれ、花弁は夜風に吹き散らされて、花吹雪となり散っていく。

冬の月光を浴びながら、空へと帰っていくように。

「なんだよ、馬鹿だなあ」

涙交じりの、お婆ちゃんの声。けれどその呟《つぶや》きは、溢《あふ》れんばかりの愛《いと》しさに満ちて。

「……先生のほうが、未練たらたらじゃん」

泣きながら、笑いながら。

空へ散っていくハナミズキと一緒に、お婆ちゃんも空へと昇っていく。桜吹雪が飾り立てる、月明かりの道をたどって。

お婆ちゃんはくるりと振り返り、最後にヨシノたちを見つめて。

「ありがとう。ウチ、すっごく幸せだった」

ハナミズキが全て散った時、お婆ちゃんの姿も消えていた。

「……」

その姿を、ヨシノはずっと見上げていた。

冬の夜に現れた春。夢のような夜景の余韻に、散った花弁が月明かりに透けて、少しずつ空へと消えていく。

「どうしたって、やっぱりさ」

数度の呼吸。

その後でヨシノは口を開いた。

「……さよならは、寂しいよね」

「……そうだね」

楓は優しく寄り添って、小さな手でヨシノを撫でる。

冬風に目じりからこぼれた雫《しずく》を、コマリは静かに拭ってくれた。

お別れをするその瞬間に、寂しさはどうしても消えはしない。

それでも。

「……お婆ちゃんも、やっぱり笑ってた」

見送る人は忘れてはならない。
終わりを迎えたその時に、笑みを浮かべていたことを。
振り返って眺めた道程が、悲しみだけではないことを。
魔法が解けていくにつれ、ヨシノの服が戻っていく。
手にした箒も元に戻り、真鍮《しんちゅう》のネジが手元に残る。
あの日言えなかった「さよなら」の代わりに、伝えたい言葉が今はある。
「ありがとう、カトリー」
別れがどれほど悲しくても、失ったぬくもりが寂しくても。
だけど、決して忘れない。
それが幸せな出会いであったこと。それが素敵な思い出であったこと。
ヨシノは夜空に花を手向ける。
抱えて花束にも出来ないほどに、溢れる桜吹雪で埋め尽くして。

そして、また春が来る。

「ただいまー！」

卒業証書を携えて、ヨシノは玄関の扉を開けた。

正面に見える廊下の奥で、ヨイマルとコマリがマミコにシメられていた。

「うわーっ！　なにこれ、どういう状況!?」

「ヨシノぉ！　たすけてくれでござる！　おたくの巫女《みこ》が暴力に訴えるでござる！」

目を白黒させるヨシノに、コマリが訴えかけてくる。

「こっちのセリフだ馬鹿者！　師匠を盾にするんじゃない！」

コマリに羽交い締めにされたヨイマルが、じたばた逃げようと身をよじる。

「あんたたち……そこの〝忍者禁止〟って張り紙が見えないわけ？　コマリも、ウカの夕飯前におやつを持ち込むなって言ったわよね。警告が聞けないってことは、祓《はら》われても文句言えないでしょう？」

そしてマミコが、思いっきり右拳を握りしめて振りかぶっている。

「うわーん！　そんなピンポイントな禁止事項ひどいでござる！」

「まてまてまて、我は関係ないだろう!?」

「あやかし両成敗よ。ヨイマルさんについては、監督責任とも言えるわね」

「痛いの嫌でござる！　嫌でござる！　師匠、お助けをば！」

「ぎょわー！　助けっ、ちょ、助けて！　お前が助けろ！　バカ弟子！　こら！」

そんなごちゃついた光景を見ながら、ヨシノは靴を脱いで玄関に上がる。

――うん、いつも通りの光景だな。

そう勝手に納得して、コマリたちを放って自室に向かう。

廊下からけっこう良い打撃音が聞こえたが、あやかしは丈夫だから良いだろう。

「あら、おかえりヨシノ」

「むむ、こりゃ難しい盤面じゃの」

部屋に入ると、楓とウカが将棋盤を挟んでいた。

「ウカの手番よ。言っておくけど、あたしはカウンタートラップを伏せてあるから、次のターンで飛車がエクストラチェンジアタックしても無駄だからね」

「くっ、まんまとやられたのう……やはり美濃囲《みのがこ》いを作るときに巧妙にマナ基盤を整えておったか。これではウカの狙っていた香車と桂馬《けいま》の融合召喚が狙えぬ」

盤の上には飛車に角、金、銀、王将、それにアルティメットキツネドラゴンと書かれた謎の駒が置いてあるが、ヨシノにはどういうルールなのか分からない。

上着をハンガーにかけるヨシノに、楓が声をかける。

「せっかく卒業式なのに、友達と遊びに行かなくて良かったの？」

「うん、今日はみんな家族と過ごすことにしたの。でも明日はみんなでケガニーランド行くことになってる」

「良いじゃない。コマリも行くんでしょ？　ケガニーなら目立たないもんね、忍者」

「まあね。楓も一緒に行く？　人形のフリしてれば良いよ」

「遠慮しとく。絶叫マシンはね、超急いでる時のヨシノの箒《ほうき》で十分懲りたから」

「あ、そう」

ヨシノは笑いながら机に向かい、卒業証書をそこに置いた。

机の上の本棚には、教科書と参考書がぎっしり。ファッション雑誌と芸能誌はヨシノにとって教科書と同じ扱いになっている。

広げたままでおいてあるのは、マミコが使っていたテキスト。

これはヨシノにとって最大にして一番の誤算だった。

まさか本格的に神社を継ぐにも、けっこうな座学が必要だとは。今までヨシノが教えてもらっていたのは、あやかし退治などの実践的なこと。だがしっかり神社を管理していくなら祭祀《さいし》や作法、帳簿のつけかただって学ばねばならない。

神社によっては専門の大学に通い、資格試験まで受けなければならないというのだから気が遠くなる。

「勉強……高校卒業しても、ぜんっぜん終わんない」

勉強、勉強、また勉強。卒業式を終えたばかりなのに、学ぶことは絶えない。

大変だけど、うんざりはしない。

ヨシノはテキストのページをつまみ、ぱらりとめくる。昨日まで読んでいたそのページには、楓の葉を模した栞《しおり》が挟んである。

そこに載っているのは、祝詞《のりと》の説明。

神職は祭事において、祝詞を唱える。

──祝詞。神様と交わす、祝福の詞。

解釈は違うかもしれないけれど、ヨシノはこう考えるのが好きだ。

神様が愛するこの世界を、ヨシノという巫女は一緒に祝福する。人と、神と、あやかしと、沢山の友達と出会い別れるこの時間を。

机に飾られた真鍮のネジに、ヨシノは微笑《ほほえ》む。

「立派なレディになるからね、私」

ヨシノはこれからも学んでいく。

寂しさに涙を流し続けて、呪いに変えてしまわぬように。

素敵な友達に出会えたことを、これから沢山祝いたいから。

Ⓧ それからアラモード

――しゃきん。

小気味いい音と共に、ハサミの両刃がキスをする。

なめらかな黒髪が切れて落ち、敷いておいたシートにはらはらと舞った。

「はい、おっけー」

ヨシノは満足げに笑って、鏡越しに楓《かえで》と目を合わせた。

肩ほどに切り揃《そろ》えられた短めのボブは、この春に流行《はや》っているスタイルだ。

ヨシノも髪を耳ほどで揃えて、ブラウスにはアイボリーのニットベストに、ベレーを合わせて春らしく纏《まと》めている。

これで楓も春ファッションになれば、まさにトータルコーディネート。

しかし当の楓はと言うと、思いっきり不満げな顔をしている。

「……」

ぽんっ。

無言のまま、白い煙が楓を包む。瞬く間にその黒髪が、元の長さに伸びている。

ヨシノはあんぐりと口を開けて抗議する。

「あーっ！　どうして戻しちゃうかなぁ！」

「あたしは今の長さが気に入ってんの！　カットの練習ならマネキンでやんなさい！」

「似合ってたのにぃ」

「おかっぱなんて嫌。子供みたいじゃない」

「ミディアムボブって言うんだよ。ほんとはもう少し短めにしてさ、サイドでハーフアップにしたら可愛《かわい》いと思うんだけど」

ヨシノにはいっぱい構想があるのだ。楓の髪はいくらでも伸びるし、手触りが良くて触っていて楽しい。ヘアアレンジも色々試したいし、パーマだって似合うと思う。

しかし楓はヨシノに向き直り、紅で飾った口を大きく動かす。

「ぜっ、たい、にっ！　ヤ！」

「そこまで言うことないでしょぉ……」

口を尖《とが》らせつつ、たじたじになるヨシノ。

弱って見せてもダメとばかり、楓は腕組みで文句を並べる。

「ほんっと、この時期はヒマしてるからって暇さえあれば人形遊び？　ヨシノだってもう子供じゃないのにさ、美容師の資格取ってからはしゃいじゃって」

「……子供じゃないって言う割に、いつも子供扱いするクセに」

ヨシノはわざとらしく楓の頭を撫《な》でる。

鏡越しに見る二人の姿は、まさに大人と子供といったバランス。

しかし楓はその手を振り払い、椅子と机をぴょんぴょん跳ねて、ヨシノの肩によじ登る。

それから仕返しするように、頭をわしわし撫でてくる。

「世間的には子供じゃないけど、あたしにとってはヨシノはずーっと子供のまんまよ。重ねた年月が違うんだから」

「えーっ、何それ。ダブスタだぁ」

「あやかしはズルいものなの」

「今は私だって大人だもん。お酒だって飲めるのにぃ」

「あ」

思い出したように、楓が声を上げる。ヨシノは首をかしげた。

「どうしたの？」

「お酒と言えば、そろそろウカを迎えに行ったほうが良いんじゃない？　たぶんまた千本鳥居の坂で拗《す》ねてるわよ、あのキツネ」

「あー、そうだった」

ヨシノは自分の額を叩《たた》く。ウカと来たらお揚げをつまみ食いしたどころか、お神酒代わりと言って料理酒まで飲んでしまったのだ。どちらも夕飯に使うつもりだったので、コンコンと叱ったら拗ねてしまった。

大人になってみると実感するが、まったく子供っぽい神様だ。

ヨシノはハサミと櫛《くし》を置き、楓を連れて外へと向かう。

部屋を出る間際、壁のコルクボードに飾られた写真と目が合った。

写真の脇には小さな花瓶。花をつけた桜の枝が飾られている。

「……まったく」

写真の中のヨシノは、まだ子供。

確かこれは小学校に上がった時のもの。白いワンピースに身を包み、背中には赤色のランドセル。どことなくマミコの巫女《みこ》服に似て、嬉《うれ》しかったのを覚えている。

隣には怒ったカトリーヌと、彼女にちょっかいをかける楓。欠伸《あくび》しているウカ。

「色々変わっていくような、全然変わってないような……」

写真のマミコと今のヨシノは、たぶん同じ顔をしている。

❀

楓を連れて、神社の裏手へ。

春めいた陽気が温める道を、ヨシノは声を出して降りていく。

「ウカー、いるー？」

「ひゃあっ！」

木漏れ日が彩る長い階段。千本鳥居の中ほどで、キツネの耳がぴょんと跳ねる。

ヨシノは思わずため息をついた。

「もしかして、ずーっとここに居たの？」

「だってヨシノ、がっつり叱るんじゃもん……日に日にマミコに似て行くが、そんなところまで似ることないじゃろ。ウカ、神様じゃぞ？　けっこうえらーい神様じゃぞ？」

「ウカがどれだけ偉くても、つまみ食いは偉くないです」

不意に、少し強い春風が吹いた。

さわさわと音を立てて揺れる木々が、そうだそうだと言っているようだ。

いや、実際のところこの春風の中にも、林の木々にも鳥居にも、何かのあやかしが宿るのかもしれない。目で見て話せる存在に限らず、思い出や名残りに姿を変えて。

「そういえば……私がウカと初めて会ったの、こういう日だった気がするね」

「あー、そうじゃの。あの時のヨシノはいけずじゃった……ウカに無理やり花嫁衣装を着せての。花を差し出したと思ったらお預けに……幼いころからウカを弄んでおったのじや」

「え、ちょっ、覚えてない覚えてない！」

ヨシノはぶんぶんと首を振る。否定するけど、ヨシノの記憶力は良いほうだ。

一方、楓はにんまりと笑って。

「なになに、その話聞いたことないかも。詳しく教えなさいよ」

「じゃあ今日はヨシノの恥ずかしい思い出を振り返る会としよう。こやつと来たら――」

「んもーっ！」

ヨシノのチョップがウカの額に直撃する。

「きゃいん！」というキツネの鳴き声が、春の空に響きわたった。


これは、人とあやかしの過ごした記録。

または、キツネが長い夢の中で見た、束《つか》の間《ま》の記憶。

どちらにしろ、四季は巡ってゆく。

巡れば春は、またやってくる。

あとがき　北國ばらっど

建設会社に勤めながら、作家をやっています。

大きな物を作る仕事だから、大きな存在への畏れや敬いがあるのでしょうか。建設の世界は未だに迷信やゲンかつぎを大事にしていて、それだけ〝神様〟や〝あやかし〟のことを身近に感じる気がします。

どうせ身近に居るのなら、ウカのような可愛い神様だったり、楓やカトリーヌのように賑やかなあやかしだと良いですよね。

安田現象さんの描く魅力的なあやかし達は、元気いっぱいで生き生きとしています。

可愛らしいデザインも、画面狭しと跳ねまわるアニメーションの躍動感も、台詞なしにも伝わる感情も。彼女たちがこんなに愛《いと》おしく感じられるのは、きっとあやかしたちがあの世界で確かに〝生きている〟からでしょう。

季節の移ろい。変化していく世界。成長するヨシノ。

賑やかな毎日に訪れる別れの寂しさと、新たな出会いの喜び。

変わっていくものを表現しているからこそ、安田現象さんのアニメには確かな世界観が感じられ、そこで過ごすキャラクターが〝生きている〟と思えるのでしょう。

ヨシノとあやかしたちの物語は、安田現象さんのショートアニメの中で万全に表現されていますから、ノベライズはあくまで隙間のお話。そう思っていたのですが、こんなにも腰を据えてヨシノの物語に関わらせて頂けて、感激の至りです。

硬めの語りになってしまいましたが、個人的推しであるヨイマルさんメインで一編書けたことや、いちファンとしてもっと見たかったヨシノとコマリの仲良くしているシーンを目いっぱい書けたのが本当に楽しかったです！　大好きなんですよ、忍者師弟。

他にも好きなキャラは一杯いますが、誰か一人に言及するとすれば、やはりカトリーヌでしょう。お話に一本の軸を通すにあたり、可愛く、賑やかで、変化を体現する彼女こそが大黒柱だったように思います。

最後に——こんなに素敵な物語を生み出し、関わらせてくださった安田現象様。魅力たっぷりのキャラたちを可愛らしく、恰好《かっこう》よく描いてくださったにゅむ様。本ノベライズにあたり、マネジメントをしてくださったスニーカー文庫編集部の鈴木様。

本書の出版に関わって頂いた全ての皆様。そして本書を手に取って頂いた皆様と、世界のどこかでこっそり本を読んでいるかもしれない、神様とあやかし様へ。

心より感謝を申し上げます。本当にありがとうございました！

あやかしアラモード

著者　北國《きたぐに》ばらっど
原作・監修　安田《やすだ》現象《げんしょう》

角川スニーカー文庫　24519

2025年2月1日　初版発行

発行者　山下直久

発　行　株式会社KADOKAWA
〒102-8177 東京都千代田区富士見2-13-3
電話　0570-002-301（ナビダイヤル）

印刷所　株式会社暁印刷
製本所　本間製本株式会社

Printed in Japan　ISBN 978-4-04-115748-0　C0193

★ご意見、ご感想をお送りください★
〒102-8177 東京都千代田区富士見 2-13-3
株式会社KADOKAWA　角川スニーカー文庫編集部気付
「北國ばらっど」先生／「安田現象」先生
「にゅむ」先生

角川文庫発刊に際して

角川源義

第二次世界大戦の敗北は、軍事力の敗北であった以上に、私たちの若い文化力の敗退であった。私たちの文化が戦争に対して如何に無力であり、単なるあだ花に過ぎなかったかを、私たちは身を以て体験し痛感した。西洋近代文化の摂取にとって、明治以後八十年の歳月は決して短かすぎたとは言えない。にもかかわらず、近代文化の伝統を確立し、自由な批判と柔軟な良識に富む文化層として自らを形成することに私たちは失敗して来た。そしてこれは、各層への文化の普及滲透を任務とする出版人の責任でもあった。

一九四五年以来、私たちは再び振出しに戻り、第一歩から踏み出すことを余儀なくされた。これは大きな不幸ではあるが、反面、これまでの混沌・未熟・歪曲の中にあった我が国の文化に秩序と確たる基礎を齎らすためには絶好の機会でもある。角川書店は、このような祖国の文化的危機にあたり、微力をも顧みず再建の礎石たるべき抱負と決意とをもって出発したが、ここに創立以来の念願を果すべく角川文庫を発刊する。これまで刊行されたあらゆる全集叢書文庫類の長所と短所とを検討し、古今東西の不朽の典籍を、良心的編集のもとに、廉価に、そして書架にふさわしい美本として、多くのひとびとに提供しようとする。しかし私たちは徒らに百科全書的な知識のジレッタントを作ることを目的とせず、あくまで祖国の文化に秩序と再建への道を示し、この文庫を角川書店の栄ある事業として、今後永久に継続発展せしめ、学芸と教養との殿堂として大成せんことを期したい。多くの読書子の愛情ある忠言と支持とによって、この希望と抱負とを完遂せしめられんことを願う。

一九四九年五月三日